INK

文學叢書

115

呂赫若小說全集 上

呂赫若◎著
林至潔◎譯

（上）少年時期之呂赫若（十五歲）。攝於一九二八年五月。
（下）呂赫若祖父所建家宅建成堂，呂赫若出生處。

台中師範時期，十九歲的呂赫若。一九三二年十一月二十日攝於獨奏會上。

（上）呂赫若與妻子林雪絨、長女愛琴合攝。
（下）呂赫若與妻子新婚時（一九三四年）攝於台中潭子的校栗林村老家。呂赫若其時已自師範畢業，任公學校訓導，著文官服配劍。

（上）呂赫若師範畢業（一九三四年）後，令發新竹獅頭山下的峨嵋公學校任教。圖為一九八八年的峨嵋公學校現址。（藍博洲／攝）
（下）呂赫若（前排左三）於一九三五年轉調之南投營盤公學校與師生合影。攝於一九三七年。

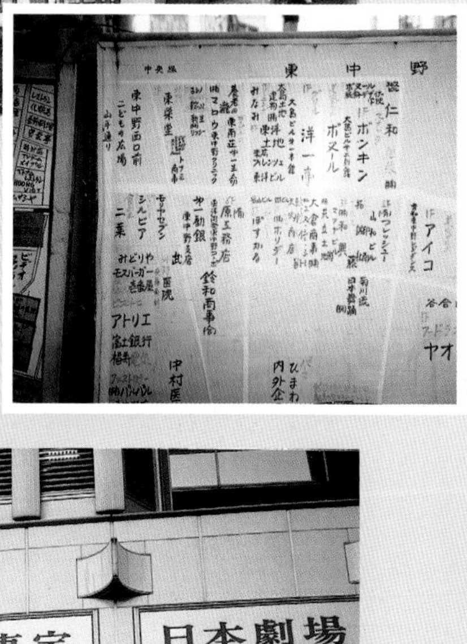

（上、中）呂赫若於一九三九年負笈東京，學習音樂，住過中野區，其中神田川一帶、寶仙寺都是他時常散步的地方。

（下）呂赫若赴日（一九三九～四二年）期間，曾進入株式會社東京寶塚劇場演劇部，並在東寶劇場演出歌劇。圖為東寶劇場今貌。

(上)呂赫若著燕尾服演唱。
(下)呂赫若於日本日比谷音樂廳舉行演唱會。

（上）呂赫若與豐原同鄉、詩人張冬芳（一九一七～六八）兩家同遊草山，右立者為張冬芳夫人。（張冬芳／攝）
（下）呂赫若與夫人林雪絨攝於東京，呂赫若手抱長子芳卿。

呂赫若全家福。一九四九年八月四日攝於台北市。

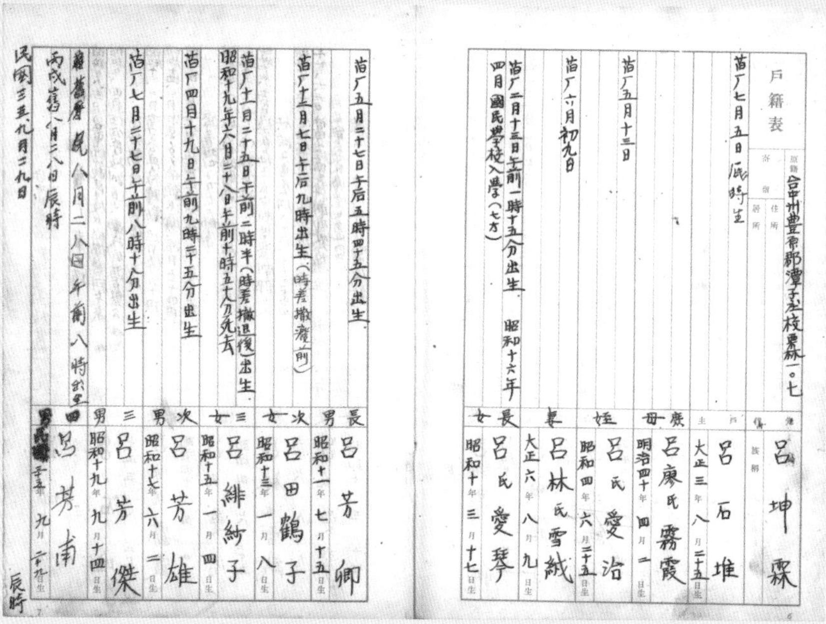

戶籍表

原籍 台中州豐原郡潭子庄校栗林一〇七

戶主 呂坤霖 苗ㄏ七月五日辰時生

呂石堆 大正三年八月二十五日生

母 呂康氏霧霞 明治四十年四月一日生 苗ㄏ五月十三日

妹 呂氏愛治 昭和四年六月二十五日生 苗ㄏ六月初九日

妻 呂林氏雪絨 大正六年八月九日生

長女 呂氏愛琴 昭和十年三月十七日生 苗ㄏ二月十三日午前一時十五分出生 昭和十六年四月國民學校入學（七方）

長男 呂芳卿 昭和十一年七月十五日生 苗ㄏ五月二十七日午后五時四十五分出生

次女 呂田鶴子 昭和十三年一月八日生 苗ㄏ十二月七日午后九時出生（時差撤廢前）

三女 呂緋紗子 昭和十五年一月四日生 苗ㄏ十一月二十五日午前二時半（時差撤退後出生） 昭和十九年六月二十八日午前十時五十分死去

次男 呂芳雄 昭和十七年六月二日生 苗ㄏ四月十九日午前九時二十五分出生

三男 呂芳傑 昭和十九年九月十四日生 苗ㄏ七月二十七日午前八時十分出生

四男 呂芳甫 三五年九月二十九日生 辰時 舊曆農八月二八日午前八時 丙戌舊八月二八日辰時

民國三五.九月二九日

載於呂赫若日記（昭和十七年～十九年，一九四二～四四年）上的戶籍表，當時仍落籍於校栗林。照片為校栗林街區今貌。（藍博洲／攝）

呂赫若日記（昭和十七年～十九年）內頁與履歷等部分內容。

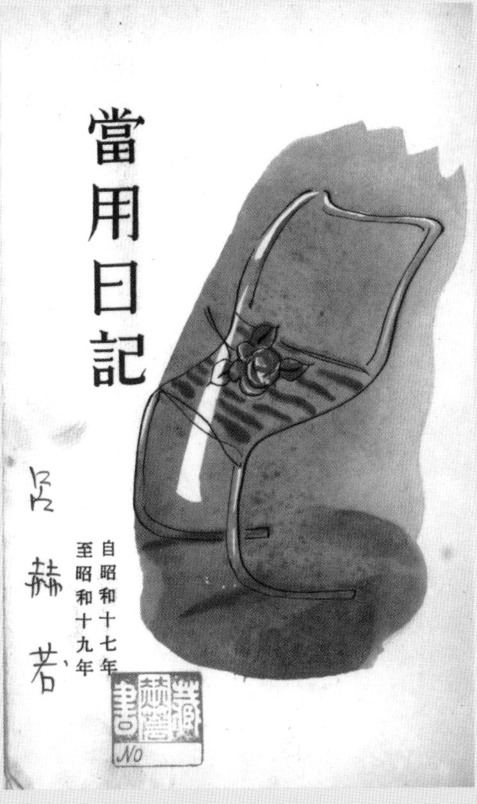

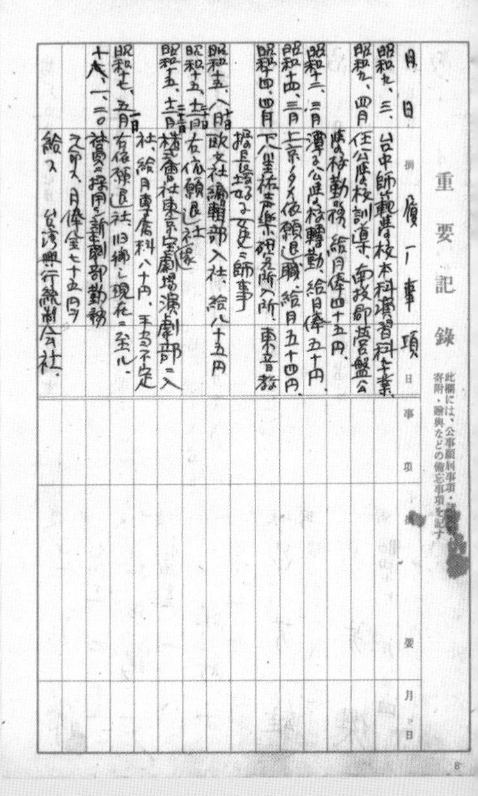

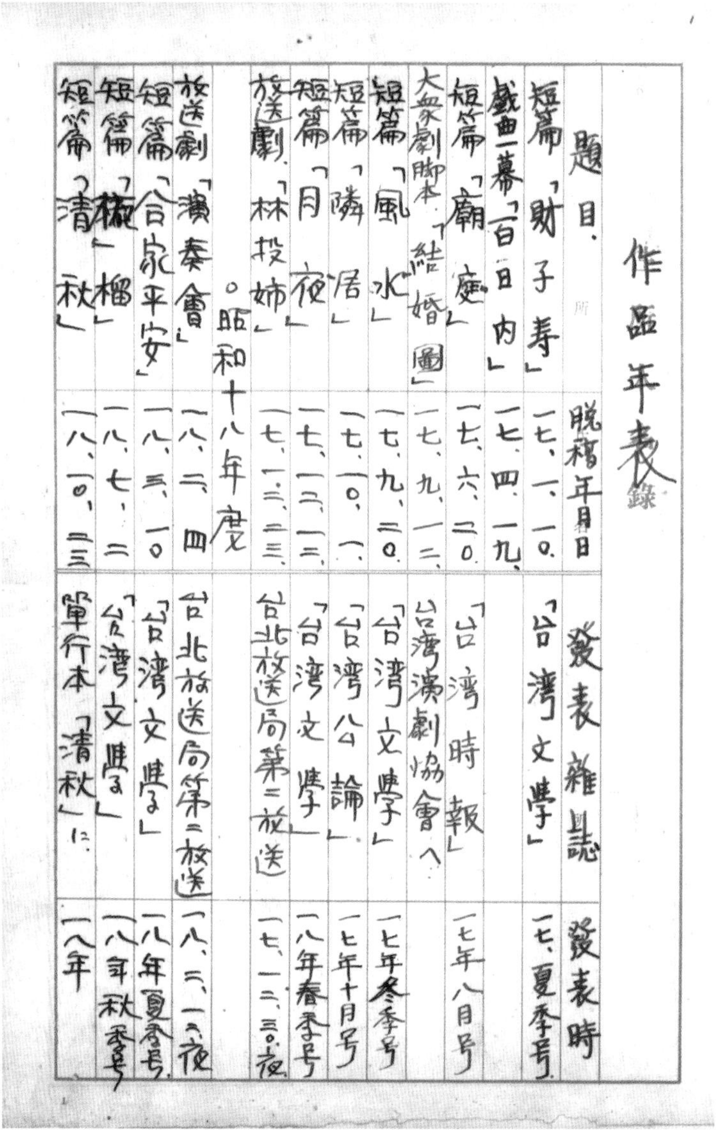

作品年表（錄）

題目	脱稿年月日	發表雜誌	發表時
短篇「財子寿」	一七、一、一〇	「台湾文學」	一七、夏季号
戲曲一幕「百日内」	一七、四、一九、		
短篇「廟庭」	一七、六、二〇	「台湾時報」	一七年八月号
大衆劇脚本「結婚圖」	一七、九、一三、	台湾演劇協會へ	
短篇「風水」	一七、九、二〇	「台湾文學」	一七年冬季号
短篇「隣居」	一七、一〇、一、	「台湾公論」	一七年十月号
短篇「月夜」	一七、一二、一三、	「台湾文學」	一八年春季号
放送劇「林投姉」	一七、一二、二三、	台北放送局第二放送	一七、一二、三〇、夜
○昭和十八年度			
放送劇「演奏會」	一八、二、四	台北放送局第二放送	一八、三、一三夜
短篇「合家平安」	一八、三、一〇	「台湾文學」	一八年夏季号
短篇「石榴」	一八、七、二	「台湾文學」	一八年秋季号
短篇「清秋」	一八、一〇、二三	單行本「清秋」に	一八年

呂赫若日記（昭和十七年～十九年）中呂自己整理的作品年表手稿。

呂赫若與其文壇、藝壇友人：（前排左起）呂赫若、作家張文環、中山侑（日）、文化贊助人王井泉、作家黃得時；後排左起劇作家林博秋、音樂家呂泉生、劇作家簡國賢、律師陳逸松。他們也都是台灣早期新劇（話劇）運動的重要推手。

呂赫若的遺物：稿紙、手提包、《增評全圖石頭記》。

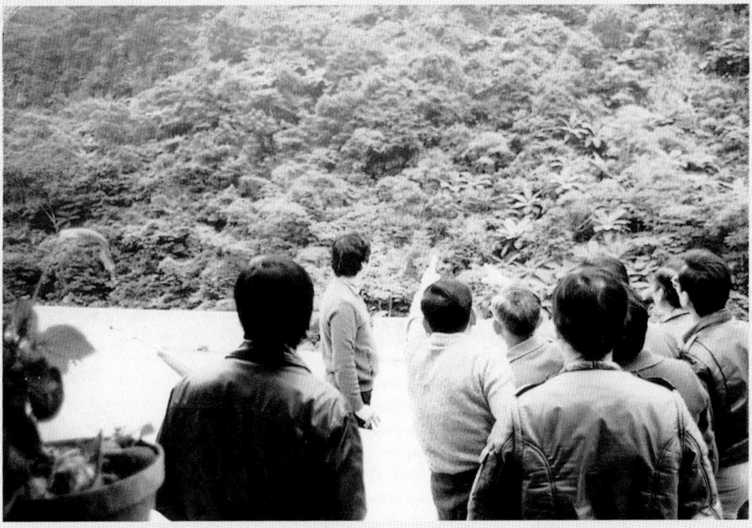

（上）呂赫若遺族與呂的台中師範學校同學江漢津在鹿窟友人陳春慶引領下，涉過大溪墘野溪，前往呂赫若埋屍處。（藍博洲／攝）

（下）呂赫若埋屍的山林。（藍博洲／攝）

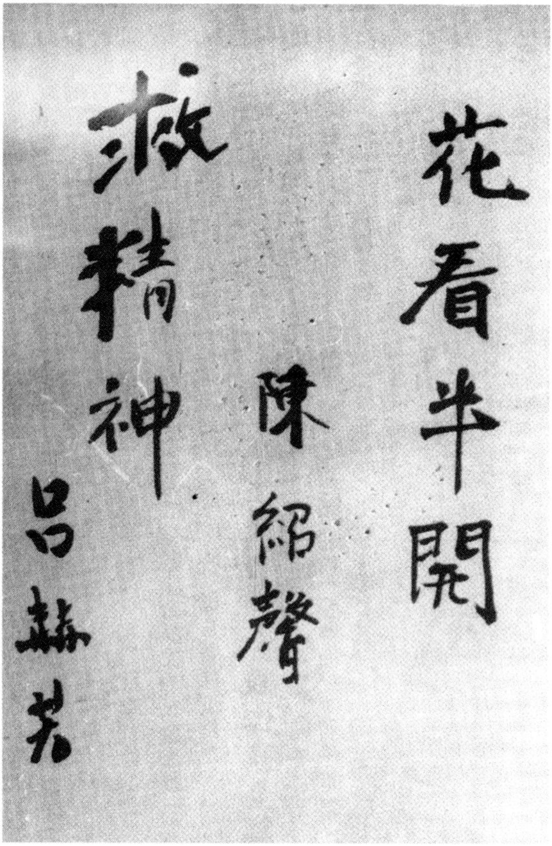

呂赫若手稿。

編輯弁言

台灣的歷史說短不短，和呂赫若早慧且早殞的創作生命歷程竟彷彿對鏡——都充滿著斷裂的情境。呂赫若的少年及至壯年，跨越了台灣最動盪的年代，他必須不斷適應（或迂迴地抵制）生活周遭不斷變化著的生活方式、意識形態，乃至於語言、書寫工具。但也正因如此，小說家呂赫若恐怕也無法不擔著利害，持續著細節歷歷如繪卷的社會主義寫實風格書寫與思考：「變化」之於這塊土地上人們的生活以至於人心的影響與意義究竟爲何？怎樣面對？

但他小說中也總有些什麼是不變的——或許他正是以小說抗拒著變化，彷彿將凝視與時間暫停、封存在泛黃的舊照片中——戰爭與動亂年代下人們和生命、尊嚴的拉扯；人性與人際關係間的幽微、脆弱和殘忍。他小說中不論是被犧牲的農民、物化了的女性、飄搖欲滅的家族與血緣羈絆、焦慮於遭矮化的知識分子，其實都代作者表達了在殖民地體制發展過程中抗拒著以現代化之名進行改造、實則侵奪地方文化主體和人道價值的立場。

於是呂赫若的小說書寫幾乎成就了一種志業的高度（也基於他自己「文學終究是苦難的道路，是和夢想戰鬥的道路」的認識），而他對時間、命運迫切性的即身感受，對文學信念的堅持，或許正是他那彷彿能停下時間的創作技藝的奧祕源頭。

老照片外時間繼續運轉，我們都成了「呂赫若的未亡人」（陳芳明語）。逝者形神俱往，生者憂怖陡生。在呂赫若的年代，農村是他自己也是台灣社會底層對轟轟然迎面而來的現代性進行攻防戰的最終精神堡壘；但今天我們能清楚自己該關注和守護什麼，哪裡又是我們夢與理想的燼餘之處嗎？

二〇〇五年與國家文學館合作出版《呂赫若日記》後，我們一直很想出版更完整豐富的《呂赫若小說全集》以饗讀者。因此在本書中，除一九九五年版原書內容外，我們增補了最新出土譯寫的短篇小說〈一年級生〉，以及歷年有關呂赫若其人其作的評論索引；並特別邀請陳芳明教授寫作新序，也收入作家林燿德於九五年發表的短評，以及呂赫若次子呂芳雄先生追溯眼中父親的生命史，提供不同角度審讀呂赫若的生平與創作歷程。

譯者林至潔女士出生略晚呂氏十餘年，已屆八十高齡，和呂一樣見證過數個時代的斷裂和遞嬗，當最能打撈呂氏作品自日文轉譯至中文可能失落的語境；並爲時移事易背景下新版小說全集所具有的隱匿意義與啓蒙價值存實——在今天出版市場看似開放蓬勃的背景中，我們似乎仍未被自己所創造、連結的龐大知識體系所解放，或者保護自己不受權力系統的誘惑與侵蝕。我們鄉愿地追求的幸福仍遠多過我們應該睜眼誠實地體認的不幸、匱乏、無出路、誤解與隔閡、可挽回改善的遺憾與罪咎。

我們仍遭自己的時間操弄、放逐……

目次

廢墟之花
——呂赫若小說的藝術光澤

陳芳明

歷史的寬容與不寬容

斷垣殘壁是戰爭年代台灣知識分子的心靈風景，多少壯烈的青春埋葬在烽火硝煙裡，多少炫麗的理想也隱逝在歷史迷霧深處。極目廢墟，竟有一株風中之花引頸搖曳，在瓦礫堆中如歌升起，爲荒蕪的土地釋放奇異的信息。呂赫若在戰爭臻於盛況時所留下的文學，已成爲寂寥時間裡傳誦的一支生命掙扎的輓歌。背對著時代的政治律令，呂赫若向著歷史曠野發出靈魂深井的聲音，那是許多被壓抑記憶的湧現，是無數受到傷害人格的呈露。他藉由小說形式，表達一股無可遏制的意志，捍衛台灣的傳統之美，也抵抗帝國的權力之柄。《清秋》這冊小說集在一九四四年出版，似乎暗示了呂赫若的文學追求到達一個藝術峰頂。與同世代的台灣作家相較之下，他對文字的尊崇與審美的要求，顯然無人可以比並。使作家成爲一種志業，使文學成爲一種境界，是呂赫若亟欲企及的目標。然而，歷史對他並沒有寬容的眷顧。戰爭匆匆而來，又匆匆而去，全然撞歪了他生命航行的方位。他並未預見，稍後的歲月已經不可能再許諾他有更多的書寫空間。他甚至也未能預知，時代就要發生巨大轉變，即使日文的表達方式不再見容於新的政治體制。他更不能事先看到，粗暴的政治轉型就要迫使他放棄極度眷戀的文學。

歷史不能預設，當然也不能後設。只是閱讀他充滿想像的小說時，讀者總會情不自禁追問：如果呂赫若在一九五〇年代倖存下來，會不會有更爲豐饒的文字持續蜿蜒在他筆下？這位被稱爲台灣第一才子的小說家，終於只被容許爲他的土地留下三十餘篇的故事。然而，僅憑如此有限的作品，他所創造出來的傳說，既迷人，又動人，又惱人，遠遠超過他同輩的作家。面對他的小說，彷彿是在細看一幀泛黃的、有著時間色澤的相片，歷史感與臨場感特別濃郁。正是依照這樣的感覺，呂赫若有意無意牽引著讀者走向他的時代，投以深情的回眸。

我與我的世代，做爲呂赫若的未亡人，回望他的時代之際，不免要帶著一絲微微的痛楚去挖掘他故事裡的藝術意義。從最初的閱讀，到後來的再閱讀，越來越使人警覺到任何加諸他身上的稱號，例如「左翼青年」或「殉道者」，都不足以掌握他精神的眞貌。道德式的加冕或裁判式的評價，似乎很難協助讀者到達他靈魂的核心。他選擇台灣的農村生活與家族故事，做爲他小說書寫的主調，透露了他對自己生命的成長際遇有著無可言喻的迷戀。這位具有天分的作家，有過東京帝都生活的經驗，而且也長期定居在台北島都，但是在追求現代藝術之餘，都會情調根本不是他故事中的重要場景。每當觸及到世代的衝突，性別的矛盾，階級的對峙，他總是毫不遲疑會把焦點轉移到傳統的家庭故事。究竟對於現代性，呂赫若抱持的是怎樣的態度？

從反現代到抗拒「現代的超克」

呂赫若文學生涯中最爲多產的時期，應該是在一九四二年至一九四四年之間。從《呂赫若日記》可以發現，自一九四二年完成〈財子壽〉，到一九四四年《清秋》出版前後，他寫了十餘篇小說，十篇左右的劇本與廣播劇，這還不包括已經發表的隨筆與評論。對照在此之前的產量，亦即從一九三五年發表的〈牛車〉，直到東京時期完稿的「台灣女性」系列小說，收穫並不那麼可觀，僅有九篇小說。這個事實顯示，台灣在太平洋戰爭的陰影下，反而刺激了呂赫若的文學思考。這究竟是來自時代的召喚，還是出自內心的焦慮，值得細心推敲。

《呂赫若日記》的記載顯示，他在戰爭期間也捲入了皇民文學奉公會的活動，更編寫配合戰爭節奏的廣播劇。但是，在營造短篇小說時，戰爭的氣氛消失，帝國的影子也跟著消失，剩下來的卻是家族情感的流動，即便是溫馨的，或淡漠的，都把政治時局的詭譎遠遠推到故事的邊境之外。如果日記是個人內心的私密紀錄，他無法在文字裡掩飾自己的多重政治認同。不過，從日記書寫與小說書寫可以相互印證，呂赫若尊崇的生命價值絕對不是政治認同，而是文學信念的堅持。對於政治，他甚至表達了憎惡與嫌棄。凡是觸及文學的地方，他毫不保留地傾洩專注而虔誠的精神。他可能也是日據作家中，把文學置放在最高藝術地位的少數者之一。

文學如果是他精神的堡壘，那麼他對政治、權力、戰爭的庸俗題材表示鄙夷與抵抗，並不使人感到訝異。從這樣的理路去考察他的文學思維，呂赫若對抗現代性採取批判的接受，也就不至於令人意外了。從他發表的第一篇小說〈牛車〉，讀者幾乎可以洞察他對所謂的現代化運動自始就流露抗拒的態度。在一個常態的資本主義社會，現代化所帶來的損害與創傷，並非止於自然環境的崩解，它還進一步侵蝕人的基本價值與生命意義。這樣的現代化一旦移植到殖民地社會，造成的巨創是雙重的，一是現代性的破壞，一是殖民體制的破壞。〈牛車〉相當典型地反映了台灣知識分子在歷史轉型期的抗議與憤懣。

接受現代化教育的呂赫若，全然並不著迷於都會的生活。對於一位具有自覺的作家來說，頗知都會其實就是現代化運動的心臟，同時也是殖民體制的中樞神經。他的靈魂能夠獲得救贖，依賴的不是現代性的知識，也不是都市的浮華生活，而是他寄以希望的農村生活。遠在東京時期，他就已經對大都會虛幻的繁華感到不勝疲憊。一九四二年四月二十九日，呂赫若寫下如此的文字：「心想遙遠的故鄉，遙遠的田園，回到鄉村後，將專注於文學。」故鄉與田園，至此已昇華成爲他文學追求的重要隱喻。在高度現代化的東京，他的小說沒有隻字片語描寫這個帝都的景象，反而構思了〈財子壽〉、〈鄰居〉、〈月夜〉等等有關鄉土想像的故事。街燈、電車、咖啡室、高樓、霓虹燈都從他的小說徹底消失，記憶中的台灣，以及倫理情感、風俗民情無比鮮明地呈現在他的文字裡。農村與都市不必然是相互對峙的兩極價值，但是呂赫若的選擇取向，顯然有他更爲深刻的隱喻。

要理解呂赫若文學的意義，就有必要從殖民地體制發展的脈絡來觀察。呂赫若在一九三五年登場台灣文壇時，日本殖民者對台灣的現代化改造正臻於高峰。尤其是爲了慶祝始政四十週年而舉行的「台灣博覽會」，正標誌在島上推展現代化運動的帝國氣象。在輝煌的帝國籠罩下，台灣地方文化並未受到殖民者的尊重。呂赫若的文學其實是從地方文化的立場出發。他所描寫被犧牲的農民、被物化的女性、被矮化的知識分子，都在於護衛帝國範圍內的台灣立場。因此，他的每篇小說，從〈牛車〉、〈暴風雨的故事〉，一直到〈婚約奇譚〉、〈田園和女人〉，彷彿只是聚焦於台灣事物的刻畫。但是，小說中的權力支配，資本主義邏輯與商品化過程，無疑都在暗示現代化運動的負面影響。以迂迴的方式批判現代化的衝擊，幾乎等於在抵抗帝國的權力滲透。把他的小說放在這樣的脈絡來考察，故事中地方文化的意義自然就彰顯出來。

但是，長期受到貶抑且污名化的地方文化，到了四〇年代太平洋戰爭爆發後，竟突然受到台灣總督府的尊崇。在一九四一年推動精神總動員之際，台灣總督府突然開始高舉「振興地方文化」的旗幟，要求台灣作家與知識分子都要投入大東亞的聖戰。這種文化政策的急劇轉變，在某種程度上確實可以迷惑一些台灣的讀書人。但是，對於具有文化主體思考的呂赫若，似乎能夠穿透政治迷障，清楚辨識這種文化政策背後的政治意義。

爲什麼殖民者在戰火日熾之際，驟然轉而提倡「振興地方文化」的訴求？這個問題值得討論，因爲呂赫若小說的書寫策略是在這樣的歷史問題之下展開的。台灣並不是唯一被要求必須提出振興地方口號的地方，在整個日本帝國統轄境內，包括朝鮮、滿洲、華北、華南都毫無例外被匯整到如此的振興運動中。在振興地方文化的假面下，日本帝國一方面可以蒙蔽各個不同地區的知識分子，誤以爲自己的文化開始受到尊重；一方面也是藉由這種口號的鼓吹，使各個被統治地區的人民能夠獻身於聖戰的洪流。所謂振興地方文化，其實是日本殖民者建構「興亞論」過程中的一個實踐。具體而言，帝國領導人爲了卸除過去「脫亞論」的歷史包袱，並進一步換取帝國範圍內所有被統治者的信任，而開始植入「興亞論」的政治論述。這種文化政策的邏輯是可以理解的，振興地方文化就是在振興亞洲文化，而振興亞洲文化，就可以用來對抗歐美的帝國主義。並以這樣的文化邏輯，來合理化大東亞戰爭的行動。在皇民化文學運動中，有多少作品會加入「抵抗英美」的口號，無非就是興亞論陰影下倡導出來的產物。

對於呂赫若而言，他無法接受「振興地方文化」背後的政治思維，更無法接受把台灣地方文化整編到興亞論的帝國論述之中。他書寫地方，絕對不在配合戰爭國策，也不可能輕易被捲入皇民化文學的漩渦裡。他小說中的地方文化，並不存在於帝國範圍之內，而是跳脫在帝國權力的宰制之外。他深深知道，所謂振興地方文化，所謂興亞論，只是另外一種變相的現代化論述。對於現代化的陷阱，台灣社會的歷史經驗已經印證得非常鮮明。日本的戰爭發動者，在殖民地，在佔領區，毫不懈怠地推銷興亞論的同時，東京的知識分子並不使用這樣的語言，他們把大東亞戰爭的理論基礎定位爲「近代的超克」。這才是振興地方文化與興亞論的眞實用意，呂赫若確實知道這樣的用心。

「近代的超克」，是一九四二年東京《文學界》雜誌召開文化座談的一個專題。這是一群以「知的協力會議」爲名義的日本知識分子所參加的會談，包括河上徹太郎、龜井勝一郎、林房雄、中村光夫等十人在內。座談的目的，其實是在建構一種論述，支持軍國對外的侵略戰爭。整個會談內容，不外是要使日本擺脫西方「現代化」的影響，而重新建立東方的現代化論述。所謂超克，就是超越並克服西方現代化論述的支配。日本侵略亞洲各國，等於是爲了團結東方文化的力量，來對抗西方帝國主義的威脅。這說明了在殖民地販售興亞論與提倡振興地方文化，都只是在於支持日本大東亞戰爭的軍事擴張行爲。這場戰爭有沒有完成「近代的超克」，歷史事實已經不證自明。但是，無論是西方的現代化，或是東方的現代化，對被殖民者與被侵略者而言，其實並沒有任何差異。台灣社會所遭到的摧殘，並沒有因爲興亞論與振興地方文化的提出就獲得減緩。

正是在這樣的認識下，呂赫若小說所彰顯的台灣地方文化就有豐富的歷史意義。他在四〇年代見證的事實是，東京在主張「近代的超克」時，台灣的皇民文學推動者西川滿與島田謹二，卻正鼓吹著「外地文學論」。島田謹二處心積慮釀造外地文學的理論時，並沒有把台灣文學的傳統納入其論述脈絡。在台日本作家，一邊高喊振興地方文化，一邊卻以外地文學論排斥台灣文學。這種虛矯的、傲慢的、霸權的論述，正是呂赫若戮力書寫台灣家族故事所要對抗的。興亞論是虛構的，振興地方文化是虛僞的，近代的超克更是虛假的。以共時性的閱讀來看待呂赫若的小說，這些產生於一九四二年以後的作品，最後結集在《清秋》這冊專書，恰恰都在揭穿殖民體制的虛構、虛僞、虛假。

呂赫若小說的歷史象徵

林至潔女士翻譯的《呂赫若小說全集》，是台灣文學界的一大盛事。這冊譯著同時入選一九九五年《聯合報》「讀書人」與《中國時報》「開卷」及「台灣筆會」的十大好書，絕對不是偶然。這冊譯著受到重視，一方面是拜賜於林至潔的譯筆技巧，一方面則是因爲呂赫若傳說一直是文學史上的巨大之謎。能夠使他的小說以較爲完整的形式問世，對文學與歷史研究者都是一件幸福的事。

特別是《清秋》時期的呂赫若的文學思考，隨著這冊譯著恰如其分塡補了文學史的缺口，讓後人能夠清楚辨別當年皇民化文學運動的實相與虛相。呂赫若參加過皇民文學奉公會的活動，在他的日記裡都有誠實的紀錄。但是，在時代洪流裡，參加這種活動並不令人感到稀奇。較爲受人矚目的是，在介入皇民化運動之後所寫出來的小說，才是議論的出發點。〈清秋〉這篇具有爭議的故事，並未公開發表於當時任何雜誌，而是直接收入短篇小說集裡。有關他作品的政治立場問題，文學史家葉石濤先生已寫過一篇文章〈清秋：僞裝的皇民化謳歌〉，爲呂赫若小說做過辯護與澄清。

一九四三年六月十八日，呂赫若在日記裡寫著：「想到短篇小說〈路〉的主題。想描寫一個醫生徘徊於開業還是做研究之間，想明示本島知識階級的出路。」這是〈清秋〉最早構思時的張本。到了八月七日，他的日記留下這樣的字句：「晚上更新構想，開始寫〈清秋〉。想描寫當今的氣息，以明示本島知識分子的動向。」直到十月二十三日，他在日記裡寫了如下的文字：「短篇小説〈清秋〉脱稿。晚上十點二十分。張數是一百一十五。」從這些斷續的紀錄，可以發現〈清秋〉前後耗費他四個月的時間才完成。

爲什麼〈清秋〉值得討論？這篇小説最能代表呂赫若在台灣地方文化，日本殖民文化與近代化三個價值之間所採取的立場。他完成這篇小説之前，陳火泉所寫的〈道〉才獲得獎賞。〈清秋〉的原名是〈路〉，似乎與〈道〉有某種程度的對照。陳火泉在一九四三年發表〈道〉時，也是在探討台灣知識分子的精神出路。在〈道〉裡，受挫的主角最後放棄台灣人的立場，走上皇民錬成的道路，並且抱持以血換血的信念，投入大東亞戰爭的烈焰之中。對照之下，稍後完成的〈清秋〉，呂赫若並沒有允許他的故事主角走上戰爭的道路，反而是讓小説中的醫生留在故鄉。〈清秋〉的結構，集中於台灣鄉村人物、景物、事物的描寫。在台灣人的社區裡，家庭成員之間的情感是平民的，而且也是很傳統的。那種細膩的書寫，節奏特別遲延緩慢，呂赫若刻意在延宕的運鏡過程中，審愼貼切地把台灣人的內心情感呈露出來。他的手法，似乎要告訴提倡「振興地方文化」的日本作家，那樣的世界絕對不是陌生的外人能夠輕易介入的。

然而，〈清秋〉更爲重要的思想，卻是對於「近代的超克」進行迂迴的、深刻的諷刺。大東亞戰爭的合法性，在〈清秋〉裡全然遭到否定。傳統的倫理情感，無論是父子兄弟之間，或是鄉人鄰居之間，仍然完好地保留在台灣農村角落。故事裡表現的地方文化，與台灣總督府想像的地方文化，是截然不同的兩個世界。時代潮流浩浩蕩蕩，卻無法沖刷台灣社會底層的精神堡壘。呂赫若在日記中允諾要告訴島上知識分子的出路，〈清秋〉顯然兌現了這樣的諾言。他清楚告訴同世代的台灣人，戰場不是出路，近代的超克也不是出路，眞正的出路就在台灣的農村。背對著近代化論述，背對著興亞論的噪音，呂赫若以他的小說爲自己的土地提出雄辯。

《呂赫若小說全集》不但營造了戰爭年代的台灣之美，也鍛鑄了動盪時代的歷史記憶。戰爭匆匆來去，捻熄了無數知識分子的青春烈火，呂赫若的夢與理想也一併都化爲灰燼。他的作品留在這個人間，傳達著半個世紀以前的歷史召喚，台灣知識分子的精神出路就在這塊土地，這座奮力在北半球泅泳的夢島。

二〇〇六年一月二十三日於政大台文所

（本文作者爲政治大學台語文研究所所長）

期待復活
——再現呂赫若的文學生命

林至潔

一、前言

呂赫若，生於一九一四年，歿於一九五一年，是才華洋溢的作家，也是跨越日帝和中國統台兩個時代的台灣第一才子。如果文學能反映一個時代的社會和民眾的事物、感情以及意識形態，那麼無疑的，出現於一九三五年文壇的呂赫若，他的文學作品，正是那個時代台灣殖民地人民心靈苦悶的吶喊。他的作品控訴當時的社會經濟結構和家庭組織病態，反映日帝統治下台灣人民的艱困生活，藉著作品來抒發不平之鳴。

二十二歲的處女作〈牛車〉發表於日本《文學評論》雜誌二卷一號，不僅在島內轟動一時，在日本及中國大陸也都受到相當的肯定和重視。如此傑出的作家，在二二八事變後，投身於鹿窟武裝行動，而陷入逃亡毀滅的悲劇命運裡。戰後的台灣文壇，由於文化斷層及白色恐怖的陰影籠罩，呂赫若這個名字對大多數人而言都是陌生的。他的作品大多用日文寫作，因此一般人對他的文學作品的認識、了解也就比較不容易。這幾年來，爲了讓呂赫若的文學生命復活，並重建他在台灣文壇的地位，我把他的作品一一譯出，想介紹給大家認識這位優秀作家的面目。

凡是傑出的作家，都有著與生俱來的特殊「品格」和「資質」，這種特殊的「品格」和「資質」，一旦處在惡劣時代環境裡，便更能發揮他的潛力。他們能夠冷靜敏銳地觀察周遭所發生的事物，透過文學作品去批判，揭露民眾的疾苦和社會矛盾，展現出思考時代的訊息，甚至於爲了理想，不向任何權勢屈服，爲自己的族群、家園和人類的光明遠景而奮鬥。

十九世紀是世界文學藝術達到巔峰的時代，寫實主義的文豪輩出，如法國的巴爾扎克、左拉、莫泊桑，俄國的托爾斯泰、屠格涅夫、杜思妥也夫斯基等，這些文豪都具備特殊的「品格」和「資質」，他們寫出關懷人類的作品，用悲天憫人的同情心敘述弱者的徬徨和苦悶，同時控訴苛酷的生活環境，種種表現都值得讓讀者沉思和批判。

呂赫若身處於日本殖民統治和國民黨官僚跋扈時代，他所發表的文學作品，跟那些文豪的作品比較，有著同樣沉重犀利的思想和風格。他用「理性分析」爲手法，「人道關懷」爲發皇，寫出被欺凌、被壓迫、被剝削人群的心聲。呂赫若迫不及待地想解開這些枷鎖，不惜棄筆，轉爲激進的武裝行動者，爲實現理想而犧牲生命。作爲五〇年代典型的理想主義知識分子，呂赫若的「品格」和「資質」，使得他的文學作品走入世界級作家之列。

二、呂赫若的出身及時代背景

呂赫若，本名呂石堆，一九一四年出生，家居在豐原潭子校栗林村。家境屬小地主階級，在家中排行第二，上有兄長，但其兄長留學日本時死於車禍，是以後來家裡僅有他和父親及繼母三人。

一九二八年，十五歲那年，呂赫若考上台中師範學校。當時師範學校僅收三十五名學生，念師範的學生大多數是窮人家的子弟，靠公費求學，畢業後有職業的保證；呂赫若和別的學生不一樣，出身算是不錯。

翌年，時爲一九二九，整個資本主義世界處於經濟大恐慌時期，紐約股票大跌，市場混亂。因大戰後期才參戰，日本在第一次世界大戰後的十年之間，便迅速地累積了大量資本。在世界資源分配上，日本資本家——尤其大資本家日本皇室獲利甚多，他們維持著特權的利益，而一般老百姓卻在經濟恐慌中造成失業人員增加，他們賤賣勞力，過著物質缺乏的生活，農村竟出現賣子女以求溫飽的現象，社會結構因此明顯的發生巨大的階級差距。日本本土上，遂出現求政治上解脫的呼聲，一般年輕人及學生贊成馬克斯主義，積極進行社會運動以解決政治的困境。

殖民地的台灣人民，被迫供應日本內地物質，廉價被剝奪生產品及勞力，過著更悲慘的日子。留日的台灣學生於是在社會運動上跟進日本。一九二九年，「台灣民眾黨」在第三次大會後開始左傾；一九三一年，「台灣總督府」對台灣的階級性社會運動展開大檢舉，學生和年輕人被捕者不在少數，社會運動遭受嚴重打擊。呂赫若正處在這樣的思潮與政治環境下，他的思想逐漸地傾向於左翼。不過當時年輕學生，他們思想的學習並沒有外人指導，全然都靠自己摸索，有關馬克斯主義的書尚未被禁，因此知識分子閱讀之書，如山川均①之《資本主義的詭計》，京都大學教授河上肇②《貧乏物語》，幸德秋水③《二十世紀之怪物帝國主義》等，都極爲普遍。

一九三四年，呂赫若自師範畢業，被分發到新竹峨嵋國小任教，此地都是客家庄，呂赫若與當地居民語言不通，遂轉調南投營盤國小，也就在這個時候開始寫處女作〈牛車〉，一九三五年在日本《文學評論》發表。

呂赫若採用「赫若」作爲筆名，主要是擷取他所敬佩的兩位左翼作家——其中一個爲中國郭沫若，另一個則是朝鮮作家張赫宙。他各取其中一字組合而成。

一九三六年四月小說〈牛車〉，與楊逵〈新聞配達伕〉（即〈送報伕〉）、楊華的〈薄命〉，同被選入《朝鮮台灣短篇集》，在上海出版，可以說是日據時代第一次被介紹到中國的台灣小說。

一九三七年七月七日日本帝國發動侵華戰爭，八月十五日起，日本帝國的台灣軍司令宣布全台進入戰時體制。在這個時期（一九三七～一九四五）日本統治者除了對台灣厲行高壓政策和加強經濟掠奪以外，並強化推行皇民化運動，以徹底消滅台灣人民的民族意識和抵抗精神。此時楊逵掌舵的台灣新文學運動擺脫日人領導，成立「台灣新文學社」，期能反映台灣現實生活，說出台灣人的聲音，光榮地完成帶領人民反帝、反封建、反資的新文學運動的階段性任務。在此時呂赫若也活躍於《台灣新文學》雜誌，後來這本雜誌抵不過日本政府當局的壓力，終於在一九三七年廢刊。一九四〇年《台灣日日新聞》主編西川滿④組成「台灣文藝家協會」，並發行綜合性的文藝雜誌《文藝台灣》。這些代表統治者意識形態的日本文人，其作品都是象牙塔裡的產物，毫不關心台灣民眾的現實生活。對於皇民文學色彩濃厚的《文藝台灣》，台灣作家張文環、黃得時、王井泉等人脫離，另外組成《台灣文學》，由張文環主編，與《文藝台灣》分庭抗爭。《台灣文學》雜誌採季刊發行，以日文刊出。從作品中可以看出這批台灣作家繼承了台灣新文學運動的精神，反日、反封建，刻畫出戰爭時期台灣人民在皇民運動壓迫下的抗爭和苦悶；而呂赫若的文學創作活動在這段時期也相當豐富。

「七七事變」以後，日本帝國侵華戰爭逐日擴大，對於台灣人民的思想統制也日益嚴厲。殖民地台灣的作家，已經不可能用過去的文學觀念來從事寫作，有些作家在極端惡劣的條件下掙扎苦鬥，有些不得不封筆停寫。

一九三九年，台灣的寫作環境惡化之後，呂赫若東渡日本，在東京學習聲樂，進入武藏野音樂學校聲樂科。畢業後曾參加東京東寶劇團演出《詩人與農夫》歌劇，前後有一年多的舞台生活，後來因肺疾遂罷，趕搭太平洋戰爭前夕的最後一班船回來台灣。

一九四二年，自日本回來之後，他在《台灣日日新聞》、《興南新聞》當新聞記者。決戰末期，他與張文環、林博秋、簡國賢、王井泉、呂泉生等人組成「厚生演劇研究會」，在台北永樂座公演《閹雞》。

戰後擔任《人民導報》新聞記者，報導「王添灯筆禍事件」。因爲透過社會事件的觀察參與，所以社會運動意識逐漸形成。此時他也擔任台北第一女中音樂教師，並於中山堂舉行音樂演唱會。二二八事件爆發後，他積極投入左翼的人民解放運動和武力抗爭。分析呂赫若思想傾向於左翼的主要因素，一是戰後目睹來台接收的國民政權的官僚作風與腐化使他失望，遂拋棄「白色祖國」，欲積極地改造社會，而「獻身革命」。另一個因素則是思想上深受建中校長陳文彬的影響。呂赫若參加左翼組織，主編《光明報》。

一九四九年國民黨撤退到台灣時，「台灣省工作委員會」的組織相當活躍，呂赫若的工作壓力也隨著增大，在這年所謂「光明報事件」發生、「基隆中學事件」爆發，台北組織被破壞，許多左翼分子被捕，呂赫若身分暴露，準備逃亡日本，後來前往鹿窟。

鹿窟是台共武裝基地，許多工作被破壞的組織人員都前往深山建設武裝基地，抱著崇高理想貢獻心力。呂赫若當時擔任無線電發報的工作，由於老式的發報機功能不佳，也爲了逃避偵察，他常要跑到幾哩路遠的地方發射，所以工作改爲晚上進行。鹿窟山區的晚上蛇特別多，據當時在基地的同志說，呂赫若是晚上工作時被蛇咬到，延誤了急救的時機，因此而喪生，享年三十八歲。

三、呂赫若的文學藝術

談及呂赫若的文學藝術，首先要了解他的文學思想，因爲作家的哲學內涵決定了他的文學觀及文學傾向。我們從呂赫若的幾篇文學評論及文學雜感中，可以找到他文學思想的源頭。

一九三六年八月發表的〈舊又新的事物〉一文中曾探討文學作品及藝術究竟爲何物。他引用黑格爾的理論，明確的指出一定要個人對現實產生精神共鳴，才能創造得出作品的藝術，根據這一點，呂赫若認爲藝術是意識形態下之產物，所以探討文學藝術，不能撇除它的經濟基礎及社會關係的決定作用。該篇文章中他又談到一九三五年五月，《台灣文藝》刊出了另外一位台灣作家郭天留所報導的史達林時期「全蘇作家大會」的決議報告，其論點主張用唯物史觀、現實主義來從事文學創作；呂赫若在文中特別提到該篇報導相當值得學習。他又在結論中引用了蘇聯文藝理論家盧那察爾斯基的一句話：「藝術是認識現實的特殊形式」來作爲結語。

另一篇文學評論〈關於詩的感想〉發表於一九三六年一月《台灣文藝》。在該篇中他引用了日本一位馬克斯文學理論家森山啓的理論，其理論指出「詩絕對不是脫離客觀現實的東西，詩中如果有價值的東西，經常是跟一定的社會階級必要相結合的生活感情」。另又提到「越是能表現特定社會階級歷史性進步的詩，它的價值便越高」。這是馬克斯主義文學理論中所提及的，呂赫若在該篇中引述這些論點，我們適可以了解呂赫若推崇社會主義的文學觀念。

呂赫若的創作生涯共十三年，從一九三五年發表處女作〈牛車〉掀開創作序幕，至四七年發表最後作品〈冬夜〉爲止，跨越了戰前及戰後兩個時代。戰前日據時代他以日文創作，戰後國民黨統治時代則改以中文創作，呂赫若的文學歷程又可分爲四個階段：

第一階段是一九三五年執筆創作〈牛車〉發表於日本《文學評論》，至三九年他離開台灣負笈日本東京武藏野音樂學校學習聲樂爲止。在這時期的作品，呂赫若以小資產階級知識分子的角度來看殖民地及半封建社會的矛盾，他冷靜敏銳地觀察社會問題。他的作品描述農民的疾苦、農村經濟破產所發生的悲劇、鄉村知識青年的苦悶及婚姻問題、女性命運及宿命性格爲焦點，嘗試現實主義影響下的寫實風格。

特別是這階段的三篇作品，〈牛車〉、〈暴風雨的故事〉、〈逃跑的男人〉與文學評論〈關於詩的感想〉，文學雜感〈兩種空氣〉，另一篇文學雜感〈舊又新的事物〉等文學作品可以說是爲了實踐社會主義的文學觀而寫成。

第二階段，一九三九年至一九四一年。呂赫若在日本求學時期完成了中篇〈季節圖鑑〉、〈藍衣少女〉及長篇《台灣女性》（其中第一篇爲〈春的呢喃〉，第二篇爲〈田園與女人〉），在創作意識上沒有什麼改變，但觀察焦點從農村婦女問題轉移到都市婦女問題，他描述了都市婦女的生活、感性、婚姻問題、人性糾葛所發生的道德危機。寫作技巧較成熟，情感上的描寫更爲細膩，而人物心理變化也極複雜。從他作品的敘述風格與描述技巧來看似乎與日本作家菊池寬、久米正雄的作品相似。可能在赴日求學期間或多或少受日本文學的影響吧！

第三階段，一九四二年至一九四五年。一九四二年，呂赫若從日本歸來，他的創作手法、文學風貌更趨成熟。在這階段，呂赫若的文學題材有所轉變，主要原因是一九三六年日本發動中日戰爭前夕，台灣總督府情報課透過全島警察嚴格管制台灣知識分子的思想。翌年，日本帝國大舉侵略中國，在當時的政治環境之下，呂赫若的作品如〈牛車〉之批判日本政府，就極可能會被列入思想嫌疑犯。呂赫若可能有這樣的顧忌不再寫這類題材。從一九三六年以後，呂赫若開始朝婦女問題及封建家庭從事寫作，探討並且批判。觸及婦女問題的作品，如〈廟庭〉、〈月夜〉、《台灣女性》；批判封建家庭的作品，如〈合家平安〉、〈財子壽〉、〈風水〉。一九四三年〈財子壽〉一作獲得台灣文學獎，此時呂赫若的創作已達到高峰，他的描寫方法及敘述風格，已不只停留於對腐敗現象的片面的描述，他掌握到寫實主義的精髓，經過藝術設計，透過典型人物深入複雜錯綜的人際關係，進而藉由人物心理變化，提出對生命的反省，對社會的批判，展現了呂赫若對事對物的不凡思考。這些小說，不僅是呂赫若個人成熟的代表作，也是台灣文學成熟期的優秀收穫。

一九四四年呂赫若的小說《清秋》由台北清水書店出版，前由台北帝國大學國文系教授瀧田貞治寫序，後由呂赫若寫跋，收〈鄰居〉、〈石榴〉、〈財子壽〉、〈合家平安〉、〈廟庭〉、〈月夜〉、〈清秋〉等短篇。

作家王昶雄⑤在評論呂赫若的作品時說，他擅於描寫台灣封建家庭的陰暗面，又敘述富農的「家變」而發生的各種悲劇。這樣主題乍看與巴金的小說有異曲同工之妙。但是呂赫若的作品看不到巴金的浪漫和傷感，他的作品更客觀而冷雋，正確地反映了現實。

太平洋戰爭末期，日本政府提出三大政策：一、工業化；二、南進東南亞（後來提出大東亞共榮圈之政治體系〉；三、對台灣進行皇民化。此時戰場從中國大陸往東南亞推進，島內也積極實行皇民化，統治當局要求作家配合政策，效忠政府，文學奉公之下，宣傳色彩濃厚的「台灣皇民文學」出現（後來稱爲決戰下的台灣文學）。首先在台灣總督府情報課的要求之下，台日作家分別被派到各地農礦兵工等地參觀，以其見聞寫成歌功頌德的奉公文學。此時以呂赫若在文壇的名氣及地位，當然日本當局不會隨便放過他，呂赫若在這情況之下，使用他高度技巧來僞裝自己，創作了一些作品，如一九四二年的〈鄰居〉，一九四三年的〈玉蘭花〉，一九四四年〈山川草木〉、〈清秋〉、〈百姓〉，一九四五年的〈風頭水尾〉。

〈鄰居〉描述鄰居日本夫婦抱養台灣孩子，發揮母愛，述寫下階層人民間的感情。〈玉蘭花〉寫出主角在七歲孩童時，在家中遇到日本友人的回憶。呂赫若在這裡撇開文化或種族階級的意識，僅談人與人之間如何相處。〈山川草木〉敘述「家變」之後，富家女回鄉，以彈鋼琴的手種田維生的經過。呂赫若在這一篇作品歌頌勞動的偉大和都市知識婦女的自我改造和自我批判。〈清秋〉是寫太平洋戰爭中所謂決戰末期，在砲火陰影下台灣民眾的徬徨與不安。〈百姓〉是寫決戰下的台灣老百姓的生活狀態。〈風頭水尾〉寫出農民勞動者不畏艱難勇敢地和大自然搏鬥的生存勇氣。

從呂赫若在決戰氣氛之下、「奉公文學」時期所發表的五篇作品，我們可以看出在惡劣的政治環境裡，他把嘶聲吶喊的內涵藏在心中燃燒，迴避對戰爭體制的批判，更規避了對瘋狂戰爭扭曲了人性的責難，對尖銳的種族問題的矛盾也暫時不談，但是他更不歌頌皇民化運動！他頌揚人性善良的一面，寫勞動者跟惡劣的大自然搏鬥的勇氣，並描述知識分子自我改造的經過。基於當時的歷史背景，我們知道要應付當局要求寫奉公文學，又不違背民族良知，的確困難。不過當時的作家群中，能用高度思想及藝術手法寫作的，有如楊逵、呂赫若、吳濁流……等人。

第四階段，一九四六年至一九四七年。戰爭結束，台灣光復，呂赫若擔任《人民導報》的記者，在新環境之下嘗試中文的寫作。一九四六年至四七年發表四篇短篇作品：〈故鄉的戰事一——改姓名〉、〈故鄉的戰事二——一個獎〉、〈月光光——光復以前〉及〈冬夜〉。從最後的作品〈冬夜〉發表之後，呂赫若走上了革命的不歸路。

這四篇中文作品在語言表達上不免生澀，美學的結構雖然粗糙，但其思想意義相當的重要。這四篇的內容總結了呂赫若戰前與戰後的體驗及觀察。研究呂赫若的文學藝術，我們不能忽略他戰後的這四篇中文作品，從這四篇中文作品，可以找到呂赫若對戰前日本皇民化運動和戰後對國民黨惡政批判的答案。

呂赫若寫第一篇中文的〈故鄉的戰事一——改姓名〉發表時，終戰未久，他迫不及待地用中文創作，內容反思日據末期皇民化運動，日本當局要求被殖民者改成日本名變爲皇民，呂赫若在這篇作品中，折穿日本當局虛僞的政治動機及皇民化的欺瞞性。這篇作品在語言及形式皆粗糙，是一篇從日文寫作轉變爲中文寫作的過渡性習作，但呂赫若站在歷史見證的風口。

第二篇〈故鄉的戰事二——一個獎〉，描述台灣民眾在日據末期，處在美軍轟炸及日警嚴厲管制之下的無奈處境。所謂一個獎，是鄉村農民發現田裡有美軍炸彈殘殼，便要向治安單位報告繳庫，否則將受到嚴厲處分並被毒打，沒有繳庫被發現也要挨打。他在小說中形容農民不論如何都被挨打一頓，如中獎一樣。這篇小說刻畫出統治者隱藏在威勢背後貪生怕死的面目，是深刻反諷統治者的一篇作品。

第三篇〈月光光——光復以前〉，寫戰爭末期城市的民眾爲逃避美軍轟炸，在鄉村裡爲覓著一處棲身之地而到村裡租房子，結果房東提出的條件便是全家人都會說國語（日本話）才租給他。呂赫若在這篇小說中指出皇民化運動強迫被殖民者講國語是違悖人性，這種缺乏人性的運動絕不能獲得人民認同，更不能持久。這篇作品刻畫城市小市民心境，不僅批判，更說出被殖民者的抗拒。

第四篇〈冬夜〉是呂赫若最後一篇作品。寫日據末太平洋戰爭到戰後初期，國民黨官僚跋扈的時代。在國民黨治台當局不當統治之後，物價猛漲，經濟惡化，官僚貪污成習，社會動盪不安，有錢階級花天酒地，無錢階級呼天搶地，使島上籠罩如冬夜般的厄運。呂赫若藉一個女子的淪落風塵和兩度婚姻的遭遇，談及台灣社會從日治末期到光復初期的社會問題。

此時日本帝國已敗退，島民尚未獲得安定生活。呂赫若在此預告另一個衝突的風暴正在醞釀，社會動亂即將來臨。這種預告不出意料之外，果真在他發表作品不到一個月便發生二二八事件。這一篇小說可以說是呂赫若戰後觀察及經歷的重要寫實作品。

呂赫若的中文創作，在文字技巧上雖然缺乏修飾而顯得粗糙，但仍然可以看到他對於時代有著敏銳的觀察力，取材充滿了對於社會的關懷和批判，並堅持寫實的風格。

四、結語

呂赫若無疑是異族統治的殖民時代，最有思想性的台灣作家之一。他出現文壇時，台灣社會的近代化急速展開，近代世界思潮湧入台灣，民眾的知識大開。此時台灣人不再用武裝抗暴，而是以非武裝的政治運動來反抗，繼而以思想啓蒙文學運動，繼續反抗統治者。二、三〇年代的知識分子，如賴和、楊逵都是日據時代政治運動的先驅者，他們政治運動與文學運動並用，形成互動作用，把台灣群眾帶入反抗日本帝國主義及反抗封建社會的解放運動。呂赫若的思想在投入新文學運動時就受到他們的影響，並在客觀環境的衝擊之下，更發揮了現實主義的文學性格。在他的文學世界裡，題材從未脫離台灣社會，也因此培養了特殊的文學品質。在殖民時代，無論環境如何惡劣，呂赫若沒有離開文學本位，更沒有放棄追尋文學藝術的夢想。

光復之後，台灣有過爲期一年餘的多采多姿的社會政治與文學活動。呂赫若在此時更積極地把戰前與戰後，被日本和中國統治下的兩種經驗寫出來，勾畫出時代的面貌。也許因創作語言由日文轉爲中文，文字上不夠流暢，不可避免地影響作品中人物刻畫的深度和情節的熟練，但可以看出光復後呂赫若在文字上嘗試的努力及可貴的熱情和毅力，留下對時代的見證。

呂赫若在本質上是一位熱愛自己鄉土與充沛著理想主義的文學家，爲了想讓他心愛的鄉土能變成人世間的樂園，他封筆成爲一個改造行動者，尋找他理想世界的源頭。然而在白色恐怖的五〇年代，他跟一批理想主義的菁英死在革命的戰場上。也許在別人看起來，他的生命充滿著苦難，但在台灣文壇上，呂赫若留下了璀璨不朽的文學作品。

註釋

①山川均，政論家，第一次世界大戰後，經常在堤康次郎發行的《新日本》雜誌上發表鼓吹民主、自由等進步思想。著作《資本主義的詭計》是一九二〇年左右，日本進步青年所愛讀的書籍，後影響日本政治界至中日戰爭爲止。

②河上肇，東京帝大畢業，任京都帝大教授。著作《近世經濟思想史論》、《資本主義經濟學歷史發展史》等。《貧乏物語》反思日本資本主義國家的社會病態，日本進步青年必讀書籍之一。

③幸德秋水，一九〇一年與片山潛創立社會民主黨。著作《二十世紀之怪物帝國主義》，批判軍國主義的擴張侵略，終於走上帝國主義之途。此著作是作者三十一歲的處女作。

④西川滿，日本作家，一九四〇年組成「台灣文藝家協會」並發行綜合性的文藝雜誌《文藝台灣》。他是日據時代末期皇民化運動時對台灣文化界頗有影響力的人物。

⑤王昶雄，牙醫師，日據時代作家，與呂赫若同時代，代表作〈奔流〉於一九四三年被選入《台灣小說集》，呂赫若在該集中也有〈風水〉一篇被選入。

牛車

1

「傻瓜！可不可以安靜點？」

扭曲那張暴躁到似乎想哭的臉龐，木春毆打弟弟的頭。於是，「啊——」弟弟彷彿劃破咽喉般地大喊，整個人趴到地上，手腳亂動，還把油罐打翻了。「你這傢伙……」木春握緊拳頭，蜷曲上半身。「我要再打你了噢！」不過，抬起的手腕突然失去力氣。木春柔聲地說：

「蠢蛋！哭又能如何？阿母就快要回來了。會弄髒衣服的。」

因爲他憶起之後這個家中又將上演的場面，那是個恐怖的場面。木春已完全倍感威脅。日復一日，傍晚工作完畢歸來的雙親，立刻開始爭吵，最後互相扭打。即將九歲的木春躲在床的暗處凝視一切的動靜。弟弟則號咷大哭。「木春！你是木偶嗎？」阿母咬牙大聲斥責。「喂！和哥哥一起去玩。」悄悄地從床的暗處走出來，木春抓起弟弟直往門外飛奔。然後在田間小路坐下來，仔細地告訴弟弟。「阿城，你不覺得很可怕嗎？在那時候大哭……」

爬到看得到裂痕的餐桌上，木春把手伸進飯桶中。刷！刷！把桶底的米粒抓在一塊捏成圓團，然後讓弟弟的手抓住。

「來！來！不要哭了。來吃這個。再哭，等阿母回來，就要倒楣了。阿城啊。」

弟弟立刻停止哭泣，津津有味地小口咬著。鼻涕和著淚水，與飯一起吞下去。

「好吃吧！」

兄弟兩人早已習慣吃冷飯。阿母早上去工廠的時候，就說這是中午的份。剩飯白天會變冷，但還有些水氣。雙親不在家時，他們自由地看家。想到時，就朝飯桶裡抓起飯來吃。兄弟兩人就是這樣長大的。然後，他們的肚子漸漸隆起，大到像個懷孕的女人。不過，卻不曾生過什麼病。

玩了一整天，筋疲力竭時，耳際響起門口竹門的吱咯聲。木春不由得睜大雙眼。「阿母回來囉！」搖起身旁的弟弟，連忙到門口一瞧。回來的是阿爸楊添丁。

木春以恰似訴說父親一天的外出及表露自己的不滿之口吻說：

「阿爸！今天很早嘛！」

「是啊……」楊添丁的身子轉向孩子們回答說。

「你阿母已經回來了嗎？」

給拉進牛棚的黃牛吃飼料草，他解開鈕釦原地佇立。然後利用斗笠將風灌進胸部。

「是嗎！」父親輕輕點頭。「肚子餓了嗎？」隔了一會兒後問他們。

木春點點頭。

天色越來越暗。傍晚火紅似鮮血的天空，白鷺成列呼嘯飛過。沒有半點風，燠暑逼人。他不禁縮起身子，蚊子成群在前方嗡嗡飛舞。

楊添丁把甘蔗枯葉束點火，拋入灶中，然後站起來，把水倒入鍋中，開始清洗起來。

「木春！要煮飯了。你阿母還沒有回來……」

爲了不使他們哭泣，楊添丁面向望著灶火的孩子們柔聲地說。

接著到後面的田裡巡視一下，母親阿梅就回來了。

她不和丈夫交談，把斗笠和便當盒輕輕放下，再度在廚房裡出現，把最小的小孩拉近，上下盯著他的身體看了一會兒，然後似罵非罵地說：「你又隨便亂躺了。再把衣服弄得這麼髒，就不幫你洗了……」發覺苗頭不對，木春在灶的黑暗處縮起身體。

「怎麼了?怎麼這麼晚……」楊添丁正面看著妻子說。「眞是愚蠢的女人。也不早點回來,難道不覺得孩子們很可憐嗎……」

「哼!說他們很可憐……」阿梅把鍋子從丈夫的手中奪過來似地抓住,然後靠近米桶,冷不防打開蓋子往裡面瞧。

「你如果瞭解到這點,孩子們就不用吃冷飯,而且我也不用去鎮上的工廠。你這個窩囊男人還敢說什麼?」

「什麼?你又來了……」離開灶邊兩、三步,然後衝過來似的,楊添丁停了下來。

「是啊,我已經說過好幾次了。奔波一天,卻賺不到三十錢的男人,不是窩囊是什麼。你看!米桶空空的,令人想哭。好像明天的米會從天上掉下來似的……」

阿梅故意敲打桶子的底板。

「照這樣說來,你認爲是因爲我懶惰的緣故囉?」楊添丁看著不講理的女人,突然間勃然大怒。

「我可是拚足了老命,一刻也不曾懈怠。晚上也無法好好睡,天一亮就出門,你應該也看到這種情形吧。」

「啊!我不想聽。誰知道你出去都在做什麼。仔細一想,大家都知道。在米價昂貴的從前,可以快樂地過日子,卻在米價便宜的今天,每天爲米煩惱。會有這種蠢事嗎?」

「對啊！你說對了！以前輕輕鬆鬆一天就可賺到一圓。現在到處奔波，卻賺不到三十錢。這是什麼原因你知道嗎？」

楊添丁轉身咳嗽。

「要知道什麼？我只知道你在逃避。不是賭博、懶惰，就是去找女人……」

挪開視線，阿梅以灶爲中心，開始忙碌起來。

「不對，都不對。連吃飯時間都來不及的我，怎麼會做這種事？因爲雇主減少。」

楊添丁斬釘截鐵地回答。

「哼！給自己找台階下。雇用與不雇用都在於你。只要認眞地請對方雇用，又怎麼會不被雇用呢？窩囊的人……」

「混蛋！」怒火中燒的楊添丁大叫著挨近，抓住女人的頭髮用力拉扯。阿梅發出悲鳴，身子後仰，抓起身邊的飯碗，扔向男人。最小的孩子開始放聲哭泣。

「貧窮也是因爲時運不濟啊。你這個女人……」

互相揪住一會兒。瞬間想起什麼，楊添丁以血紅的眼睛瞪著老婆。

「……什麼？總歸一句話，你是說我懶惰不賺錢？」

再怎麼遲鈍的楊添丁，也能感覺到自己的家近年來已逐漸跌落到貧窮的谷底。在雙親遺留下來的牛車上迷迷糊糊拍打黃牛的屁股，走在危險、狹窄的保甲道時，口袋裡隨時都有錢。即使在家中發呆，從四、五天前，就有人爭著拜託他運米、運甘蔗。等到保甲道變成六個榻榻米寬的道路，交通便利時，即使親自登門拜訪，也無功而返。結果，連老婆都得把小孩放在家裡，不是去甘蔗園，就是去鳳梨工廠，否則明天的飯就無著落。是因爲自己不夠認眞嗎……楊添丁自問自答。不！自己還比以前更認眞，一天也不曾懈怠。想到老婆每天衝口說他懶惰、窩囊，脾氣暴躁的他越想越氣，恨不得想把老婆殺掉。等到事後靜靜思考，那也是因爲擔心生活的緣故，於是憎恨之心立刻煙消雲散，這種情形屢見不鮮。他心焦如焚。總之，在生活上，必須與我們眼睛所看不到的壓迫作戰。

曙光乍現。咕嚕！咕嚕！耳際響起空牛車前進的聲音。楊添丁靠近黃牛的旁邊走著。鄉村夏天的清晨非常涼爽。雜草上的露水尚重，每踏出一步，就濕潤了腳掌心，讓人有種冰冷的感覺。在道路上可以看到田裡零零星星有幾個農夫，以及牛的身影在眼前晃過。自行車與載貨兩輪車從後面拚命追過遲緩的牛車，突然間看了一下楊添丁的臉，然後揚長而去。

鎭上還在睡夢中。直到出現從鄉下蜂擁而至的一群農夫，整個鎭才被搖醒。不過，鎭中央的二樓還深深陶醉在夢中。只有鎭郊骯髒的白鐵屋頂下的市場，以及破舊的板壁，洋溢著擁擠之喧嘩聲。人們露出大夢初醒的臉，頻頻叫囂著，穿梭在早晨的空氣中。不禁讓人覺得已捲入擔心、競爭、怒號與歡喜的漩渦中。

「噓、噓……」

來到河邊商業地帶的萬發碾米廠門前，楊添丁輕撫牛的鼻筋，讓車子停下來。他把斗笠放在車上，然後慢吞吞地鑽進碾米廠的入口。房間裡的電動機正在嗡嗡響著。

四、五個農夫坐著聊天。

「喲！這麼早啊。」

從大清早就坐在辦公桌上拚命撥算盤的碾米廠老闆對楊添丁說。

「陳先生！今天是不是有什麼要搬運的……」

「啊！」米店老闆臉也不抬，輕輕發出不算回答的聲音。但也只是這樣，沒有其他下文，繼續默默熱中撥打算盤。楊添丁就站在泥巴地的房間，凝視所有的動靜。

從剛才就拿出菸管拚命抽著、滿臉皺紋的老翁，似乎在說些什麼。楊添丁這才聽懂他說的話。

「米這麼便宜，還是我出生後第一次遇到。就好像是農夫免費種稻似的。再加上碾米費，不管賣多少米，還是賺不到一錢。眞是蠢話。」

在旁邊聽著的一位滿嘴牙垢的人說：

「老頭！那是因爲你自己在賣米，才會這麼說。你看我，連吃的米都不夠，當然便宜比較好囉。」

「哼！這是你一個人在說。米價高表示景氣好。大家都以高為目標。越來越便宜的話，你就完蛋了。」

碰！老翁敲打菸草，用力地說。

「原來如此。」農夫們吞下口水屏神凝聽。

「是嗎？對我來說都是一樣的。總之，就是……」

「蠢蛋！」

老翁打斷滿口牙垢的人的話題，口沫橫飛地斥責。

「啊！算好了。八圓五十一錢。與帳目符合……」

把算盤掛到牆上，米店老闆對老翁說。老翁睜大雙眼。

「你看！你看！」以下顎對剛才的農夫表示就是這樣。

「陳先生！今天怎麼樣？」

楊添丁抓住時機，囁嚅地說。

「啊！是你啊？」米店老闆以一副現在才發覺的表情看著楊添丁的臉。「必須要搬走的稻穀是很多……」

「那麼，讓我來吧。」

「不過，已經叫運貨卡車搬走，實在很不湊巧。」

楊添丁悶不吭聲地站著，動也不動地凝視米店老闆的臉。

「不過，陳先生！如果有卡車無法去的地方，也讓我的牛車效勞一下。」

正因爲生活的需要，他無法說著「是嗎？」就走出去。

「說的也是。不過，你也要想想。有時爲了趕時間，雖然我有三、四部載貨兩輪車，還是得租卡車。買賣也沒有做那麼大，而且我也想過要使用你的牛車。我並不是沒有想到從以前就經常爲我搬運的你。不過，現在不能再使用牛車了。你去別處看看吧。」

米店老闆坐在椅子上，以親切的口吻再三叮嚀。

滿臉皺紋的老翁頻頻點頭，交換看著米店老闆與楊添丁，然後插嘴說：

「現在不是牛車的時。大家都在做這種買賣。不！山裡的人都有載貨兩輪車，而且比遲鈍的牛車更好。在我小時候，牛車相當多。現在卻不多見了，不是嗎？總之，它比不上那快速的運貨卡車和載貨兩輪車喲。」

「嗯。不管怎麼說，就是這麼不景氣。我也不能只爲他人著想。買賣還是希望賺錢，如果還是像從前一樣靠著慢吞吞的牛車，那就無法有多大助益。」米店老闆苦笑著說。

「啊！我也覺得靠牛車爲生很辛苦……」

突然間覺得筋疲力竭，楊添丁心情浮動，一口氣喝光番茶（粗茶）。

滿臉皺紋的老翁突然想到什麼，把菸管放在肩上。

「不只是牛車。從清朝時代就有的東西，在這種日本天年，一切都是無用的。原本我家的稻穀，就是委託那個放尿溪的水車。可是，當這種礪米機出來後，那個就慢到無話可說。反正都要付出相同的工資，那就決定靠這個囉。不只是我，大家都這麼認為。如今，那個水車已經不見蹤影了吧？總之，日本東西很可怕。」

「是啊。」

農夫們聽得目瞪口呆，直盯著老翁的臉。他們認為文明的利器都是日本獨特的東西。覺得自己的事好像被提出來，楊添丁感到厭煩。但是，初次聽到這裡也有和自己類似情形的人，於是燃起他的好奇心，始終佇立不動。

街道已經全亮，陽光燦爛。公車的警笛大響，邊載乘客邊飛駛而過。

一位從店裡眺望此情景、年約三十歲的矮小男人，回頭看著大家的臉說：

「聽你這麼一說，我也突然想起。由於那汽車的緣故，也不知道被折磨到什麼程度。農夫利用時間和鄰居一起抬轎，多少能賺點錢。可是，那個傢伙，如果每一條路都毫不客氣地行駛，那我們的生意就會一落千丈，賺的錢就剛好只夠付稅金……」

「哈！哈！哈！那不是白費力氣嗎？」

「那也是為了要活下來啊。」米店老闆難得會和他一起笑。

「就是啊。完全是蠢話。因此，我立刻就放棄，把心血全部放在種田。這樣就大概過了三年。」三十歲的男人屈指一算，無限感慨地嘟囔著。

「清朝時代的東西還是不適合在日本天年。趕快把那些東西收拾起來，做個農夫也能有所得呢。」

你是不是對麻煩的牛車感到棘手啊？米店老闆說著，稍微看了一下楊添丁的臉。

「我也認爲或許當農夫會強過以牛車爲生。不過，那……」

眞是坐享其成又好管閒事——楊添丁憤憤不平地離開萬發碾米廠。

砰地一聲拍打牛背，當牛車開始動起來時，他又擔心現在該往哪裡去。現在即使踏遍鎮上的每一個角落，也找不到肯雇他的人。這是從以前楊添丁早就知道的情形。鎮上的商人都無情。他不免心生怨恨。不過，正因爲爲了生活的需要，他不能把情緒表露於臉上。他下定決心，當別人用不上它的時候，至少十次也要勉強對方用一次。但是，在沒有人雇用他的時候，他就要像這樣遍訪鎮上的舊宅。

咚咚經過陋巷的碎石路，來到田裡時，河岸有間鳳梨罐頭工廠。楊添丁在漆上藍色油漆的辦公室門前停了下來。

運貨卡車就在工廠旁邊，發出噗噗的警笛聲，然後揚長而去。

「喂！不要！不行！不行！」

戴眼鏡、看起來好像很威風的男人，從辦公室裡一看到他，一句話也沒有說，就立刻揮手大聲斥責。

由於對方是個穿西服的男人，楊添丁呆若木雞。冷不防被斥責，他嚇得目瞪口呆。

「不要！不要啊！欸——」

不得已，他又站到別家的製材工廠、米店、批發店等的門前。還是沒有人要雇用他，都婉言拒絕。

「想在這個鎮上賺錢，可眞是越來越難了。啊——還是只能賺到農夫的錢。」

坐在牛車上，身子隨著晃動，楊添丁閉眼陷入沉思中。

2

「哎喲！楊添丁！在這麼好的地方與你相遇。」

「啊，是阿生啊！你要去哪裡？」

楊添丁從車上抬起頭來，就在前面十步的地方，農夫王生望向這邊。那張有稜有角的臉毫無表情，肆無忌憚地向前走了兩、三步。

「最近忙嗎？」

一走近，王生說完這句話，突然跳上牛車，與楊添丁並排蹲著。

「不！剛好相反。」

「喂——這傢伙……依我看來，你過得特別好。首先，只要讓這隻牛走路，就會有錢到手。真好啊。」

「哼！哪有這麼好的事。也不知道做農夫有多好。」

楊添丁低頭沉思。

「農夫也很辛苦啊。不過，明天你的牛車有空嗎？」王生輕敲著車板問他。

突然間，油然而生某種喜悅的預感，楊添丁不由得坐直身子。

「啊！當然有空。有什麼可以用到我的地方嗎？」

……

隔天早晨，一聽到第一聲雞啼，楊添丁就立刻起床，點亮燈籠。伸手不見五指的房間，煙霧突然冉冉上升，朦朦朧朧亮了起來。拿出毛巾，捲在頭上後，稍微瞄了一眼床上，阿梅與孩子們都伸出手，睡得正酣。楊添丁很快地說：「該走了。」

外頭漆黑，宛如塗上煤焦油。他走去牛圈，給黃牛一束乾草後，就開始拉車。雖說是夏天，冷風颼颼，他不禁縮起脖子，赤腳都沾濕了。喀噠！喀噠！每次車子搖晃前進，蠟燭的黃色火光痙攣似地顫抖後就消失了。咯噔！咯噔！縱貫道路上鋪的小石子，與車輪一摩擦就發出悲鳴。在黑暗中，聲音更加悲淒與大聲。

到達約定的地點，仔細一瞧，王生尚未到達。約好今天早晨要裝載竹籠到名谷芭蕉市。

楊添丁把牛車停下來，坐著仰望夜空。

沒有月亮，一片漆黑。只有沒逃掉的星星寥寥可數，微弱地一閃一爍。來自道路附近的農家，只有雞鳴，以戳破紙之勢互相呼應，聽起來相當刺耳。楊添丁心想，這麼早就出來工作者，只有和我類似的人。可是，妻子還說我懶惰、窩囊。啊——楊添丁深深嘆了一口氣。到底我的妻子是個什麼樣的女人。……而且，話說回來，我這麼拚命，也無法賺到錢，這是個什麼樣的世界啊。難道神明也瞎眼了嗎？一時之間，他怨恨不認可自己能工作的神明，悲傷、難爲情的心情襲上心頭。

「喂！你在嗎？」

黑暗中突然響起低沉的聲音。聲音之大令人毛骨悚然。現在的心情立刻飛走。楊添丁大聲回答：「已經等很久了。」站起來提高燈籠讓對方瞧見。……

「已經幾點了？」

是王生。砰！把挑著的竹籠放到牛車旁，立刻忙著解開繩子。好像是他家人的一位姑娘與兩位少年也同樣挑來竹籠。姑娘頭戴斗笠，在燈籠朦朧的陰影下，一個勁兒地舞動雙手。少年們也低下頭。

「兩點左右吧？因爲距離第一聲雞鳴沒多久……」

楊添丁邊迅速地把竹籠堆放到牛車上邊回答。好不容易才找到眼前東西的喜悅之情湧到咽喉，他勇氣百倍地拿出力量。太有幫助了……開朗的心中直呼「太感謝了！太感謝了！」，於是向對方表達感謝之情。

「喂！會幫助貧窮人的，還是只有貧窮人啊。」

鎮上的人不僅不雇用他，還像追狗似地趕他。思及此情景，親睦之感使得楊添丁的聲音顫抖，不時把臉朝向四十歲的男人王生。

「哪裡！這種事……」王生大致以否定的口吻說。他似乎立刻感覺到楊添丁話裡的含意。「起初我也是考慮要帶著家人一起挑過去。但因爲路途遙遠，只好作罷。載貨兩輪車是最理想了。不過，沒有人肯借我。所以才拜託你的。」

把竹籠裝到簡單的牛車上不需花費十分鐘。

向家人交代幾句就讓他們回去後，王生走到牛車的旁邊。

「從現在開始出發到芭蕉市，大約需要多少時間呢？」

從一跨出步伐就頻頻惦記時間的王生問他。

「啊！要三個多小時啊。五點過後就會到達。沒有問題……」

楊添丁不時回頭看對方的臉。

從岔路開始，暗黑的路上響起「喀噠！喀噠！」的聲音。兩、三個燈籠搖搖晃晃的移動。楊添丁立刻感覺那些都是牛車同業。因爲只有他們才會這麼一大清早就組成大隊出門。

「喲──」等清楚看到彼此的樣子時，對方先發出聲音。「你也很早嘛！去名谷嗎？」
「啊！去芭蕉市。好久不曾這樣了。」
轆轤響個不停，牛車三、四輛排成長列。一種類似祭祀的愉快感覺使王生心旌蕩漾。走在前頭的人發出像是老人的聲音，悄悄地在議論些什麼事。
給黃牛一鞭後，楊添丁說：
「怎麼樣啊？景氣好嗎？」
「景氣！啊哈哈……」就在前面的四十歲男人笑著回過頭。
「這個時候走在這種地方，想也知道。如果景氣好的話，這時候正在睡覺呢。」
說的也是。我也是……寂寞湧上楊添丁的心頭。
「這種事是可以預料的。因爲大家都相當清楚……」
四十歲的男人接著快步走，以嘶啞的聲音開始大聲唱歌。

陳三一時有主意
五娘小姐……

他的歌聲迴盪，衝破黑暗。有人以鼻音附和。

楊添丁無法模仿。如今才驚覺，為了生活，自己的心已到達無法歌唱、無法快樂的地步。於是羨慕起開朗唱著歌的人。

牛車在道路的中央前進。

突然間，四十歲的男人停止唱歌，拔出車台的側棒，離隊走近路旁。

提起燈籠一照，石標佇立一旁。

「這個畜生！」鼓起勇氣，他想將石標擊倒。砰！不管他如何毆打，石標始終文風不動。他朝氣勃勃地發牢騷。

「啐！混球……」

「好……我來了。」

飛奔過來的男人立刻找來一塊大石頭。兩個人合力把它抬起來，然後用力丟過去。反覆兩、三次後，石標就被輕易擊倒。

「活該！」

把它拋入田裡後，兩人放聲大笑回到原地。

白天他們每次經過石標的旁邊，總是掀起怒火與反抗心。經常想著要逮住機會來將它擊倒。石標上寫著「道路中央禁止牛車通行」。因為汽車要在平坦鋪著小石塊的路中央行駛。

「我有繳納稅金啊。道路是大家的。哪有汽車可通行、我們不能通行的道理。」

儘管抱持這種想法，由於白天「大人」很可怕，所以沒有通過這裡的勇氣。因爲他們知道，萬一不留神打路中央經過，被發覺的話，就會被科以罰金。隨著道路中央越來越好，路旁的牛車道卻通行困難。黃色的土面一被堅硬的車輪輾過，就會出現溝痕，看起來像嚴重凹凸的皺紋。因此，車子無法前進，車輪陷入深溝，備極辛苦。再加上完全沒有整修，越發變成崎嶇的山谷。

「這種路能通行嗎？」

在沒有他們在的早晨，是不會經過這種路的。他們一副唯我獨尊的表情，毫不客氣地將平坦的路中央劃出溝道。

「好想看汽車那傢伙哭喪的臉。這時候就敵不過牛車先生吧。哈……」

剛才那位四十歲的男人來到楊添丁的旁邊，一個人開朗地笑著。

「汽車那傢伙的確是個可憎的壞東西。」

楊添丁同意地說。

他們再怎麼沒學問也深知，近年不景氣越發跌落到谷底，都是因爲受到汽車的壓迫。機械奴！畜生！我們的強敵。日本物啊……心中燃起敵愾心。

黑暗中，轆轤聲夾雜著歌聲。大家盡情地歌唱。到處都傳來雞鳴聲，偶爾有狗吠聲，讓人感覺拂曉即將來臨。

從路旁的甘蔗園飛出一條人影。由於正巧是在王生的身邊，他有點吃驚，瞠目以視。不過，立刻明白他就是走在前頭拉牛車者。他的腋下抱著一束甘蔗尾（甘蔗梢子），急急忙忙小跑步。在朦朧的燈籠光線中，看到他剝嫩葉給牛車。

王生悄悄地對旁邊的楊添丁說：

「喂！那樣割下甘蔗尾沒有關係嗎？被逮到會很麻煩吧？」

「什麼話，又不是丟掉……」楊添丁豁出去似地說。「因爲是給黃牛吃。而且現在這時候就是我們的世界。就算把它們全部割下來，也沒有人知道啊。」

何況這麼早就出來做事的只有我——楊添丁的腦海掠過這種想法。

工作完畢離開名谷芭蕉市時，已經將近八點。

天氣非常晴朗，太陽燃燒著街道。

「啊！太有幫助了。四十錢。可以買到四、五天的米。」

楊添丁在心裡盤算著。不可思議的是，沒有睡眠不足的疲憊感，只有獲得金錢的喜悅。金錢的用途讓他感到有旺盛的精力。

「那隻母老虎，再也不會發牢騷。」

另外，面對妻子的心情突然愉快起來。他有自信這次一定要讓妻子覺悟，不由得面露微笑。

鎮郊櫛比鱗次的骯髒房子埋在砂塵中。木板與鐵皮屋頂掉落，雞、火雞與鵝在路上吵鬧，到處都是糞便。汽車很少會挨近這裡。它就是所謂的台灣人鎮。官廳視其爲不衛生的本島人之巢窟，根本就置之不理。

楊添丁從路樹梅檀下邊鞭打黃牛邊移動腳步。突然間停止步伐，「啊！」瞬間，他的眼睛發出驚異莫名的神情。「你、現在……」

「哈……。好久不見了。得了！得了！」

揮手笑著站在他眼前的男人——就是牛車的同行林老。他因賭博經常在拘留所鑽進鑽出。楊添丁之前聽說他因竊盜而被送進監獄。現在突然出現在眼前，無怪乎他會如此大驚失色。

「你現在不是進入煉瓦城（日語指監獄）嗎？」楊添丁再度大叫。

「且慢！」林老眼神銳利地睨視他。把食指放在自己的嘴上來制止對方，然後環視一下周遭，小聲地說：

「是的。你也知道了嗎？進入不久。」

「不久？」

「嗯，六個月啊。又不是殺人……」

兩人離開街道朝田裡走去。

與鐵路線平行的製磚工廠排放出的黑紫色煤煙，使空氣污濁，且朝向行人的臉上吹去。

「只有六個月？竊盜……」楊添丁歪著頭，吃驚似地喃喃自語。「只有六個月！我以為是兩、三年。」

「哈……。得了！得了！你還是一樣很認眞啊。」

「你說認眞？你、是為了這個啦……」

楊添丁比個吃飯的手勢。然後，突然想起。

「今天你也出門啊？」

「不，我已經歇業。把牛賣掉了。荒唐！因為現在工作的是傻瓜。遊玩才是聰明的。」

林老偷窺楊添丁的臉，斬釘截鐵地說。

「你說什麼？」楊添丁把臉瞪圓。

「是的。工作的是傻瓜。因為日本天年嘛！能賺多錢的工作……都是奪取的。我們啊！工作的是傻瓜。」

一字一句拋出似地說。接著，林老跳上車台。

「不過，你不是必須要讓肚子溫飽嗎？」

「哼！工作不能溫飽。對吧！」林老嘟囔著。「與其辛苦流汗才賺到四十錢、五十錢，倒不如悠哉悠哉遊玩，這麼滾一下就可賺到十圓、二十圓。」

「滾？……」楊添丁不由得吞下口水，直望著對方的嘴。

「是啊。而且，輸的時候，也可以出去工作一夜，偷些有錢人的錢，沒問題……不就又有錢了。萬一被捕，也才一年。那段期間，讓他們養就行了……」

「讓他們養？……」楊添丁蹙眉。

「嗯，在煉瓦城中讓他們養。我在束手無策時，就故意去讓他們養。也沒有什麼可怕的。看守已經變成我的朋友了。」

「是嗎？我以爲那是個非常恐怖的地方……」

楊添丁感動似地眨眨眼。

3

披頭散髮的阿梅快速走著。哭腫的眼眶出現一個紅圈，臉頰濕潤。最小的小孩非常害怕，在母親的腕中縮小身子。

「聽誰說的？你是知道的。」

楊添丁隨後以充滿血絲的眼睛走著。交換凝視雙親一舉一動，木春忽隱忽現追趕。

夫婦一工作完畢回來，又因錢的事而互相揪住。正因爲長久以來持續不斷，楊添丁終於無法忍受而爆發。

「這樣你也……。你爲什麼這麼不明事理。」

在強有力的男人面前，女人軟弱如豆腐。阿梅慘遭修理，狼狽不堪。也眞有她的，腦裡盡是怒火，抓住男人的弱點大喊。

「出去！家是我的。窩囊的男奴。出去。」

因爲楊添丁入贅她家。家的戶長是阿梅。

「啊……」

農夫們從田裡眺望兩人的情形，疑惑地發出聲音。

「怎麼回事？又來了嗎？」

楊添丁一副沒聽見的表情，看也不看傳來聲音的地方，始終頭低低的。阿梅也裝模作樣。他們夫婦的吵架在村裡相當有名，可說是到了人盡皆知的程度。這麼一來，楊添丁的心情也覺得厭煩，想避開遇見的人。

夫婦的口舌之爭繼續不止。一米寬的保甲道會彎彎曲曲經過田裡，終點就是保正的家。夫婦進入那個家。

保正的家富麗堂皇。紅屋頂沐浴在夕陽下，庭樹的枝葉間可以看到雪白的牆壁。門口亮著兩盞電燈。保正是村裡首屈一指的大地主，說他將近十年都是由官府選派的，亦無言過其實。

營養好、長得圓滾滾的小狗飛奔出來狂吠。哎呀！阿城大叫，讓母親抱緊。

保正聽完夫婦的你一言我一語後，那張將近六十歲、滿是皺紋的臉上浮現微笑。他說：「啊、嗯，是嗎……。不過，夫婦吵架，只要情緒平息，感情又會和睦。不用擔心。一回到家，就會忘得一乾二淨。請想想看。」

「不！」楊添丁用力地繼續說。「這傢伙嘛！不把我當丈夫看待。無論我怎麼解釋說是景氣差的關係，她就是聽不進去。說是因爲我賭博啦！有小老婆啦！竟然會有這種妻子。現在說要叫我出去……」

「畜生。好像說著了不起的事。……因爲是事實，也是沒有辦法的事吧。也不知道我是多麼的辛苦。……給我出去！」

阿梅立刻邊抽噎邊大聲斥責。

「這件事我已經明白了。添丁所說的是眞的。現在這個時機很不景氣。而且牛車更是如此。」

保正以一切瞭然於心的聲音說，俯視他們夫婦。

「生活相當困難吧。因此，夫婦嘛……」

保正竭力述說夫婦和合協力的必要性。

「說是不景氣、不景氣。會有工作卻賺不到錢的事嗎？是誰每天爲吃飯的米傷透腦筋啊。

不爲家裡著想的男奴、畜生。」

阿梅揮動手腕叫喚。

「這個混帳，又……」男人勃然大怒，旁若無人。

「啊，好了！好了。的確是這樣。你的想法也有一番道理。不景氣也有關係。只要認眞，凡事就不會都引以爲苦。總之，那就是變成富人與變成乞丐的界線不同。怎麼樣啊？添丁。」

保正以刺探的眼光朝著楊添丁。

「提到認眞的話，我已經超過頭了。如果這樣還說我不認眞，那我就不知道怎麼樣才算是認眞。啊！我已經不知道了。」楊添丁呻吟著。

「而且，現在叫我出去……這還能算是夫婦嗎？」

「你才是。不顧夫婦之情的男奴。」

保正思索著。他打算立刻解決問題，好把他們趕回去。於是說：

「那麼，這樣好了。如果賺不到錢，那就放棄以牛車爲業。夫婦都去當農夫。這麼一來，丈夫就無法賭博或蓄妾，而且妻子也能了解丈夫的認眞。況且，農夫至少生活過得去。」

楊添丁的眼睛突然發光。「我從以前也就希望能這樣。照我看來，不知道當農夫有多好。」不過，瞬間，他又洩氣了。「不過，現在我窮到連農夫也無法當成。佃耕需要押租金吧？」

「當然啊。沒有押租金，無法佃耕！」保正笑了。

忽——楊添丁嘆了一口氣。突然想起什麼，向保正三拜四拜。

「嗯，保正伯，可不可以讓我佃耕？」

聽他這麼一說，保正「嗯……」呻吟著，一副豈有此理的表情。

「別開玩笑了。這種事無法辦到。什麼同情不同情的，這個世界一切都講錢。」

保正不想再跟他們夫婦繼續說下去。從椅子上一站起來，立刻改變口吻說。

「回家考慮好了。一回到家，就會和好了。」

「不要！這種男人要出去！家是我的。」

阿梅像個孩子似地意氣用事。

今天到此爲止……保正滿懷怒氣地睨視阿梅。

「那麼，你們在這裡等一下。保正伯不是只是你們兩人的保正伯。我去叫大人來。到時候，告訴大人就好了。至少也有冷飯可吃。」

夫婦心生畏懼，於是回去黑漆漆的草屋。劃根火柴點亮燈火，拉出角落的椅子坐下來，楊添丁以平靜的聲音對直接躺在床上睡覺的妻子說：

「喂！煮飯吧！」

小孩看到雙親的情形，溫順地縮著身子。雖然肚子餓癟了，只是默默地看著。阿梅沒有回答。

丈夫大驚，不由得緊張起來。不！吵架已經結束了……妻子的這種態度，使得楊添丁突然又怒火中燒。但為了生活、生活——按捺住自己的心情，對妻子表示妥協。

「我想過了。在日本天年，以這種牛車為業是絕對不行的。你這麼大吵大鬧，還不是為了這個。那麼，我想照保正伯所說的，當個農夫。這樣比較好……」

阿梅的身子動也不動。楊添丁一直看著她繼續說。

「來存錢吧。一直到有押租金為止。這麼一來，就可賣掉車子當個農夫。喂！就從現在開始。努力地存錢……」

「哼！」

莫名的興奮與覺悟充塞他的心胸。他感覺到充滿著一種迄今所沒有、清爽的希望。

阿梅這才翻過身來望著他。楊添丁嗒然若失。

「存錢？存你的骨頭吧？」

楊添丁溫柔地詢問惡言相向的妻子：「為什麼？」

「連吃飯的錢都沒有，還能存嗎？那麼，從哪裡存啊？」

「不……」楊添丁雖然覺得她言之有理，但以某種含意，不負責任地說出。

「你說中重點了。你也想看看。雖然是暫時的一段時間，忍耐以能賺錢的方法來做。我是我，你是你……」

「方法？你總是說些蠢事……而且能賺錢的話，應該就不會辛苦。爲何要叫苦。」

阿梅不高興地面向中間。

楊添丁注視著她一會兒。不久後，無力地站起來，挨近床鋪，畏縮地對妻子說：

「因爲是暫時的，不，暫時就好了。那……這樣也好。只要能賺錢，我是無所謂的。」

4

夏日持續著燠熱的天氣，宛如從上頭蓋上一塊被燒得通紅的鐵板。

「你看！那個女人，什麼……是阿梅哦。」

不知不覺中，部落的人們傳出有關牛車一家人的謠言。

「那傢伙啊，可眞是了不起啊。是那個哦。」

「咦？那麼……」

大家一見面就竊笑著。

「原來如此。是爲了賺錢啊。添丁知道嗎？」

「啊——最近沒有看到他。聽說去別的地方了。不過，他有耳朵，當然知道囉。」

驚愕的臉上浮現憎惡的表情。四、五個人聚在一起屏神聆聽。

「喂！她幾歲了？」年輕人性急地插嘴。

「蠢蛋！白癡！」有人叫喊。

「哼！你要去嗎？三十歲的女人。算了吧。」

大家哄堂大笑，彷彿滑稽得不得了。

阿梅裝作毫不知情，經過部落時，會和認識的人交談幾句，一點也沒有露出從事那種行業的表情。對她來說，維繫生命的「錢」比現在的傳言更重要。

「畜生！傳出謠言的是那些傢伙吧……」

有時，阿梅一一想起在鎮上魔窟遇見部落面熟的男人，就不由得怒火中燒。當她想到那也是爲了金錢、爲了生活時，心想只要裝作聽不懂的樣子即可。

「阿母……」

夜夜遲歸，當阿梅的腳踏入家門時，孩子們叫著抱住她，然後彆扭地直盯著母親的臉。孩子們感覺到母親最近都從鎮上夜歸。對小孩來說，心裡相當寂寞與不平。

「肚子餓了嗎？想睡了吧？」

一看到孩子們的臉，眼眶不由得熱了起來。熄滅燈火，母子一起睡在黑漆漆的床上後，阿梅的眼睛還是睜得很大。在胡同裡的情景歷歷湧上心頭。

雖說是三十歲的女人，由於是第一次，臉皮不夠厚，不自然得有點慌張。

被不認識的男人野蠻地用力抱住背時，她眞的很想哭。不過，當手中握著錢時，「得救了！」心情也就輕鬆起來。然後給站在門口監視的老太婆店主一些錢。要回家時，後悔的念頭又襲來，覺得自己做了非常惡劣的事。一時之間，她怒火大發，直想諷刺丈夫。

近日來，她覺得一切都很厭煩，很見不得人。

阿梅以悲哀的聲音對隔兩、三天回家的丈夫說：

「到底在做什麼……每天做些令人感到厭煩的事。你是個男人，竟然這麼窩囊嗎？」

忽然轉向別處，終於落淚。

「啊！都是爲了錢。只要有錢。畜生！都是爲了錢。」

楊添丁搖著被太陽曬黑的頭叫喊。

「我也是去運送山芋。還是不行。山道險峻，牛又筋疲力竭，錢也只有三十錢。供應我在那邊吃的，已經不是問題。」

夫婦兩人低下頭來。

「不要勉強了。小孩很可憐。」

「晚上很晚回來，兩個小孩很寂寞。總得想個辦法……」

「啊——」嘆口氣，楊添丁對妻子投以道歉的視線。

「怎麼樣了？你的錢……」

老婆賣身體的錢是一家之寶。

「你在說什麼……還不夠填補米店的借款。鳳梨工廠近日內要解散，怎麼辦呢？」

「沒有辦法……」

不管楊添丁如何努力，還是一樣貧困交迫，今後該何去何從，他有點茫然。

使這家無法再度站起的致命傷，是在之後的四、五天發生的。

青空飄浮著如吐散的唾液之白雲。暑氣毫不客氣地纏人。伸開雙手、彷彿要將人擁抱入懷的山巒，其山腰到處都露出紅色的肌膚，那是因爲陽光刺眼的緣故。竹叢、相思樹林、甘蔗園，大家都保持沉默，沐浴在烈日下，顯得精神奕奕。

從山麓到樹林，始終持續些微的傾斜。隔著有石塊的一條河，有塊烏秋與蝴蝶、蜻蜓在上面翩翩飛舞的田園。在這塊變成農夫只要一步踏錯就會墜落的梯田裡，栽種時沒有間隔的嫩苗採取不動的姿勢。夾著這塊地，鋪著小石子的白色道路經過。

汽車與載貨兩輪車等轟隆轟隆在它的上面跑著。

蹙眉的農夫們，前後一人、兩人或三人，邊走邊說話。戴著斗笠，或撐著舊式的傘等，也有人整個頭露出，兩手放在背後，一副毫不介意流汗的樣子。

「今天，多少錢？」後面的人問。

「豆粕還在漲價。十幾錢哦……」前面的人回答。

於是，大家嚷著「哦——」，洗耳恭聽。

「肥料很貴，米很便宜……我也很傷腦筋。」歪著頭說。

來到梅檀樹下，從綿延的道路眺望田裡的那個人，爲了引起同伴的注意，他指著田裡。

「這邊的水田有許多石塊啊。水好像也不夠。」

「的確！」對方點點頭。爲了看得更仔細，眼珠子都發光。然後，話題從自己的經驗開始發展，針對水田的事就談得沒完沒了。

水色的公車之引擎響個不停，追過他們，散發出如白色濃霧的塵煙，然後揚長而去。

農夫們撇過臉，邊避開邊走著。

楊添丁坐在車台上，眼睛微開地看著。黃牛也若無其事，慢呑呑地走在前頭。堅硬的車輪有時陷入凹凸的路面，劇烈搖晃到讓坐在板上的他之頭部疼痛起來。儘管如此，他還是半蹲半坐，沐浴在炎熱的陽光下，悠哉悠哉地打瞌睡。

楊添丁已經想累了。爲了錢，爲了生活，把他追得走投無路的壓迫，始終縈繞在他的腦海，使他煩惱不已。爲了衝破難關，連妻子也淪落到獸道。總是無法順心如意，不禁懷疑是不是前世的因緣。對鎮上失望後，他以靠山的部落爲目標，到處拜託人家，以運送山芋行商。然而，在靠山的部落裡，連一片金子也沒有掉下來。那不是個能滿足他的心的現實。到今天回家為止，雖然僅僅十天，口袋裡所賺到的純利有八十五錢。

十天賺八十五錢……這樣如何能生活呢？想到妻子與小孩時，楊添丁的心情就變得很暗澹。一切都已經不知道該如何了。生活、錢、妻子、畜生、牛車……經常在他的腦海翻騰不已時，他感到虛幻自暴自棄地，坐在車台上打瞌睡。

他感覺到確實有人靠近。就在楊添丁把眼睛睜開的同時，情況整個改變。「完了！」瞬間叫出來，當他從車上飛跳下來時，已經來不及了。

就在他的眼前，大人以一張可怕的臉睨視著他。

「喂，幹你老母！」

就在大人揮動著粗壯的手腕時，瞬間他的臉就挨了一掌。

他感覺到臉上有一股熱迅速上升，不由得哆哆嗦嗦地發抖。

「你不知道不能坐在車上嗎？」大人漲紅著臉痛斥他。

「嗯，我……」

也不知道該說些什麼才好，嘴裡不停蠕動。啪！楊添丁的臉頰又挨了一巴掌。

「這部牛車是你的嗎？」

大人從口袋裡拔出筆記本與鉛筆，彎下身子，看著車台的執照，開始流利地書寫。

「大、大人！請饒我一次！拜託……」

楊添丁以一張欲哭的臉，向大人再三拜託。因爲他深知，只要被記下執照，之後會遭到什麼樣的處罰。

「幹你老母。清國奴。」

把筆記本和鉛筆收起來後，大人俯視正在哀求他的楊添丁。狠狠地痛斥他一頓後，就騎上腳踏車走了。

「啊！我的運氣眞差。怎麼辦呢？」

一直注視他的離去，處罰的事不斷湧上心頭，楊添丁的心情因此焦慮不安。

罰金二圓！隔天的傍晚，甲長拿來努庫派出所的通知單。

「明天上午九點！沒有問題吧。」要回家的時候，甲長再次強調。

「明天？」楊添丁以非常狼狽的表情回頭看甲長。生活窮困的現在，明天應該是拿不出二圓。他嗯嗯嗯地呻吟。然後慌慌張張地走出去。

這天晚上，他抓住踏著夜露歸來的妻子，一開始就把這件事提出來。

「喏！就是我現在所說的。請忍耐一下，給我二圓。」

在叨叨絮絮辯解後，楊添丁哀求地仰望妻子。最近他對妻子所抱持的自卑感情，促使他不論遇到任何事都對妻子採取這樣的態度。

正在換衣服的阿梅稍微模糊的臉上，瞬間充滿著怒氣。

「啊！不行！」目睹此情景的楊添丁，反射地感到失望。

「我，不知道。沒有錢……」

盛怒之餘，阿梅反而以冷淡的聲音回答。現在她的臉上看似在嘲笑。楊添丁不曾像此時這樣憎恨妻子。

「啊，請不要這樣說。因爲對方是大人，拖延一下，又會被修理得很慘。喏！拜託你。」

楊添丁努力地壓抑情緒，以討妻子歡心的口吻說。

「拜託？你不是說過要給我錢嗎？沒有錢，說拜託、拜託，又能怎麼辦呢？……」

阿梅正面看著丈夫，非常生氣地大叫。

「沒有這回事。到現在爲止，你在鎮上做了什麼事……到明天爲止。喏！你明白了嗎？」

「因爲到明天爲止，不要吵架，請拿出來。你是說，我被大人修理也沒有關係囉？」楊添丁焦急地說。

「我不知道。像你這種男人還會介意嗎？……家裡已經苦到這個地步，竟然還能悠哉悠哉地在牛車上打瞌睡。光是嘴裡說要爲家裡著想。」

似乎已絕望到極點，她含淚長嘆。丈夫說要認眞，全是在欺騙她。因此她覺得很委屈。

「爲了家，作了痛苦的決定，如此的賣身，我眞傻啊。」

越想越覺得委屈，阿梅終於哭了出來。

察覺到妻子話中的含意，楊添丁的態度突然整個一變。

「畜生。」楊添丁忿忿地大叫。

「我明白了。鎮上的男人比我更有味道。」對妻子露出可怕的樣子，然後粗魯地站起來。「明天以前沒有二圓。那很簡單。我再也不受你照顧了。事到如今……」

楊添丁衝出外面，身影消失在黑暗中。

太陽尚未昇起，但天已大亮。

走了一夜，兩腳筋疲力竭，僵硬得抬不起來。粗糙的紅色皮膚被露水沾濕了。由於整夜未眠，頭痛得很厲害。

「畜生！畜生！你等著瞧吧！」楊添丁走著走著，心中有股衝動，頻頻喃喃自語。這種做法最能帶給他滿足感。

懸掛在天秤棒兩端的麻袋，像香腸般圓滾滾的。裡面容納了滿滿一袋的鵝

不時，從窒息的痛苦發出，「嘎！嘎！」嘶啞的叫聲，群鵝在裡面亂動。在寧靜、冰涼的空氣中，突然大聲響著。每次楊添丁都像心臟被握住般的驚懼與混亂。覺得自己的臉變得很蒼白、很小，表現出慌張的樣子。

「這樣不行。要更鎮定……」

他以武者的樣子不斷叱責與鼓舞自己，然後快速走著。

「哼嗨！」

他強迫自己裝出平靜，然後換肩扛袋子，穿越甘蔗園。

黑色的山巒越來越明亮。到了山腰，竹子、相思樹、芭蕉、甘蔗……開始清清楚楚地浮現影子。

宛如放煙幕的雲逐漸從天空中消失。

當山巒沐浴在光線中時，可以看到山麓西藝街的屋頂。瞬間，到處都有炊煙裊裊。不久後，街上像散落的火柴盒之房子在眼前展開。

壓抑正在顫抖的自己，楊添丁超然地踏入街上。彷彿已鎖定目標，他朝向市場走去。

市場傳來喧鬧聲。山裡的人、鄉下的農夫等大聲叫罵。鳳梨、李子、筍、蔬菜、木柴……氾濫地排列在市場的入口。

楊添丁左右環視，然後進入市場。

沒走幾步，後面傳來「喂」的呼喊聲。他大吃一驚，不由得回頭一看。

「啊！」

突然間，他把扛著的東西拋出去，然後跑起來。跑著跑著，當覺得後面的鞋聲與「咔喳」

的聲音越來越近時，他的衣服突然被抓住。

「大、大人……」

他發出一聲垂死般的叫聲。之後，有關他的事就杳無音訊。

原載一九三五年一月日本《文學評論》二卷一號

暴風雨的故事

雨過天青後的黃昏，天空映照著夕陽橘紅的餘暉，吹襲著竹林、屋舍的狂風正好停息，夏夜清涼的風寂靜地吹向田園——眞的是夏天了。

那天傍晚，老松低著頭回來了，那四十好幾了的黝黑的臉，總帶著蒼老的感覺。

「怎麼了！喂？」

他一進黑暗的屋裡，就坐在門口大叫。斷了腳的神桌上，燈火亮晃晃的，從屋頂垂下來的蜘蛛網令人看得心煩。狹窄漆黑的屋裡嗡嗡地滿是蚊子。

結果如何？

從豬園傳來女人的聲音。「如何！狗屎！畜生！怎麼樣！」

老松頹喪地搖頭怒罵。

「唉，這個人……。眞是麻煩。不管怎樣，總該有個結果！」

不久，罔市放下桶子走了進來，從她圓圓的眼眸閃著幾分嬌媚。從各方面而言，都是個討人喜愛的女人。三十多歲的成熟女人，由於勞苦而稍微消瘦的臉龐，刻畫出深深的皺紋。

「喂，他怎麼說？」罔市邊拍著衣服邊看著丈夫。

老松漫不經心地看著窗外說：

「不行啦，以後怎麼辦我也不知道。」

「欸？」剎那間，罔市大吃一驚，但是立刻又改變了態度。「那，你打算怎麼辦？」

「家裡的兩頭豬捉過去。我也沒辦法，你是知道的。」

眼淚湧了出來，老松不知不覺中被晦暗悲傷的心情籠罩住了。

悲傷的原由是對地主寶財許下的承諾。

這個夏天，突然來襲的暴風持續了四、五天之久，河水氾濫了，金黃色的稻穗被摧折了，田園的作物流失一空，收割好，堆積在庭院裡的蓬萊米種，也流失了大半，殘留下來的，泡了幾天的水竟長出了芽。這一切的一切，造成了庭院現在這般殘局。

爲什麼如果繳了佃米就好了呢？

不是自耕農的老松起初是這樣盤算的。而現在，再怎樣都無法挽救，他是知道的。別說佃米，連自己要吃的米都沒了。家人要維持一個月的有一餐沒一餐的米穀也都沒了。即使要賣，也沒有那種要買出了芽的米穀的傻瓜，更甭提別人了。欠合作社的肥料錢也沒了。唔，是從合作社拿來的——他痛苦地想著。老松如果有些積蓄——應該是沒有的。一家七口守著不到二甲的作物，是剩不下什麼錢的。趁著農閒時去當雇工，女兒也在甘蔗田裡做工，一天賺二、三十錢，要繳稅、要吃、要穿、要……。日子就這樣過的。就這樣一年比一年貧窮。如今，連一文都不剩，還提什麼積蓄。

這兩、三天來，老松簡直像飯菜梗在喉裡，無法通暢。他左思右想，就是不能把佃米轉手掉。去懇求地主，把出了芽的米穀轉手給他三分之一。不行的話，就下期再想辦法——除此之外，也沒有辦法了。

黃昏時分，作農的人提早結束了田裡的工作，到地主寶財那座紅屋瓦的宅子去請願。寶財愛理不理的臉上，擺出了五十多歲的老爺架子，然後穿上純白的衣袍，抽著菸。

「的確如此，大家所說的也有幾分道理，但是，大家有困難，我也有我的難處，也不能光顧慮到你們……」

出乎大家意料之外。——唉！不行的。這樣還是不行，我眞沒想到——

地主又說了。

「遇到這種風暴，我也是很同情大家的，我看就各自拿些佃米吧……」

隨著就調查這些農人們的情況，宣布各個佃米的質量。

老松早把那些出了芽的米穀拿去餵豬了，現在只剩下唯一的財產——那兩頭豬可以拿了，今後要如何生活，要吃的米糧，田裡要撒的肥料錢，到哪裡張羅，就是賣了豬，也不夠今後耕作的費用。現在，這兩頭豬又被捉去的話……。

於是，老松哭喪著臉哀求著。

「頭家，我下次一定繳給你。我現在只剩兩頭豬了……」

「不行，非繳佃米不可——」

「我眞的拿不出來。下次一定繳給你。」

老松淚水簌簌地流了下來。

「既然如此，頭家……」佃農們異口同聲說。

「混蛋！興農倡和會的契約，大家可別太不放在眼裡，這些混帳東西！契約！搞清楚！」

寶財終於發火了。

「不交佃米就收回田地了。大家不想繳的話，我也就不得不把田收回來了。我是不會同情你們的啦！混帳東西——」

寶財粗暴地怒罵著。踩著重重的腳步，向裡面走去了。

「啊，太狠了，我眞的交不出來啊，交不出來啊！」老松淚水爬滿了臉，雙手顫抖著。

「畜生！進肥料的時候，他就會得意，這種艱苦的時期，要把田收回去，畜生！」

年輕人漲紅了臉，咬牙切齒罵道。

「什麼時候會收回去呢？田被收回去，以後要怎樣生活？眞是歹運啊！」

六十歲左右的老人的一番話，平息了大家的吵鬧。

「運！就是歹運啦！」

大家又吵了起來。在村裡，地主說一就是一，對佃農的抗議，根本置之不理。

知道已經無法挽救了，老松悶了一肚子氣回來了。

罔市的臉，布滿了憤怒激動的神情。她忽然把桶子扔下，搖著丈夫的肩。

「有辦法了嗎？」

「什麼！沒辦法啊。田要是被收回去，我就死定了……」老松沙啞地說。

「收回去！說得好聽！」罔市咬著唇。

——太無情了，我身爲一個農夫，怎麼就這麼歹運。老松悲苦地想著。唔，歹運啊！辛辛苦苦種的稻子也全毀了，唯一僅剩的財產——兩頭豬也要被地主捉走，爲什麼這麼歹運啊！啊，有錢人……

「阿母，飯好了——」

女兒的聲音從又暗又窄的廚房傳了出來。

罔市五歲的時候被抱來老松家當童養媳，原來的家也是窮苦的佃農人家。姊妹七、八個人，在生活上也是很吃力的，生母只得把她送去當童養媳，小時候常跟老松一起玩，養牛、田裡的事她都能得心應手，很得父母的緣，於是，就在她二十歲那年的春天，跟老松正式結爲夫妻。

生下長男木生那年，父親死了，一家大小的事變得繁重起來，三年前，母親也失明了。那時家裡一切的事，全都落到罔市一個人身上。但是她無怨無尤地操勞著，在田裡是丈夫的好幫手，一直到現在，已經是四個孩子的母親了。當然，對行動不便的母親也從未怠慢過。

「阿茂婆娶的媳婦眞是孝順，器量這麼好……」村裡的人都這樣讚不絕口。

但是，罔市的心卻是憂傷的，心中唯一的祕密誰也不知道。

那是還沒跟老松結爲夫妻前十九歲那年的事。

寶財的老婆在生第三個孩子時，罔市被叫去他家當褓姆，在他家住。晚上，由於日夜看孩子的疲累，一下就睡了，漆黑中在自己的枕旁，覺得好像聽到粗暴的呼吸聲，她嚇了一跳而跳起來。這男人！原來是寶財！

「罔市，我喜歡你，溫柔點！」

罔市要大叫出聲，然而嘴巴卻被用手牢牢摀住。她拚死抵抗，但怎麼抵得過男人強勁的手腕，那個晚上……

地主在那之後威脅她。

「今晚的事，如果張揚出去，就收回你家的佃田！」

罔市哭腫了臉，望著寶財，被他出乎意料的話嚇到，收回田地——十九歲的罔市對自己家裡的情況是很明白的，她對這句話感到恐怖。

果然，從那天以後，罔市一句話也不提她跟寶財的關係。她想只要田不被收回去就好了，寶財利用她的弱點，每天都侵犯罔市的身體。

二十歲那年，罔市跟老松結爲夫妻。因爲這樣，寶財抓住機會就偷跑進罔市房裡，更加強硬地威脅她。

「欸！照我的意思做，你就有一大片隨時可以耕種的佃田，否則，只好把田收回來了。而且不可以張揚出去，我兒子在內地（按：指日本國內）讀大學，對法律清楚的很，知道吧！」

罔市因此只能暗自流淚，覺得自己的命運彷彿是一場夢魘，對於要讓人扶持的年老的婆婆也守口如瓶。她第一次感到有錢人的可怕。

「啊，死了算了！」這種悲觀的念頭，曾經數次突然掠過罔市的腦海。但一看老松毫不知情的臉，又多了一層顧慮，想到自己死後佃田將被收回，又想到四個孩子，她怎樣也不能死。但是想到失去了貞操卻不能透露一點風聲的自己何嘗不是一個妖精。實在痛苦。

這時候，畜生，太妄爲了——剛從田裡回來絕望地做著家裡的工作的罔市，決定把寶財的事抖出來。但是，想想又搖搖頭，在自己心中掙扎著。

「不行，飯是不能不吃的！他要是收回田地怎麼辦——」

不得不活下去，不能違背地主，這都是命吧！罔市反覆思考，雖然厭惡，爲了家裡的生計，卻不得不這樣活下去。

這次的水災沖毀了佃米，罔市聽了寶財的甜言蜜語，說不繳稅也沒關係，於是就放下了心。但是聽了丈夫的話，她胸中忽然燃起一把無名火，現在她的血液裡正澎湃著從未有過的怒潮。

「畜生！再保持沉默吧！」

一向認命的她，從現在起，決心要讓寶財嚐嚐苦頭了。

●

夏夜，天高氣爽，竹林上掛著明月，田園沉寂無聲，屋瓦閃著白光。

「惹麻煩！」

「……」

罔市面對牆壁，等了將近一小時，但一點也沒有倦容，眼中閃著淒厲的光。進門來的寶財，掩飾著狼狽的臉色，怒氣沖沖地看著罔市。

「眞是給我惹麻煩，不要來這裡。」

「嗯，但是我有事——」

「有事？」

寶財眼中忽然閃過一道邪光，是要來跟我共度良宵吧——瞬間他覺得她像是自己的老婆一樣，想到以前種種，想到與罔市的一切，寶財慢慢地坐到椅子上，面有難色地浮起皺紋。

「到底有什麼事？」

「眞的要把豬抓走？」

罔市用銳利的眼光注視著寶財。

「那……那也是沒有辦法的。況且那也是應該的——」

寶財壓抑著聲調說沒什麼大不了，心中鬆了一口氣，立刻氣勢凌人。

「原來是這件事！哼，再說吧……回去！不行啦！」

他吐了一口氣，從他嘴裡冒出了白白的熱氣。在燈下顯得白茫茫朦朧的臉，用傲慢的神情盯著罔市。

「……」

罔市默默地把苦水往肚裡吞。

「你只是個不知農民疾苦的傢伙，田地歉收、繳不出米穀，這又有什麼蠅頭小利，你非抓走那兩頭豬不可嗎?難道你連一點同情心都沒有嗎?」

說完,罔市又恢復沉默,胸中憤恨地瞪著他的臉。現在,被這老傢伙騙了,又失去了糧食,心中的不甘全湧了上來。

「你也不願意這樣吧?哼,再這樣,就要把田地收回來囉。」寶財輕薄地笑著。

「眞的要收回?」

寶財想起了長久以來的約定,罔市憤恨地顫抖著聲音,怨恨塡滿胸中。

「活該!知道了吧!回去!」

寶財愛理不理地站了起來,正要走出門去,輕笑的嘴臉浮了上來。剎那間,罔市憤怒地抬起頭,立刻回復了原來的知覺。

「畜生——」

圓椅被打翻,砰地一聲摔在地上。搖晃的燈光下,傳來陣陣女人憤恨的叫聲,罔市漲紅的臉滴下了淚。

「本來說好要給我們一條生路的,如今……」

罔市隨著淒厲的哭聲,抓住寶財。她把寶財的心摸得一清二楚,她知道一切都完了。她歇斯底里地從寶財十九年前的醜行罵了起來。此後不會再這樣苟且偷安了。

「唉呀……」

寶財既要躲著這瘋狂的女人的攻擊，又要防著她的嘴巴。但是罔市死命地咬著他的手，又抓臉，又抓胸，不停地尖叫著。

「說謊、說謊——說要給他生路的……。」

十九年來的鬱悶，如崩潰的堤防，一下子，所有的憎惡，所有的淒愴，全從嘴巴發洩了出來。罔市再也沒有跟地主作這種交易的心思了。

寶財房裡一片凌亂，一對男女打成一團，她瘋了似的雜亂的頭髮，消失在外面漆黑的陰霾中。

●

盛夏的天空，晴朗如洗，青青的融合著透明的藍，田圃盡是金色的陽光，竹林高高聳立著。連一絲風也沒有。暑熱一天比一天難熬，這種天氣使得人直冒汗，頭嗡嗡作響。

大水呑沒後的田園被烈陽蒸曬得乾裂，大地龜裂得像地圖一般。

就這樣，農人整理完被水浸透的屋子後，緊跟著就荷起了鋤，拖著疲累的眼神，在田埂裡工作。煩人的，並不是暑熱的問題，大家都對水害議論紛紛。

小土堆上修補好的道路，水色的汽車，嗚嗚地鳴著警笛奔馳而過。老松背著太陽喘著氣，茫然地站在已是一片荒涼的田裡，修補著慘不忍睹的田埂，專心地補救災後的損害，他滴著汗，茫然地默不作聲。

在對面的旱田，木生在割除雜草藤蔓，不時地抬著頭瞧父親。

「阿爸，我想去上學——」

他鼓起勇氣說出來，用袖子擦著汗，用幾乎要哭出來的聲調哀求著。忽然，老松對他咆哮了起來。

「混蛋——」

木生馬上閉嘴。再大的勇氣也已經被挫光了。但是——在小孩子心中，到學校去比起在田裡工作，不知道有多快樂。這樣連續在田裡工作了兩、三天，無緣無故沒去學校，老師不知道會怎麼想，實在很無奈——

「阿爸！」

感到父親的怒氣，木生怯怯地說。

「幹什麼？」

「學校的老師，好可怕。」

「混蛋！不要去學校了！工作是不能不做的。」

老松露出黃牙瞅著兒子。

忽然，從竹林那邊傳來了雞逃出來的聲音；咕咕地連續啼叫起來。木生正不服氣地要開口，忽然注意到這聲音，而且立刻變了聲調大叫。

「啊，阿爸！那個——家裡的雞，阿——」

老松馬上朝孩子指的方向望去。

「啊，畜生！」

拿著圓鍬，他變了臉色往竹林走去。木生跳過田埂在後面追——

「這畜生，爲何對我們的雞，搞什麼鬼？」

老松穿過樹林，走到這個手持空氣槍、穿著白襯衫，呆住的年輕人面前，指著死雞，大聲叫囂。

年輕人立刻膽怯地改變臉色。

「你的雞嗎？啊，是這樣啊，這可怎麼辦呢？」

他陪笑著。

老松緊握著拳頭，有一股要往他胸中撾過去的衝動。他的手不停顫抖，面紅耳赤地拿起圓鍬。

「哼，畜生，竟敢如此——」

「啊！」

年輕人臉色蒼白，向後退了二、三步。

「阿爸！等一下！那是頭家的兒子啊——」

木生抓起死雞丟到一邊，死命地抓住父親的腕。

「唉！」

老松躊躇了一下，放下圓鍬，仔細看清楚年輕人的面貌。半信半疑地眨眨眼，又搖搖頭。

但是，在他眼前的年輕人——又像是一段時間沒見的某個面孔——沒錯，就是因爲放暑假從內地回來的寶財的二兒子。聽說是在內地讀中學。這不就是他嗎！

一時，所有的憤恨全都爆發了出來——兩頭小豬成爲小米的代替品被地主拿走後，唯一金錢來源的雞也被射殺了，老松像瘋了似的，但是礙於認識這個年輕人，擔心田會不會因此被收回，心中猶豫不決。

「野蠻人！虧你是受過教育的人。九十石的米穀都沒繳，殺了你一隻雞算不了什麼！怎麼樣？米就不用繳了吧——」年輕人衝著老松的弱點，火上加油，態度強硬了起來。「打呀，打看看啊！」

「唔……」

老松落寞地捉起死雞，很是心疼。

豬被捉走後已經身無分文了，那是老松晨昏辛苦照料的賺錢工具。他的家境是不得不賺錢的。有一天，老松注意到家裡的雞啊、鴨啊，不由覺得雀躍不已。就這樣，他想到了賺錢的方法——從那天起，他就決心把雞鴨趕到田裡養。可是現在這已經行不通了。牠們早晚又會成爲地主兒子槍下的犧牲品，賺錢的來源是愈來愈少了。

對方雖是地主的兒子，不過是個留學生，但他什麼也不會，只會躲在棉被裡哭罷了。

「啊，今年眞是歹運——」

老松扛起圓鍬，又喃喃自語走了。淚水簌簌地落了下來。

「你眞是笨蛋。怕什麼？怕那傢伙！雞被殺了，跟他要錢啊！」

罔市在微弱的燈光下瞅著老松。

「搞什麼？頭家那傢伙？」

罔市忽然驚醒！看著老松。

「嗯，頭家就應當不在乎？不會是頭家吧？」

罔市丟下碗。那個晚上，怒罵寶財之後，對他已經厭煩至極。

「你不會常被頭家欺負吧？頭家是很重要的人。怎麼可能連打雞這種事都做得出來。他讓我們有田種，總有恩惠，我們的生活還是靠他維持，他也是滿應該尊敬的。」

最近，妻子常說地主的不是，而且常說被地主虐待，老松一直無法了解。於是他竟呆到對妻子產生了反感。

「如果反抗頭家，惡言相向，以後要怎麼生活下去呢？」

——近來，老松愈來愈擔心妻子那樣地臭罵地主，田地一定會被收回，因而有痛打妻子一頓的念頭。

「哼，他如果值得尊敬的話，爲什麼連豬都要抓走呢？」罔市咬牙切齒地說。

「笨蛋，你懂什麼。就頭家與我來說，是他給我們田種。他這樣做也是應該的——」

對於妻子的態度，老松快忍受不了了。

「哼！如果眞是那樣，你幹什麼又時常唉聲嘆氣呢？」

一被這樣說，他挺起了胸，好像很有男子氣概似地說：「那也是不得已的。我是埋怨自己的運氣不好，不是埋怨頭家啦！都是我自己歹運啊！」

他不服輸地辯著。其實，他眞的是這樣認爲。

「的確，是自己歹運。幹什麼說頭家的不是——」

瞎眼的阿茂婆也插嘴說。她一直在神桌前拜拜，從兩個人剛才的談話中，她有一種不祥的預感，因此放下了合掌作揖的手，嘆了一口氣。木生和弟弟們則蹲在門口玩。

「畜生！混蛋頭家！騙子——」

突然，罔市翻臉，怒吼。以前從未忤逆過婆婆跟丈夫的她，早已淚流滿面。

「混帳！你以後不想有田種了是不是？」

正在氣頭上的老松對妻子吼了起來，然後走到床邊，躺下，呼呼地喘著氣。

「阿母，你哭了。」

最小的孩子抱著母親問。

再這樣的話——罔市頭中嗚嗚作響地想著。雖是歹運，但受到地主的欺壓是很明顯的，對於丈夫的不在意，她的心涼了半截，她氣地主花言巧語騙了她的身體，苦心養的雞也被地主的兒子惡作劇似地殺了，罔市心中於是燃起一把怒火。看到丈夫只想到頭家，罔市就覺得這些年來一直依靠著丈夫是由於自己太膚淺愚昧了。但是輕視丈夫無能的自己，面對自己的問題，還不是束手無策地顯出自己的無能——

「罔市，出去看看啊！去哪裡了——」

阿茂婆擔心孩子跑到哪裡去玩了，從剛才就一直喊罔市。

沒有回答。

「罔市、罔市。嘖！洗衣服歸洗衣服……」

阿茂婆叫了好幾次都沒有回音，正感到有點奇怪。

屋裡又回復到寧靜。

「嘖！去哪裡了？雖然沒什麼，但是……罔市！」

還是沒有回音。

阿茂婆站了起來，摸索地走進房裡。

那麼小的孩子，如果去玩水，多危險啊，這可怎麼辦？

「罔市！」

阿茂婆走進另一房間，從牆壁到桌椅——她的手慢慢地移動。突然——

「啊！這是什麼——」

阿茂婆跌跌撞撞地大叫。但是，緊接著由於年紀大，她使出所有的力氣，用手摸索著，布、衣服、繩子——頭。她感到猶如冷風刺骨一般。

「啊、啊。怎麼回事啊！罔市！」

剎那間，阿茂婆面無血色地大叫。

搖搖晃晃地把罔市弄了下來。

「誰呀！誰呀！快來啊！來人啊！」

阿茂婆發瘋了似地往外頭不斷吼叫。

在田裡拔草的兩個男人跑了進來。

「啊！啊。這、這——」

其中一個男人拚命地從田裡跑了出來——

「哼，畜生。你這個混帳！狗屎！」

老松全身是泥衝了回來。一看到妻子蒼白的臉，老松呆然地憤怨地念念有詞。家裡孩子的哭聲，整個晚上都沒有間斷。

●

罔市上吊的事——傳遍了整個村子，不知道是誰傳出她是被寶財遺棄才飲恨上吊的謠言。而且，令人驚訝的是，他們的關係持續了十幾年的消息也不脛而走。同時，罔市臭罵寶財那晚的事，也傳了出來。

村裡的小夥子遇到老松時便說道：

「嘿，老婆被睡了還不知道，笨蛋！」

說完，又用奇異的眼神看著他。實在可悲。當然，這些謠言是由不得他不信的。

起先，老松由妻子的日常言行推斷她上吊的原因是：由於這次的水災，使她憎恨寶財。這樣的單純的理由。但是這些謠言與妻子平素的舉止又不謀而合。妻子如此憎恨地主，不只是因爲豬被捉走，他開始相信像傳言所說，妻子上吊的原因是被寶財拋棄。他因而一天比一天氣憤。

「畜生！蕩婦！該死。即使還活著，我也會把你宰了！」

老松緊握拳頭微微顫抖著。

「頭家就頭家！畜生！」

若把這事揭發出來，寶財一定會報復，姦夫——去告訴派出所的大人吧。

但是，現在的糧食也是得來不易。人死了就算了吧！妻子都已經死了，現在再提也不能復生，反而惹來地主的怨恨，一定會把田收回去的。靜下來想一想，太衝動的話，實在划不來。即使不高興，也不得不裝傻。

孩子哭著叫「阿母——」，老松漲紅了臉，青筋全浮上來怒吼。

「混帳！你阿母死了活該。就是沒死，我也會殺了她——」

而他哭泣的心也絞痛著。老松拉著正在哭叫的孩子的手，在自己手中輕拍著——

「老松瘋了吧！那麼老實的人，變得這麼粗暴……」

左鄰右舍的農人看到這些可憐的孩子總是於心不忍地議論著。因此，都就近來幫助他。

●

雨仍然一滴不下，天氣一天比一天炎熱了。農民們望著天空嘆息。

一天黃昏——一位跟罔市情同姊妹的幼時玩伴，現在已經四十多歲的住在同村的女人來了。照理說，她聽到罔市的死訊應該立刻就來的，為什麼到現在才來呢。

進到屋裡，女人抱起最小的孩子，眼淚掉了下來。她向阿茂婆說：

「罔市眞的是可悲啊！」

阿茂婆一副年老遲鈍的樣子道：

「那個女人，就這樣丟下孩子，苦的是我啊！」

阿茂婆睜著瞎了的眼睛：

「死了活該！那個女人。」

回到家的老松，閉口不說話。已對罔市恨之入骨的老松，只會埋怨罔市。

女人靜靜地望著外面，長長嘆了一口氣。

「嗯，但你也不希望罔市死吧。我也沒想到會變成這樣——」

女人說道。然後，深深地看著老松，又低下頭。突然又想到什麼似地抬起了頭，向裡面示意一下，便一個人走了進去。

「嗯，老松。這句難聽的話……」

走到裡面的水缸邊，女人忽然轉過身來面向老松。

老松默默地注視著女人的臉。

「其實，聽罔市所說，」女人看著水缸中自己模糊的影子，語重心長地接著說：

「罔市跟寶財的關係，是無中生有的吧。」

老松彷彿忽然被打了一個耳光，緊蹙眉頭，心中被掀起了一陣悸動，一字不漏地聽著女人的話。

女人的話簡單明瞭。彷彿是罔市的遺言。她在罔市死前兩、三天聽她這樣說——因爲家裡的關係，少女時代就被迫持續這種不清白的關係，現在又被寶財欺騙，更加憤慨。她交代要找個時候，幫她向丈夫表明。

「可恨的寶財！靠著他是頭家就胡作非爲。罔市就跟被寶財殺了沒兩樣。罔市眞是命苦。爲了家裡的生計而承受這種不幸……我實在不願罔市就這樣死啊……」

女人用手拭淚。

「嗚……」聽她說完老松憤怒地全身顫抖著。壓抑下衝動的脾氣搥打著牆，他的心像火藥爆發了。淚水從漲紅的臉上潸潸滑下來。

「寶財。畜生！」

老松突然拿起鐮刀，向外面衝了出去。

●

濕熱的風，從南方的天空吹了過來，一陣驟雨，滋潤了乾涸的田地。等待下雨已久的田圃，一片碧綠，大概是夏風吧，把作物吹起一陣陣波浪。農民們趁這時機，一窩蜂地開始種植甘藷。田裡的土地，被用鋤頭細細地挖成一粒粒黑色泥土，在驟雨後的晴空下，吸收著陽光。農民幾乎全家都出動開始工作了。

老松兩手空空地站在田埂上凝視著這一幅景象。正直的臉上忽然兩眼閃著凶光。他把疲累的頭靠在田埂的幾束稻草上，想起了村裡一名老農的兒子——阿萬。想起了那個努力堅強，才二十三歲的阿萬。

空閒時，阿萬總是笑嘻嘻地跑來找老松聊天。

「稻子怎樣啊？老松叔。」

「還不錯。但也沒剩什麼錢，每年還是這樣的貧窮。長得這麼好，生活也不見得好轉。唉！真令人想不通。」

老松用手擦著汗，一邊發牢騷。

「是啊，我也是一樣！但是，老松叔啊……」

「什麼事？」

「沒什麼好想不通的。這些農作都是頭家賺到。在這個世界……我們是注定要窮一輩子了。」

阿萬堆上笑容，看著老松的眼睛。

「喂。你以前說這麼窮是我們自己的事，怪不得頭家；這一點我可不能苟同。」

老松眼睛瞪得圓圓的，阿萬又說了。

「唉，你說的也不是沒有道理，但是……老松叔，想想看，這樣……怎能不埋怨呢。」

「──但是，你是對頭家不滿才說這種話。」

老松不想再跟他閒扯了。年輕人認爲老松也是這麼想，於是從鼻子輕笑著。

──去年夏天，阿萬一大早就被五、六個人綁了起來。

「啊！阿萬怎麼了？」

村裡的人瞧見了都議論紛紛。

「殺了人？搶劫？不可能──正直的阿萬。還是爲了女人？」

「不是啦。這都是大家的猜測啦。」

「可是，眞令人想不透，到底他是做了什麼壞事呢。」

農民們不解地揣測著。老松看見了則嗤之以鼻。

「嗯。因爲他說了頭家的壞話，所以頭家要大人把他抓起來。」

又是頭家做的好事──他心裡想。

現在，自己身邊發生這種事，老松已經對頭家開始產生反感了。阿萬的事、罔市的事，一口一口咬嚙著他的心。

「畜生！老是說頭家欺負……」

他單純憨直的頭腦，現在也不能再認命了。新的怨恨──在他的胸口印下了赤紅的烙印。

「啊。快看！又怎麼了！」

「是老松！老松要幹嘛——」

有人看到老松的樣子不對，大叫了起來，田裡的農民都抬起了頭。

「啊，這傢伙！」

左鄰右舍彼此討論著。

「難道是老婆被頭家殺了，發瘋了。那天還拿鐮刀要去揍寶財呢！」

「嗯，頭家終究是頭家。沒有必要這樣嘛，眞是——」

農民從老松身上移開視線，又一個勁兒地勞動著。

「唉，田每天這樣荒廢著而不去耕作，也眞是可悲。寶財每天也出不了門。」

「嘿，他可眞的是下決心要揍頭家啊。」

「對啊。快了。」

說罷，歇下手，把纏在頭上的毛巾解下來望著炙熱的太陽擦汗。

●

「喂，你是爲了田地才要殺人的吧。最近大家都在談論這件事，不是嗎？爲何要追殺頭家呢？用兩頭豬來換該繳的米，不是很划算嗎？頭家也是因爲要你償還所積欠的稅，才把豬捉走的，不是嗎？這也是天經地義的事。每年都是如此，你不知道嗎？」

「一切都是像大人所說的。唉，老松，我可一點欺負你的想法都沒有哦。因爲抓走了豬而惹來你們的不滿。難道不是這樣嗎？」

村裡派出所的巡查一副逢迎的樣子。寶財狠狠地瞪著老松。

老松臉色死白地做著田裡的活，充滿怨恨地咬緊牙根。

「即使是冷飯，你也會想吃吧。殺了分田給你的人，是太沒道理了。只要農民努力工作，頭家自然可親。你頭家是好人，你知道嗎？再胡鬧，可不會原諒你了哦。」

彷彿隆隆的雷聲在頭上作響，老松雖然儘量不去在意它，但對市井小民而言，大人吼叫的模樣，還是令人畏懼的。

畜生、畜生！畜生——心裡劇烈地跳動著，手也失去了血色地顫動起來。

「老松，照大人說的做哦。否則就把你關到拘留所去囉，大人心懷慈悲，你如果別再胡鬧，認眞地工作——」

寶財見他臉色也變了正高興自己的方法奏效了。

老松始終不與他妥協，寶財自覺危急，混帳老松——心中咒罵道，正盤算著利用他們靠地主吃飯的弱點，把老松的田地收回來……。寶財只指稱老松是因爲豬被捉走而怨恨他，至於自己跟罔市的關係則一字不提。

寶財對這件事已到狼狽的地步了。別說跟罔市曖昧的關係，那是由於一個三十歲的男人一時的獸慾，但在壓榨農民的計畫，這樣意外的發展、壓榨之後的麻煩，一向面不改色的他，也感到棘手了。把豬捉走斷了他的生路是不好，但是以他是「農村地主」的身分，而且又有兩個出去留學的兒子，生活根本沒關係，是由不得他們不繳米的。

「喂！老松，搞清楚了吧！」

寶財又諷刺地笑了起來，和派出所的大人往田間小道走去。老松顫抖地望著他們遠去。

「畜生！只會壓榨我……哼！混帳！」

愈看到寶財那件白衣服，老松愈想追上去宰了他。但是剛才大人那種若隱若現的眼神又扼止了他。

「啊！頭家就是頭家。讓我們這些人欲哭無淚……畜生！是生是死要看他的運氣了。我要去宰了他。」

老松流下了男人的眼淚，淚水濕了兩頰，茫茫然地佇立在田埂上。

●

夏天過去了——

秋天緊接著來了，但是暑氣並不稍減，太陽整日燒灼著地面，將近中秋時，出乎意料地變了天，天空有雨，三次烏雲密布，颳起了風，下起雨來了。貧寒家庭的茅草屋頂也被風不留情地掀了起來。村裡的公告欄已經貼了好幾次的颱風通知了。

被損壞的地方又重新修復了。

但是農民們並不把那放在眼裡，只管觀察天空，從豐富的經驗中預測天氣。正高興將會下雨。

「欸！會下雨，不用擔心水的問題了。」

「下雨吧！」

正當大家在煩惱缺水灌溉時，姍姍來遲的雨水終於落了下來，大家都喜孜孜地談著雨水。

但是，多變的天氣，一、兩天後又轉晴了，中秋時分，早已一片和煦，村裡的年輕人望著天，鬆了一口氣，隔壁村出現了台灣地方戲。

中秋十五晚上，在村裡有熱鬧的拜拜。

穿著漂亮的姑娘們到鎮上購買祭品，旁邊的小夥子跟在屁股後面。

家裡除了老頭子之外，大家都到土地公廟去了，鞭炮聲噼啪作響，大家東南西北聊著，偶爾可以聽見到鎮上去的小夥子的笑聲。

「嘿！年輕眞好，難得到土地公廟來上香，天還不會滅了我們這些人。」說道，痛苦地往草上吐了一口口水，互相看著對方的臉。

好像蓋上冰的夜空上，掛著圓圓的明月，從竹林、相思樹，到甘蔗田、旱田，全撒了白光，流暢的胡弓聲飄浮在空中。夜裡的寒氣，令人感到冬天的腳步近了。

老松並沒有加入這個盛會，月光亮晃晃地照著他走在保甲路路上的身影，兒子木生一大早就去看戲，到現在還沒回來。他放不下心而出來找。兩手疊放在後面，從近乎白色的路上看起來，腳好像並沒有向前移動似的，偶然，會有一些雜念浮沉在腦海裡，他搖搖頭，把它甩到一邊，長長的頭髮、衣服和領巾，雜亂地垂下來，怎麼看都像個夜行的乞丐。忽然動搖了罵兒子的念頭，來到甘蔗田時，前面有車子走過泥土路的聲音，突然劃破了沉寂的夜，老松忽然醒覺地瞪著前方，這是汽車停在路上的聲音。

皎潔的明月撤下了月光，從汽車那裡傳來了三、四個男女下車的談話聲，隨著車子再度發動的聲音，又傳來了他們的笑聲，看到他們朝保甲路這邊走來。

「欸！」老松瞪大眼睛，這聲音好熟悉，在月光下，看到的身影好面熟，好像盤算好了什麼，老松躲進路旁的甘蔗田裡——

「欸？那——」一個年輕女人的聲音戛然而止。

「怎麼了？」

是寶財的聲音，他從暗處瞧見寶財慌張地叫。

「啊！啊！老松。」連忙拿出懷中的電燈對著老松。

「幹什麼啊！你！」寶財一看是老松，火氣升了上來。但是他正在怒罵的眼光被老松銳利的眼光擋了起來。

——在這種地方……?!

剎那間，寶財彷彿有種不祥的預感，臉色大變，心中慌了起來。於是換了語氣。

「……嚇了我一跳呢！老松。」

「眞是像鬼一樣，那種樣子對人……」女人厭惡地對著老松說。

「啊！啊！早點回家吧！」寶財催促女人，好像急著逃走似地打算離開，這時候，默不作聲的老松，忽然一聲吼叫，劃破了夜空。

「畜、畜生！欺詐我們——去死！」

竹棒在月光下閃著白光，往寶財的腦袋飛了過去。寶財發出了痛苦的呻吟倒了下去。

「那個——欸！殺人了！」女人哭叫了起來，老松像被鬼脅迫似地退了幾步。

「畜生，看到了吧！」

老松腦海一片混亂站在那裡，望著倒下的寶財，這一瞬間，所有的怨恨都煙消雲散了，他的心中愉快地叫著，握棒子的手顫抖了起來。把棒子丟到甘蔗田裡。

「呼！呼……」

老松喘著氣，罔市開朗的笑容彷彿在眼前若隱若現，不久，迷迷糊糊中他聽到了人們的叫聲，腳步聲，一直逼近。

一九三四年秋天書寫

原載一九三五年五月《台灣文藝》二卷五號

婚約奇譚

車站已經亮起了燈。當春木買好月台票進入月台時，旅客們正在月台上漫步，等待列車的到來。在燈光下，被清楚描繪出有張蒼白臉龐的酒樓女人，四、五人聚在一塊，偶爾瞥一眼軌道，寂寞地交談的情景，立刻映入眼簾。「你們……是社會的殘渣。」春木衝動地說出。滿臉憂鬱地把視線挪開。穿著洋裝的少女，日本服裝的內地男人，一個個打扮入時的男女淺笑抽著香菸，以輕蔑的眼光看著好像是廣東人、尖叫喧嚷的老太婆。

火車站的搬運工人好像在叫嚷什麼似地奔走月台間。春木坐在長凳上，眺望著透過車站可以看到的市內電燈閃爍的情景。邊思索琴琴爲何突然要來C市，爲她編織出各種理由。到底發生什麼事了……

收到琴琴的來信，就是在這天早上。「……事出突然。我要搭午後六時四十八分到達C市的列車到C市，請到車站接我……」信上的字句令春木驚異萬分。或許她離家出走了。瞬間春木的腦海閃過這個念頭。已和故鄉的青年（春木的朋友）訂婚，現在正忙著準備婚事的她，為何離開未婚夫與家人，單身來到人生地不熟的C市……雖然他往這方面去猜想，卻覺得她應該不會有離家出走的必要吧?!春木絞盡腦汁，以她目前的處境來說，怎麼樣也想不出會有什麼非得如此的理由。與未婚夫明和訂婚，也是在相親後才決定的。兩人情投意合，而且琴琴不是個見異思遷的女人，不會事到如今才說不要的。她甚至可說是個非常熱情、很有個性的女性。——照這麼說來，她應該不會離家出走。到底發生什麼事了?……

月台完全籠罩在燈光中，燦爛奪目。人們在其中孤單地飄浮著。

六點五十五分，列車黝黑的車體滑入車站內。春木趕忙從長凳上站起來，下車的乘客雜沓湧出，他從容不迫地想從人群中找出琴琴的身影。任憑他望穿秋水，下車的人群中始終不見琴琴。春木感到些許的失望。再度努力睜大瞳孔，動也不動地原地佇立。春木的眼光移到樓梯，或許她已經先走一步，現在就在樓上。於是下定決心，跟在距離兩、三步的人潮後面，正想追趕上去時，突然後面傳來爽朗的女人聲。

「春木!」

春木的胸口怦怦跳，回頭一望，就在現在開動的列車後尾之月台上，提著皮箱的琴琴展開笑靨。

「啊！」

春木不由得露出笑臉，急忙向她跑去。琴琴馬上點點頭。

「到底還是讓你先找到我啊！」

春木說完接過琴琴的皮箱，與她並肩走上樓梯。

「是啊！我已下定決心。如果你不來接我，那可糟糕了。」

琴琴微笑地點頭，很認眞地說出。

「哈……。對不起！因爲一時不留神……你一定很累了吧？」

「是啊！自從那次分別後可好？」

「是啊！」

「還是老樣子……孤獨的薪水階級者啊。故鄉的鄉親們都平安吧？」

「明和君後來如何啊？在理論方面應該相當有研究吧？」

「……」

不知道什麼緣故，一聽到明和這個名字，琴琴原本微笑的嘴角突然緊閉，默默不語。目睹此一情景，「哈哈啊！一提到未婚夫就羞得說不出一句話啊！」不禁苦笑想揶揄她一兩句。瞬間，他發覺事情不是這樣。注意一看，琴琴蹙眉，顯然是憎惡的表情。春木頗覺不可思議。過了一會兒，琴琴一個字一個字吐出似地說。

「太差勁了。他是人面獸。」

「咦？」春木吃驚地凝視著女人。

走出月台，琴琴默默地走著。天已全黑，柏油街道的兩側，夜市紛紛上場。擴音器中傳出唱片聲，三層樓松竹沙龍的霓虹燈特別醒目。

「到底怎麼回事？結婚之際，正忙著準備的你，突然一個人拎個皮箱出來，我實在無法理解啊……」

途中，心裡始終掛記著，於是春木以平心靜氣的口吻詢問。

「請不要問我原因。」

琴琴以顫抖的聲音拒絕回答。

「說是既然已經訂婚，就強迫女性要準備結婚，而且要履行結婚的義務，這都是男子獨裁的布爾喬亞思想，不是嗎？我在結婚之際出來旅行，也不是什麼不可思議的事啊。」

「言之有理。不過，照目前的情形看來，以一般常識來說，任何人都會覺得不可思議的。」

春木還想繼續說下去，琴琴覺得不耐煩似地站了起來。「把你叫來車站，是因為有件事要拜託你……」

「你知道瓊芳的家吧？請帶我去她家，好嗎？我要拜託你的就是這件事。」

爲了要去瓊芳家，想請春木當嚮導，所以把他叫來車站。

「我知道啊！不過，你難得來一趟，先到我住的地方看一下如何？」

兩人再度並肩，穿過一條又一條的夜街。春木在××人壽保險公司當書記，因此向若竹町一戶人家租了二樓一個房間。帶如此年輕的女人進單身男人的房間，雖然覺得有點不自在，但因爲不是布爾喬亞的頹廢式浪漫氣氛，單純只是同志關係，所以邀她到住的地方來看看。

房東一家人正好在吃晚餐。主婦看到琴琴的模樣，直盯著她瞧，然後露出曖昧的笑容，問春木：「是誰啊？」她似乎認爲春木帶女人來家享樂的。

「不，是鄉里的朋友。」

春木如此回答，然後拜託主婦十二歲的三子幫忙訂晚餐。

「好安靜，眞是個好住處。」

春木領先爬上樓梯，琴琴隨其後，略有所感地說。

「是啊！這裡已經是市郊了。」

取下鑰匙進入裡面，春木請琴琴坐只有一隻腳的籐椅。在這樣的一個房間裡安定下來，不知道爲什麼心情變得很平靜。琴琴很稀奇似地環視春木這間狹隘、雜亂的房間。

「從那次以後，你一直都很用功吧。」

「是啊！有空的時候大概都關在這裡面。」

「太棒了。像我在家就忙得團團轉。還是一個人比較好。」

琴琴似乎對這種住宿生活懷著幻想式的憧憬。她不停地述說對家庭生活的不滿，認爲還是住宿生活較好。

春木邊聽邊點頭，然後開窗，隨手整理散落滿地的書籍。接著拿出茶杯稀哩嘩啦地要準備泡茶。突然又停止手的動作，說是想吃冰。他慌慌張張地跑下樓。

隔了一會兒，他端著冰上來。

「因爲還是單身，充其量只能如此。」

春木笑著說。琴琴把籐椅拉靠近唯一的一張桌子，拿起湯匙。

「你是男人，不能過分要求。」

「家裡應該要有個老婆啊！」

雖然是開玩笑地說著，但在兩人面對面吃冰時，春木的內心也還在留意琴琴的動靜。她就這樣出來，的確是個問號。而琴琴也不想提起。到底發生什麼事了？春木又再思索這個問題。

吃完冰，兩人面對面坐了一會兒，湯麵就送來了。春木嚷著「好燙！好燙！」，然後擺到兩人的前面。

「肚子相當餓了吧？」

「是啊！今天早上八點離家後，就一直沒有吃什麼東西。中途換車只有……」

「那麼，琴琴！為何要這樣辛苦地突然出來？」

看準這個時機，春木性急地換個話題詢問。琴琴這才打破隔閡，苦笑地說：

「我嘛！離家出走啊！」

「咦？」

「是逃出來的。」

「到底又是為了什麼緣故？為了什麼……」

「是退婚的主動行動啊！」

「那麼，要與明和君解除婚約嗎？」

「是的。」

「為什麼？突然……」

「那傢伙眞差勁。他是沒有階級觀念的機會主義者，一派布爾喬亞的淫棍！」

「什、什麼？明和君……」

這時春木再度吃驚地看著琴琴的臉。

「是的。毅然決然與他解除婚約。」

琴琴擦完嘴後，輕輕地擱下衛生筷，以嚴肅的表情娓娓道出。

——琴琴有未婚夫，是在一年前，也就是在她十七歲的夏天。

那時，她是所謂的馬克斯女孩，經常出入於曾啓蒙春木思想的國棟家。在他們那個團體中，由於有不讓鬚眉的熱情與尖銳的意見，因此男人們相當看好她的前途。「台灣女性……」是琴琴的口頭禪。「不更自覺是不行的。首先，身爲知識分子的女性，卻只能一心一意當個布爾喬亞新娘，未免可笑至極。眞正的女性解放……不是……這時候是不可能的。」然後與國棟及春木展開辯論。那時，她說要貫徹自己的初志，奮戰到底。她的雄辯、熱烈的口吻，以及堅強的意志，經常令男人們咋舌，不禁懷疑她只是個公學校六年畢業的年輕台灣女性嗎？

琴琴家與春木家雖然同樣在T街內，但由於相隔一大段距離，出門需花半小時。當時，春木猶在商業學校就讀，平常不會遇見，只有休假回家時才會見面。不過，兩人大致都是在鬧街開雜貨店的國棟家碰頭討論意見。琴琴出生時是個家道中落的三女。儘管有聰明的頭腦，還是無法到高等女學校就讀。公學校一畢業，就被監禁在家裡。從那時起，她深以爲苦的就是談論婚事。尤其慕她的美貌與理智而登門求婚者不勝枚舉。但因琴琴有自己的信念，總是嘲笑與唾棄他們，根本不屑一顧。「什麼嘛！只不過是個布爾喬亞的紈袴子弟，什麼東西——」斷然拒絕求婚。

因而憤怒的是琴琴的父親。在父親的眼中看來，這麼多的有錢人家向只是公學校畢業的女兒提親，該是多麼幸福的事。甚至認爲一定是自己的好運到來。爲了挽救沒落的家計，正絞盡腦汁想跟有財勢人家攀親，讓女兒釣個金龜婿，幫助他達成願望。基於這個理由，父親對琴琴發揮了日常對子女的暴君作風，力逼無論如何都要抓住這個大好的機會。

「這實在太過分了。這種父親……。不過，我要奮戰到底給他看。啐！眞是可惱可恨啊！我對社會早已看透了，怎可輕易就犧牲了一生……」那時琴琴給春木的信，經常表達這樣的意念。由於也不曾思考過結婚或戀愛問題，春木不知道該說些什麼才好，只是回信要她更有理性，與封建奮戰到底。心深處暗暗爲琴琴的堅強感動不已。國棟也經常會捎來有關琴琴的詳細消息。遑論父親，連她的兄長也出馬抓住琴琴。自從接到那次通信後，春木才知道事情非同小可，內心焦慮不知道該如何是好。

這年的暑假一來臨，春木急忙回鄉，最先就飛奔到國棟家。

「喂！琴琴的事演變如何了？」

春木稍微氣喘吁吁一下子，一進門就急忙打聽琴琴的事。

「一切塵埃皆已落定。」國棟苦笑著說。「被父親與兄長監禁了一個禮拜。說是爲了家，如果不答應，就再監禁一個月，甚至一年。無計可施之餘，聽說已經答應了。」

「太草率了。」

經他這麼一說，春木才恍然大悟。原來最近與她的通信中斷，就是因爲這個緣故啊……

「那麼，已經訂婚了嗎？」

「這個嘛，情況不明。……」

「應該知道對方是誰吧？」

「是啊！這次的，對了！就是和你同年級的李明和。不過，不知道是否已經訂婚了……」

春木頓覺心情滑落到谷底。而且心情爲之震盪不已。「李明和……」念念有詞，驚訝萬分。「那個傢伙……」又換個話題。「是那個傢伙……眞是矛盾。」

叫李明和的男人與春木在公學校時代同年級。是街上最有錢的人家的兒子呀！到內地待了兩年後回來，整天無所事事。現在是街上青年團數一數二的棒球選手，尤其以沉溺於酒和咖啡特別有名。琴琴怎麼能爲這種男人犧牲呢？當然，明和迷戀琴琴的美貌是不難想像的。不過，一想到單在肉體方面，琴琴得任憑這種男人蹂躪，春木就宛如己事憤慨不已。不是出於嫉妒。強迫琴琴非得做放蕩子的妻子是不合理的事。至少……春木的內心悲觀地呼喊，至少該是個在社會上能稍微覺醒且進步的青年。

回鄉後已過了一個多星期，春木始終無法見到琴琴。儘管想更具體知道眞相，爲她盡點心力，卻只能徘徊在她家的周圍望穿秋水，過著毫無意義的日子。——七月下旬的某日早晨，春木正在微暗的房裡讀書時，嘩啦嘩啦的木屐聲從外頭漸漸傳近，一位頭戴鴨舌帽身穿捲袖襯衫的青年走進來。慌慌張張把課本藏起來後仔細一瞧，原來是李明和。討厭的傢伙。春木不由得皺眉燃起無名火。

明和一副毫不知情的模樣，一進來就拍了春木的肩膀。「喲！」他說。「好久不見了。你身體這麼健康，眞是可賀可喜啊。」

聽他這麼一說，「你到底想幹什麼？」春木露出認眞、似乎下定決心的表情，臉龐微微發熱。

「啊！你才是……」

不知道什麼理由，春木只是目瞪口呆地望著他。於是明和不客氣地坐在春木邀他坐的椅子上。然後下定決心、憤慨萬分似地說：

「春木君，你可以幫我一個忙吧？」

「到底是什麼事？」

「我已經覺醒了。你的事我知道，所以才來找你。」

「說看看？」春木不安似地說。

「你是左傾——不，這麼說是不對的。是對人性的眞實已有所醒悟。而且，爲了……立志要爲世界……好好奮鬥一番。」

春木以失去血色略帶蒼白的臉睨視著明和，然後冷不防故意做作大笑。「哈！哈！哈！你說這些蠢話，眞令人傷腦筋啊。」

「不——」明和越發平靜地說。「請放心！我不是奸細啊！我說過有事要求你。」

明和吃力似地把椅子更挨近春木的面前。接著，他說自己已嚐盡歡樂，深感其中空洞、虛妄。覺得該認眞思考生活問題，在現實中一步也不可飄浮，今後自己也要研究……，所以請求春木指導。聽著聽著，春木逐漸以驚愕的眼光凝視對方。變了，這種男人……。這可以說是社會變動的必然現象吧。

仔細一瞧，明和以比剛才更認眞的表情看著春木，眼神中似乎充分表達出他的心情。

「明和君！」極端幼稚的春木被感動得叫出來。「讓我好好告訴你。老實說，在今天以前，我爲你的生活感到可悲。不過，這樣很好。因爲你已經完全覺醒……。好好地表現一番吧！」

春木站起來，緊握住明和的手。兩人互相談論對長久以來社會的信念。當明和拿了兩本×××，說要回家研究而歸去後，春木一下子高興之餘，心胸悸動無法自抑，不停在昏暗的室內踱步。

至於與琴琴的婚事，就在明和告辭時，春木以開玩笑的口吻詢問。明和有點害臊，說是已登門提親，但尚未訂婚。而且也不知道琴琴被監禁的事。果眞是事實的話，也與自己無關。一定是她父親為了他們家財而昏了頭才強迫她的。他很有自信地附加上這麼一段話。春木這才覺得已知道眞相，為自己以往貿然斷定，就盲目辱罵明和的行為，羞愧不已。他覺得琴琴不是為像明和這般的放蕩子犧牲，而是為與社會逆流作戰，想力爭上游的父親犧牲。

然後過了兩個星期。從國棟的口中，春木得知琴琴已與明和相過親，因情投意合而訂婚。這是個確實的消息。不過，有別於以往，「這樣很好！這樣很好！」春木的內心很滿意地吶喊。現在已重新踏出一步的明和，非常適合做琴琴的丈夫。而且不會變成放蕩子的玩具妻子，再好也不過了。於是他鬆了一口氣。

「是啊！不過，明和畢竟是年輕人，我想有時受感情支配會凌駕理性的。說他是不是意志不堅的機會主義者，這麼快就下評斷，未免太早吧。」

春木如此說，稍微仰望正興奮說著的琴琴。然後低下視線，陷入沉思中。明和君應該不會沉溺而使本心墮落。那天自動自發來的明和君……春木強烈相信明和，心中否定一切的邪念。依據琴琴的說法，明和與她訂婚後，態度一百八十度大轉變，遑論作理論上的研究，對琴琴施以所有的橫暴行為。如果眞的……應該不能出現這種態度。琴琴極力主張已被那種人面獸欺騙，憤慨不已。不過，春木還是將明和的態度解釋成純粹是感情所作祟，不久後會與理論上的研究配合修正的。

「我想大家都會變成這樣的。因爲是第一次，這麼快就認爲他是騎牆派，未免過於武斷啊。」

「不對。我已經完全將他看透了。說是非得這樣那樣的……，這是應該採取的態度嗎？簡直把人當傻瓜看待嘛。」

琴琴敏銳地看準男人，一字一句憎惡似地吐出來，一副很有自信的模樣。

「不過……」

面對琴琴如此強硬的口吻，春木不知道該如何說明才好。只要求琴琴要以更冷靜的態度來思考明和的事。「更加詳細調查後，再下決定也不遲啊？」

「已經徹底看透他，沒有這個必要了……」

「這樣太幼稚了啦。這種想法……」

「是嗎？那你的不是機會主義者嗎？」

琴琴聳聳肩膀，笑著挖苦他。下面的街道響起好像是賣藥商人尖銳的銅鑼聲。市內公車的噪音、人潮的吵嘈聲，聲聲入耳。春木苦笑地直盯著琴琴的臉龐。過了一會兒。

「嗯，那傢伙……。那麼，琴琴！現在你突然出現，今後可有什麼打算？」

「能有什麼打算？工作啊。」

突然想起什麼似的，琴琴抬起手看了一下手錶。已經八點了。她想應該要告辭了。於是從籐椅上站起來，瞥了一眼不知不覺中放下筷子而抱著胳膊的春木，然後展開笑顏。

「應該要告辭了。」

「時間還早嘛！再多待一會兒。」

春木伸手指向窗外。暗黑的夜空中，稀疏的星光閃爍，眼簾映出在燈光下明亮耀眼的夜街櫛比鱗次的屋頂。

「不過，太晚去瓊芳家不好吧。」

「是嗎？那麼，該出門了。」

春木說著站了起來。

第三天的早上，春木收到國棟的一封長信。

……事情一發不可收拾了。就是琴琴離家出走的事。我想琴琴恐怕會去你那兒。誠如我以前說過的。我所指不可收拾的事，就是發覺琴琴的脫逃使得她父親與未婚夫明和君被激怒了，滿眼都是血絲，說是要拜託警察幫忙。我極力勸他們避免走上這一途。如果出動警察，對琴琴的前途或瓊芳都極端不利。今天早上，琴琴的父親和未婚夫直接去C市了，說是要去抓她。當然，他們兩人都不知道琴琴現在是在何處的誰家。你如果遇見他們兩人，要說不知道噢。爲了琴琴……事實上，情況糟糕透頂。明和那傢伙，你稍後也會知道的……

字裡行間大概流露出這樣的意思。讀著讀著，春木覺得頭上重重地挨了一拳。這眞的是糟糕透頂，使他坐立難安。它可是琴琴的人生一大事。明和到底是怎麼一回事？如今，不論是琴琴所說的話，或是國棟的來信，對明和都是一個問號，使春木的心更加迷惘。

這天一下班，春木就火速步行拜訪利國町的瓊芳家。

瓊芳與她丈夫都是××協會的成員，是個非常活躍的女性。當××來到T街時，曾在國棟家和春木和琴琴等人認識。由於她心思縝密、爲人溫柔，所以琴琴寄居她家。

瓊芳剛巧在家，正在院子飼養鴨子。一看到走進來的春木，略見蒼老幾分的臉龐露出笑靨。

「有空了嗎？」

「是啊。」

兩人一走進房間，琴琴從中間房間穿著木屐走出來。來瓊芳家後，她似乎已經習慣了，舉手投足宛如在自己的家裡。把帶著的書籍放在膝上坐下來，在臉龐上淡淡撲了脂粉，然後詢問他的來意。

「有何貴事？」

「大事不妙了。」

春木在坐下的同時說出驚人之語。琴琴越發平靜，冷冷地說聲：「是嗎？」然後回頭看了一眼身旁的瓊芳，不由得露出微笑。

「發生什麼事了？」

瓊芳探出上半身詢問。

「聽說琴琴的父親與明和君快來到這裡了。說是找到琴琴就要把她抓回去……」

「哼！這些傢伙！隨便他們嘶喊好了。我又不是玩偶。」琴琴嘲笑著說。

「嗯，那個叫明和的人很不像話吧？聽琴琴說的。」

瓊芳邊說邊打開熱水瓶的栓子，然後注入熱水，好像在思索什麼似地說：「春木！你被明和這個人矇騙了。我認爲他的心眼尙未覺醒，他還是個放蕩子。」

「這個嘛！我也不清楚。事實上，現在聽到這種情形，我也覺得很吃驚啊。那個男人曾經自動自發到我家借書。眞是奇怪。不過，琴琴也是經過相親後才訂婚的。我想最好還是要再三思啊。」

「什麼相親嘛，簡直亂搞一通。」琴琴輪流看著春木和瓊芳說。「你弄錯了。如果我們結婚要靠相親之類決定的話，那就天下大亂了。我深深如此覺得。」

「那麼，琴琴！爲何要求要與明和相親呢？」

春木想起琴琴向父親要求要與明和相親後才訂婚的情形，不禁覺得有點矛盾。

「那也是沒有辦法的事啊。我絲毫沒有要結婚的意思。但家父把我監禁一個禮拜，說是還不願意的話，就再監禁一年。既然如此，我就提出要相親。反正，我想如果要訂婚，至少也要是某些思想能一致的男人。」

琴琴不停擺弄膝上的書籍邊說明。

「是啊。總之，琴琴答應父親的，不是與明和那個男人的婚姻，單單只是婚姻而已。如果不是思想投合的男人，她就會拒絕的。」

好像什麼都聽懂似的，瓊芳把冒煙的茶杯端到兩人面前，然後插嘴說。

「就是這樣啊。我之所以與明和訂婚，也是因爲相親時，明和相當了解馬克斯主義。對於我所提出的問題，都能對答如流。因此，我想既然這樣的話……不過，現在回想起來，他那時說的全是謊言。」

「嗯，照這麼說來，越發覺得不可思議。如此了解理論的明和君，之所以表現那種態度，我認爲不是墮落，而是年輕的緣故。」

不管怎麼說，春木苦於理解。外頭晴空萬里。糖廠的煙囪看似在附近，煤煙迎風搖曳，不時瀰漫整個室內。偶爾傳來運甘蔗五分車的噪音。春木邊凝視著外頭，邊思索到底是怎麼一回事。

「我嘛！決心參加護士的考試噢。」

好像想到什麼，琴琴突然改變話題，興高采烈地說。

春木辭別瓊芳家大約是在一小時後。

走在街道上，明和的事令他納悶不已，又擔心琴琴今後的生活。不過她自己想辦法自力更生，想起勇氣百倍想找工作的琴琴的模樣，不禁露出微笑，一顆懸著的心總算能放下。走在街上非常燠熱，背部的汗水沾濕襯衫，令人有不快之感。想喝一杯冰涼的東西，於是走進冰店清涼亭。

「啊！」

穿過布簾，坐下來叫東西時，聽到他的聲音，對面角落桌的男人站了起來。

突然拍打春木的肩膀。春木若無其事地回頭，不禁大吃一驚。男人李明和愁眉不展站在後面。

「啊！是你……」春木以意外的眼神仰望對方。明和冷冷地說：

「正好！」鬆了一口氣似地說：「我正想找你。」

「有什麼貴事嗎？」

瞬間，春木感覺到是爲了琴琴的事，他故意佯裝不知地詢問。

「一起出去後，我有話要和你好好談談。」

明和回到自己的座位。

吃完冰後，兩人並肩走去公園。凝視著明和領帶下胸部的急促呼吸，以及雙手插入口袋的動作，春木覺得有點緊張。進入公園以前，在受奇妙感情隔離的支配下，兩人沒有什麼交談。公園內人影稀少，只有看到服裝華麗的酒樓女人三三兩兩在樹林間若隱若現。

「怎麼樣啊？之後應該繼續相當有研究吧？」

在不自然的冗長沉默後，春木打算先一探虛實，於是開口詢問。結果明和不解似地皺眉。「研究？」他說。突然想到，然後很難受地說：「與我無關。那種空論……」

如此大膽的表態，春木忽然有種覺醒的心情。心湖顫動不已，不禁大喊：「咦？你怎麼了？是……的研究啊。」

「哼！」明和嗤之以鼻。

兩人坐在池畔的長椅上。

「春木君！請告訴我實話。」

一坐下來，明和突然改變口吻，瞪著春木的側臉。「琴琴前天逃到你那裡吧？」

「什麼？琴琴？」

春木誇張地露出大吃一驚的表情。他想這時候正好可以試探明和的眞面目。

「她爲何要逃跑呢？」

「不，春木君。請告訴我實話，不要裝蒜……。琴琴應該逃到你這裡。」

「不，我不知道啊！你是不是在說夢話啊？」

「應該不會這樣。她應該確實是逃到你這裡。」

明和看入對方的眼睛想追究下去，臉上宛如充血。反之，春木益發平靜地答腔。

「為什麼？」

「琴琴和你是同色，不是嗎？是×吧？所以，她應該會和你在一起。」

聽他這麼一說，春木慌慌張張打斷他的話。

「等一下。以這種想法來看，不只是我而已。你不也是同色嗎？同樣都在研究……」

「我不同。馬克斯主義連狗都不理。」

「那麼，你不是曾經來我這裡借書嗎？」

「是借過。你以為我要研究它嗎？事到如今，不妨跟你說實話……」明和的呼吸急促。

「我是為了與琴琴的相親能夠成功，所以借你的書來得到知識。因而能巧妙回答琴琴提出的問題。現在我並不這麼認為……」

「是嗎？」

春木悲憤異常。由於自己的信念被背叛之怒火，使他滿臉通紅，以充血的眼睛凝視明和。那個暑假某日的明和與今日簡直有天壤之別。明和的臉上非但不嚴肅，有的只是譏笑與憎惡。

「原來是個詭計啊。」

春木忿忿地站著。已經沒有必要再和這個男人繼續說下去。一切都已眞相大白。這個男人自稱有階級意識，原來全是一派胡言。爲了當個與琴琴的思想契合的男人，使相親成功，亦即欺瞞琴琴的要求，他才去讀馬克斯。春木心想，這種男人在訂婚後採取這樣的態度，也絕非偶然。

「你打算把琴琴藏起來嗎？」

之後，明和發出顫抖的聲音，連續拍打他的肩膀。

「哼！就算我知道，也不會告訴像你這種人面獸。」

春木稍微回過頭，憎惡地說。

「是嗎？那我就要拜託警察囉。你很有嫌疑。和琴琴抱持相同主義的你，教唆她離家出走吧。總之，你們很可疑。」

「……」

無法忍受之餘，春木離開現場。明和似乎從背後追跑一兩步。春木一副悉聽尊便的態度。這個傢伙。他想在這個社會上這種男人何其多啊。這種男人一旦……就會……吧。另一方面，他爲自己幼稚到被這種男人利用而感到羞恥。因此，他不禁佩服琴琴這麼快就看穿這個男人的慧眼。他以紛亂的心情離開公園。

原載一九三五年七月《台灣文藝》二卷七號

前途手記

——某一個小小的記錄

淑眉拿了椅子在床坐下。等林蓋上棉被，然後，靜靜地開了口。

「我說，親愛的。」

林默不作聲，她於是把手放在棉被上搖著。

「請求？」

「嗯。」

林笑容洋溢地看著她的目光，把手放在棉被上，睜大了眼。女人於是把身體靠在男人身上。

「到底什麼事？」

「我從很久以前就想求你了，但是，嗯，說了沒關係吧？」

「不知道。」

林不耐煩地說，想要翻身。淑眉慌張地按住林。

「哎呀，討厭啦。你不聽不行啦……」這樣撒嬌般地說了。

「所以囉，要說就說嘛。」

林再次看她的臉。淑眉微微笑了笑後，把椅子拉靠近點，對林附耳低語。

「我想要一個養子好不好？」

林轉了個身以背相向，打了一個大哈欠後把棉被拉到頭上，然後令人討厭地，好像故意地打起呼來。淑眉的眼裡突然浮起淚水。感覺到自己的可憐相。

「算了。你不想管我的事。」

淑眉想起那件事。那是和林之間反覆地如演戲般地生活。淑眉想：這個拜倒在自己石榴裙下而經常泡在咖啡廳或自己住的公寓，然後才把自己納爲妾的丈夫，難道已不關心自己了嗎？因而感到既生氣又寂寞。原先約定好要登記二甲步的登記，但入戶籍嫁過來已經兩年了，卻一直連要去登記的苗頭也沒有。不，已經知道那是謊言了。這樣下去的話，將會被拋棄，一定會再次置已老去的自己於陰暗的最低層吧。自己僅僅只是妾而已，一毛錢也拿不到，將會如一片樹葉般地漂流而去吧。但是，那忍受得下嗎？那忍受得下嗎。好不容易才掙到這個地位，可不想做個愚蠢的女人。

把手放在膝上輕噓了一口氣。仔細地看著受著透過玻璃窗的早晨的亮光而睡著的林的睡臉。

「喂。」這麼說地搖著床。

「喂。我想要小孩嘛。」

「生一個不就好了嗎。」林張開眼。「不是嗎？」

「但是……」

「怎麼了。」

「討厭啦。可是我——嘻嘻嘻。喂，喂？」淑眉害羞地縮著肩膀笑著。

「是石女嗎？」林笑出來了。

「討厭。認眞一點說嘛。給我領養個養子，好不好嘛。」

林不發一語地起床。一邊刷牙，不久就大聲斥責地說。

「混帳。兒子不是已經有三個了嗎。」

「那又不是我的小孩。」

「我的小孩不就是你的小孩嗎？」

「你都沒有在聽人家說些什麼嘛。我是妾，家裡的財產又沾不上，這不是讓人瞧不起嗎。

而且那個老太婆……」淑眉把太太罵作老太婆。

林默默地走了出去。那樣子看起來好像是說再考慮看看。淑眉一動也不動地靠在床上，凝視著站在陽台的林的背影。思索著假若林死了自己又能依靠誰呢。

「你不想領養別人的小孩的心情我非常了解。但是，連你還在時我都被當成討厭鬼，假如你不在了那又會變成怎麼樣了呢。沒有可依靠的兒子，又不能工作了，難不成眞要我當乞丐……」

雖然是讓林能聽到般地說了，但想要說的話至此已變含糊了。她於是咬住顫抖的嘴唇，把頭趴在右肘上。

結局都是一樣的。林每次來過夜，不論是睡覺時或是起床時都是同樣的。林最後只是像個老人似地冷淡地說。她痛切地覺得有丈夫是既困難又麻煩的事。

林剛去商行，淑眉就穿著柔軟的竹皮草屐於庭園漫步。庭院是日本式的庭園，她踱過石橋眺望著茂密的榕樹松樹，慢慢地享受著。紅色的牡丹綻放著，薔薇的花瓣隨著輕柔的風散落著。在水泥牆外散布著蒼綠和明眸般的田圃風光。覺得那些是很美的事物。接著仍舊感覺寂寞孤獨的氣氛包圍在自己的四周。她想起在山中小屋的生活種種，然後又環視著庭園輕聲地哭泣著。她欲抬起曾經患過梅毒的雙腳卻感到無力。

突然，她覺得大太太正在這個洋房的某個窗邊注視著自己。淑眉覺得那個像毒蛇般地瞪視的大太太的眼神很可怕。但是，她爲了掩飾自己的態度而越發慢慢地漫步著。好像假如這樣做就是自己給予自己勝利了。

她和大太太的不和，當林不在家時更加地露骨了。有著二十歲和十七歲的兩個兒子是大太太的有利條件。

「喏，那個賣淫女啊，是想著我們家的財產。你們若不振作點就會變成乞丐喲。」大太太讓淑眉能聽得到地這樣對兒子說。

「哎呀，你在說什麼啊。」淑眉僅是乞憐般地說了。「明明我也是家裡的一員，但是大家卻聯合起來……」

隨著被大太太說出心意，她越發決定一定要用某種手法強從林那兒得到財產。不管是用說的或用爭的，自己一定會輸。因爲自己說不出不合道理的、不誠實的話。也做不出下流的樣子來。

淑眉含著淚水來到庭園，緊緊抓著樹枝，淚水不斷地掉落下來。桂花綻放著芬芳的香味，薔薇卻仍隨風四處飄零。

淑眉從和林在一起的生活中漸漸地失去了活力，也不曾再對林說要領養個孩子。她的眼神陰鬱著。林絕不曾斥罵一個晚上不說一句話或呆呆地佇立在窗邊的她。林默默地睡覺默默地起床，一和她的視線相遇便默默地微笑。淑眉也微笑著，但是什麼也不曾說過。到底爲什麼呢?她也不了解自己的心情。但,不久又想和林談談了。

「我說,不要領養小孩也可以對不對。」她對林這麼說。

「想通了?」

「嗯。是想通了。」

「不是死心了吧?因爲我不答應……」林開玩笑地說了。淑眉於是膝行靠近林,在林的耳邊說。

「不是啦。我說,畢竟還是親生的小孩好對不對?」

「你要生嗎?」

「要生啊。我覺得自己能生啊。能生可愛的寶寶啊。我夢見過吔。好不好?」

自出生以來淑眉首次去看婦產科。她變得很認眞。

「親愛的,醫生說不用動剖腹手術只要住院三個星期就能生小孩了。說是子宮的位置不正。」

「那麼,你要去住院嗎?」

「當然要啊。你不想要小孩嗎?」

「生吧。」林笑了。

淑眉住院三個星期後回來,突然就變開朗了。感覺到對於林的激烈的愛情,一看到林的臉越發慶幸自己也能生小孩了。首先一定要平穩地養神。一定要使懷孕率提高。她按著醫生說的話，一起床便在庭園的林蔭間散步。慢慢地不使勁地輕輕地走著。

她笑容洋溢地眼光眺望著綠葉和紅花。因爲想起自己曾在這裡不知不覺地哭了的事而笑了出來。眞是笨女人啊！她對曾經哭過的自己這麼說。然後用手撫摸著好像就要綻放的花苞獨自地笑著。

「要生寶寶了喲。」這麼地嘟囔著。她徹底地變得像個母親。能用充滿勝利的眼光回看大太太了。因爲覺得大太太好像一直看著自己的肚子而感到很高興。假如現在生了小孩我就不會變成乞丐而能得到財產了。她想要讓大太太清楚地了解這種狀況，因此她特別地只在大太太面前很使勁地挺大肚子走給她看。

經過半年左右，林覺得淑眉大概眞的懷孕了吧。但是，看她的肚子又沒有懷孕的樣子，可是看她白天走路時肚子又很大。

「已經要生了嗎？」某夜，林問著。

「不知道啊。」淑眉看起來好像寂寞地笑著。

一見那樣，林也就不想再問了，但不知不覺。

「還沒嗎？」用眼這麼說了。

「不知道……」

「嘿，還眞困難啊。」

「你好冷淡啊。想要嘲笑我對不對。好啊。」

但那之後，淑眉的肚子一直都沒有變大。一直都是同樣的大小。剪短的頭髮隨風擺弄，淑眉從二樓的窗口呆呆地望著被塗在田圃的發著白光的水，或是數著在玻璃窗上走著的螞蟻有幾隻。她的開朗轉向哀愁，只是肚子依然挺得大大地從大太太面前通過。白天則儘可能地躲著林，不和他做正面接觸。林於是停住腳步用搜尋般的目光望著她。從那之後數一數也已經過七個月了。在一樓窗邊的花壇上曾經火紅地開放的塔露亞也因枯萎而凋謝了。

二樓的走廊因被暗綠色窗簾封閉著而隱藏著暗影，在外面是熱上加熱的陽光強烈地照射在水泥和榕樹葉上。淑眉慢慢地用手摸著窗簾一邊漫步著。也許是因不可思議的緣故，又或者是因爲不安或好奇的緣故吧，林叫住她。

「喂，等一下。」

旋轉把手進入屋內，把門關上。

「好像沒精神的樣子噢？」

「我覺得很煩悶。」

「爲什麼？」

「不知道啊。胸口悶悶的想吐。」

「孕吐？」林無聲地笑了。淑眉寂寞地笑笑後想要走開，林充滿感情般地抓住她的手腕。

「已經幾個月了？」

她慌張地拂開在肚子上糾纏著的男人的手，想要逃開，嘴唇微微發顫而臉色蒼白。林覺得接受著丈夫的愛撫而幸福著的妻子不知何故好像厭煩的樣子。當他從淑眉的肚子裡取出一塊摺疊得非常仔細的布時不禁黯然了。

低著頭，默默地走近窗邊望著盛午的田圃。那刺眼的田圃在一瞬間被濃霧包圍而遮住了視線。

「淑眉。你，你眞的那麼想生啊？」林站在她的面前把手搭在她的肩上。

淑眉靜靜地背向他，把額頭抵在冷凍的牆上，肩膀顫抖地哭泣著。

在田圃裡嫩苗同時地舞動著。下著密布的細雨也降起濃霧。庭園裡的榕樹葉也低垂著。淑眉把臉頰貼在二樓的玻璃窗上，望著四周地想著爲何是這樣可厭、鬱悶的生活呢。白色而朦朧的霧迅速地包圍著她的心。雨勢變大而敲著窗戶……。除了偶爾對林發些牢騷以外，沒有任何一樣事物可給予她力量。無論吃什麼也嚥不下。她的心情漸漸地哀愁下去，於是藉著斥罵下女使焦躁的心情緩和下來。

在報紙上報導中央山脈降雪已達四尺以上的那個寒冷的日子，淑眉臥病不起。醫生來了說，可能是心臟衰弱，另外又伴隨著歇斯底里的發作。林只是默默地在她的枕邊站著，注視著而已。現在是農民的她的老母親來探病了。是隔了三年未見的會面。

「媽。」一看見母親的臉，淑眉就浮起淚水抱怨林平時不讓母親來。土包子老母親環視了寬廣的洋房而目瞪口呆著。

「媽。我還是沒變成人家的妻子。」

「在說些什麼？你是幸福的人喲。」

「媽。不是。不是啊。我還是在那狹小的房間歇著、飲著、笑著那樣較幸福啊。然後沉淪至死那樣較好啊。眞的。媽。」

她哭泣著。她不是悲傷著現在的生活，而是考慮到作爲人妻老了以後的將來而悲傷著。但是老母親還是呆呆地環視著奶油色的牆壁，思索著在這夢般的房子中女兒在悲傷些什麼呢。接著，淑眉邊喘著氣邊拂退棉被發狂般地大叫。

「只有我，別的女人都會生小孩，爲什麼只有我不會生小孩呢？媽。怎麼回事呢？你能了解嗎？」

老母親吃了一驚拭去她的淚水。不久，淑眉靜靜地落入睡鄉中。

住了兩天後老母親回去了。淑眉含著淚水凝視著母親的背影。

但是那年的晚春來時，她又笑起自己的悲嘆來了。嘲笑自己爲了不必要的事而苦惱著。

那是下起小雨的晚上。她作了個夢。正在庭園散步時，突然下腹疼痛就要分娩了。慌慌張張地跑出庭園，一邊大叫著就是現在要生寶寶了，要生寶寶了，一邊在床上仰面倒下。就那樣地覺得一口氣越來越遠了。又拚命地一直大叫。不久，注意到既沒有產婆來，也沒有任何一個人來。但陣痛已過去了。她支起半身看生下來的嬰兒，但卻愣住了。那不是哇哇地哭著的胖娃娃，而是留著麥稈般的細長白髮的一寸法師，正在靠墊上到處舞著，但一看到母親的臉，便裝成可怕的樣子飛撲過來。她倉皇地拚命地飛奔出房間……。然後醒過來。

「還好！」

她凝視著粉紅色的燈罩而鬆了口氣。全身汗流浹背。翻個身橫躺，忽然感覺到在隔壁下女房激烈的男人喘息聲。她忘了死怖的噩夢，瞪大了眼睛，再也無法入睡。

她來到點著十燭光的走廊，靠在牆上用力又開搖搖晃晃的雙腳站穩。雨吧嗒吧嗒地像小石子般地敲打著窗子後消失掉。雞已鳴叫了。

「總覺得很害怕吔。」不久女人的聲音響起。

「嗯。不論是誰剛開始都是這麼覺得的啦。」男人說了。那是林和下女。淑眉寧可微笑地一動也不動地偷聽。

「但是，對太太不好意思啊。」

「有什麼關係呢。只要你願意的話就把你收做第三。」

「但是……」

然後一片靜悄悄。不久聽得到女人的抽泣聲。

「假如我生了小孩那怎麼辦呢。」

「只能當作是我的孩子囉。」

「不會拋棄我吧？會不會、會不會。」

「什——麼。」

「覺得好像會那樣嘛。」

「不會有那樣的事啦。」

淑眉離開了那裡。雨好像更強地敲打著窗子。她什麼都不想去想。把身體投到床上，就那樣地落入睡夢中。

下女阿珠的顴骨漸漸地變高了的樣子。胸部鼓起處因欠缺緊張而突然下垂著。那年夏天來時，她常常停住腳步喘著氣，一邊靠在窗邊呆呆地望著搖著手杖走出去的林的姿態，一邊朦朧地探尋幸福的幻想。淑眉一直徹底地監視著阿珠的肚子。好像自己變成了下女般地窺視著她的睡姿，並偷看她入浴時的裸體。她認眞地考慮著到底懷孕了嗎？想要從下女的肚子的狀態找出是自己生理上的缺陷或是林生理上的缺陷。

「怎麼樣？阿珠。喜歡酸的東西嗎？」

「啊，不來了。我不知道！」

「呵呵呵呵。我知道喲。討厭嗎?肚子沒有起皺紋嗎?」

淑眉同情般地笑著滿臉通紅而低下頭的下女。

「但是,你因爲是女孩兒所以不知道,林即使看起來那樣,但在四、五年前曾患過嚴重的梅毒,所以假如沒有懷孕的話,我想也不是你的錯。但是呢,做人家的妾,假如沒有孩子是會很可憐的喲。」

就像我這樣,淑眉想要這樣說,但還是咬著嘴唇低下頭。

淑眉從下女的肚子確定生理上的缺陷在於林。患不孕症的不是自己。她自信自己一定能生小孩。她每次看到林的臉就這麼安慰自己。

是那樣的時候的事。因暑假從內地的××學院回家省親的林的外甥來訪留宿的某夜,淑眉估計著睡熟了而來到外甥的寢室……。那是因爲淑眉黑暗的半生所以特別熟知涉世未深的男孩的心理。只不過是單單爲了……的緣故,而利用外甥,但外甥任叔母擺布,茫然失措於年紀較長的女人的誘惑。當然林是不會知道那樣的事,對淑眉冷淡的態度也不曾留意。那是絕對祕密的事。這件事會進入家人的耳中是在淑眉死後,因外甥偶爾的追述往事而得知。據說,那時候林只是看著外甥的臉喘著氣而已。不久,第二年時淑眉不知怎麼了又再次死乞百賴地向林要求要個養子,但林還是不答應,她突然變得很有信心地每天去佛寺。至此,除了神可以借助外,再也沒有別的方法了。一想到實際的嘗試結果全部都失敗了,所以不曾停止只相信自己的肚子的可能性。春去夏來，突然她不僅祈禱而已，還更進一步地把從廟裡帶回來的草根或香灰讓下女煮了來喝。說是可以避免災難而把用墨汁寫的神符燒了來喝。

「如果太過分身體會搞壞喲。」

「沒那樣的事。是佛祖的保佑。」

「嗯。看著吧。那當中眞能成佛呢。」

「好嘛。反正我是薄命的女人嘛。」

「爲什麼？」

「你不喜歡我生小孩對不對。好了啦，已經聽太多了。」

林看著在旁邊嗚咽著的她苦笑著。擔心她頻頻地想生小孩不會是因精神性的疾病吧。果不出所料，那年年末淑眉的肚子有了變化。從肚臍的四周突然隆起來。她直覺地感到是懷孕了。但是因爲沒經驗，所以去問一些老太婆，但都說是異常。老太婆一問說假如懷孕的話在看得到的肚子以前應該會……怎麼樣有沒有，但她都搖頭。

「親愛的。我覺得是懷孕了，但都被說是異常吔。」

某夜，淑眉看起來很高興地對林說。

「哦，你自己不放心啊？」

「詳細的情形我也不知道。但相信神明應不會錯。」

「那，去看醫生好了。」

讓醫生診察後，說並不是懷孕而是胃癌。你看，都是因喝了草根和香灰的緣故，林這麼責備她。

她立刻住院，在第三天的早晨動了剖腹手術。持續地昏睡了兩週，但一醒過來精神性的病又發作起來了。因爲那樣，手術的結果惡化了，醫生說假如不保持絕對的安靜，就會有危險。林因想讓淑眉安靜而百般地安慰她，但她一看見林的臉就像瘋女般地在床上大喊大叫胡說些任性的話。每次都氣喘喘地臉色蒼白，全身冒冷汗而痛苦著。

「喂，淑眉。病要好就要聽醫生說的。」

「我怎麼能死呢？怎麼能死呢？我還沒生小孩。啊，我會變成乞丐婆。還沒生小孩。」

她用力地亂抓頭髮，顯得很苦悶的樣子。然而林寂寞地笑著。依她的要求派人往鄉下去請她的老母親。

這樣的狀態持續了一週以上，林不知怎麼了也幾乎看不見人了。

土包子老母親的來訪是五天之後的事了。說是田裡的活兒很忙。淑眉默默地注視著頭髮已經白了的老母親提心弔膽的表情，但不久就把頭轉向醫院的窗外。窗外是一片蒼綠的草坪。穿著白衣的醫生和護士正在激烈地練習著棒球。楓樹的落葉隨風翻飛地落到他們的頭上。

「媽！」

老母親浮著淚水把臉摩擦著女兒的側臉。

「媽。我會死嗎？」

「淑眉呀。不要說那種事喲。」老母親嘆了口氣。

「但是我連呼吸的力量都沒有了啊。還有……」淑眉想要把手搭在母親的肩上，但又無力地掉落般地放下。她突然哭起來。「還有光作些將要死的夢啊。」

「你是擔心過度了。護士小姐，淑眉看起來胖胖地又很健康的樣子對不對？」

護士討人喜歡地洞察老母親的心意地對淑眉說：

「嗯，眞的喲。醫生也說手術已經結束了，再一個星期左右就可以出院了。」

「我說，淑眉呀，聽到了吧。你放心吧。你是媽媽唯一的女兒，所以你要振作治好病啊。」

老母親用粗糙多皺的大拇指擦拭著眼角，不久，看著平穩地睡著了的女兒蒼白的臉，不知何故抽噎不停。她想起了不能過一般女人的生活的女兒的半生。從十四歲做藝妓就被男人的手玩弄，做女侍又日日夜夜忙碌地把身體弄壞地工作過來。女兒想到那些出嫁的姑娘們大概悲傷過吧。覺得女兒爲了生活不能快樂地遊玩，以只有一個人寂寞的生活方式作爲對自己的孝行而忍耐著。

第二天黃昏，醫院的電燈投射滿屋子的光時，淑眉突然痛苦起來。她用激烈痛苦又細如游絲的聲音，咬緊牙一直叫著肚子、肚子。醫生來了，說是腹膜炎發作。賣豆腐的搖鈴聲沿著醫院的牆壁漸行漸遠，在可以聽到因降霧寒冷的空氣而發抖的職員或病人們的力量充沛的收音機體操加油聲的拂曉，淑眉的臉浮在從醫院的窗子照射進來的晨光裡，頭髮亂亂地，靜靜地死了。護士一見那樣就慢慢地打開門出去了。在枕邊只有老母親一人哭泣著。老母親撫摸著女兒已死去的臉，想著寂寞的沒有朋友的女兒的一生，連死的時候一個哭的人都沒有，就這樣被拋棄地寂寞地死，她於是就受不了地抓著女兒的衣領哇地痛哭失聲。

聽到這裡我站了起來。新搬到我隔壁的農人婆婆一講到那兒就用衣襬掩鼻哭泣著。我雜然地想到那個女兒的一生和她寂寞的死以及作爲有錢人家的妾的悲哀，不禁滲出淚水來。走出門口，剛好兩隻燕子從屋簷的鳥巢飛出，在田野上飛來飛去。

原載一九三六年五月《台灣新文學》一卷四號

女人的命運

1

雙美開始覺得陣痛大概是在十二點左右。湊巧那夜在同窗友人的邀約下，去國際館看電影，十點多離開那裡，一時興起，來到雙美工作的熱風舞廳時，已將近十二點，一個月中大概只有一夜回到家，今夜去雙美家更加覺得爲難，原本認爲今夜應該不會分娩，於是安心睡覺，結果卻被敲門聲吵醒，白瑞奇確定那時是十二點左右。

請起來！請起來！激烈敲著玻璃門的人是雙美隔壁的傭人。瑞奇在二樓睡覺，當家人說永樂町派人來呼喊時，心裡噗通噗通跳個不停，迷迷糊糊跑下樓梯奔到雙美家時，已經聽到嬰兒的哭泣聲。

雙美的母親一看到他就咧嘴笑說：

「是女兒噢！」

「怎樣了？平安嗎？」瑞奇氣喘喘地說。

「嗯！產婆一來立刻就生了。是個白胖胖的嬰兒噢。呵……」

瑞奇按捺不住，奔到雙美的房間，捧著她蒼白的臉龐，輕聲地懇求，雙美！你要饒恕我！嗯！

「對不起！我不在家。」

「沒有關係啊。」

雙美閉著眼睛，抿著嘴微笑。瑞奇有種不安，以喜極而泣的心情用力抱緊雙美接吻，一思及這個女人生了自己的小孩，愛意越深。於是讓她枕著自己的胳膊，爲她蓋被，並以臉頰廝磨那失去美麗的臉頰，就宛如母親的愛撫。雙美睜開眼睛微微一笑。是女的噢！說著就將腋下的肉塊給男的看。「跟你很像？」

第一眼看到自己的小孩，欣喜若狂。很像。像。那耳朵、嘴巴……。或許是因爲在自己充滿喜悅的眼裡，不一樣的東西也會看成相似的吧。但是，現在他相信了，再看看滿心雀躍的雙美時，想使她更快樂的安慰心態油然而生。

「很像哩。」他說。「也和你很像噢。」

「我？是嗎？」

看到雙美在笑，他說，你瞧這張嘴，說著就用食指碰一下嬰兒的小嘴，然後也碰一下雙美的嘴唇，再一次說，嗯！像。

「你做媽媽了。雙美！」

「哦！那麼你呢？」

瑞奇突然抱緊雙美，在她的耳邊輕聲說：

「爸爸。」說完，兩人放聲笑了起來。

不久，雙美一臉嚴肅地問：

「要取什麼名字呢？」

因她深切關懷而感到有滿腔摯熱愛情的瑞奇，開玩笑說由母親先命名時，雙美卻撒嬌說不要。

「嗯，討厭！我是跟你說眞的嘛！」

結果，兩人商量一週後，決定為嬰兒取名「麗鴿」。

2

麗鴒五歲了。也就是說瑞奇與雙美已經同居六年了。雙美依然在熱風舞廳當舞女。瑞奇因爲被茶行解雇而靠女人供養。伴舞的薪水必須扶養一家四口，所以生活過得極拮据。可是雙美一點也沒有責備因失業而遊手好閒的瑞奇。她並沒有因瑞奇受自己供養而發牢騷，反而以更銘心的愛來愛撫瑞奇。

「嗯，閒居在家也沒有關係啊。因爲我要工作，麗鴒就要拜託你了。」

黑夜來臨了，雙美說完話就離開家門，而瑞奇就在家裡陪麗鴒玩耍。他並不認爲自己閒居而由女人來供養是件可恥事。如果是在五年前，他一定會跪在她的膝前謝罪。可是，如今他卻因失業而覺無聊，這也是無可奈何的事。

以女人的立場來說，她不是處女出身的太太，而且已習慣於切實塵世的飄泊。瑞奇遊手好閒，偶爾還要給他零用錢，這種一分錢也不能浪費的生活一定很清苦。可是，他們之間有著深厚的愛情與誓言。這也可以說是她與瑞奇心靈緊緊結合的關鍵。儘管過著夜生活，她對早日成爲正式的太太、有個家庭卻存著無限的憧憬。因此，無論如何，她期望與連孩子也爲他生的瑞奇能有個圓滿的結局。

她十七歲時喪父，爲了家庭生活，在大稻埕當藝旦，她在內心深處卻早已悄悄描繪出，早點找到合適的男人，成立家庭，供養母親的情景。因此，當白瑞奇出現時，她認爲這個男人能達到理想，就全心全意付出超越職業意識的刻骨銘心的愛。當時，白瑞奇剛從高等商業學校畢業，剛在茶行工作，是個純潔、溫順、皮膚白皙的青年，無怪乎雙美爲他傾心，何況他又有前途無量的地位，以及五十圓的月薪，因此深獲母親的歡心。母親暗暗竊喜，應該可以過著幸福的生活了。

當瑞奇來時，雙美的雙手就環抱他的頭部，向他表示自己的貞淑，嗯！從那天起我就一直閉房等你到來呢。

「只要能跟你在一起，哪裡我都願意去。我已經厭倦藝旦的生活了。」

事實上，瑞奇亦深深愛上她這種純情、天眞的模樣。

開始同居時，他爲新的煩惱而痛苦不已。雖說沒有必要拿錢給家裡，但他明白家人反對他娶藝旦爲妻。如要拋棄雙美，卻又難忍椎心之苦。一想到要失去對自己純情到已喪失理智的她時，內心就痛苦萬分。每夜留宿雙美的房裡，接受她的愛撫時，想到與她分離的悲哀就使他潸然落淚。看到這種情景，雙美就淚眼汪汪地飛撲到他的身邊，喘息地說，怎麼了？怎麼了？生病了嗎？

「不是啦。」瑞奇搖搖頭。

「你說嘛！你說嘛！」

「沒事啦！」

「討厭，討厭！我會擔心嘛！如果是生病，我情願代替你。」

瑞奇非常感激她的愛情而擁抱著她，並且決心一輩子再也不要分離。雙美！嗯！不要分離，他聲音哽咽，淚流滿面。

「當然囉。分離的話，我會死的。」

雙美的臉埋在他的胸上，泣不成聲。

自從兩人立誓要成爲一生的伴侶後，雙美想在家庭方面獨占瑞奇，於是辭去藝旦的工作，改做熱風舞廳的舞女。生下小孩也是在當舞女不到五個月後。

3

看到瑞奇隨時都帶著憂鬱的臉，雙美開始害怕兩人充滿幸福的生活，是否會因他的失業而遭到破壞。因爲自己現在擁有一份工作，同時經驗過失業是常事而就業卻很困難的現實，所以對男人的心深表同情，懷抱著必須要安慰他的愛。

「嗯，在家裡遊玩也不打緊啊。再怎麼擔心也是於事無補啊。我會認眞工作，請安心地遊玩。」她好好地鼓勵男人一番。每次都強忍住快從眼角溢出的淚水。

瑞奇非常了解女人的心。在此之前，連自己的薪水也併在一起就能富裕度日的生活已驟變。眼見她的洋裝越來越陳舊，瑞奇認爲女人從平凡的家庭生活中迷失了自我。當初他曾考慮過，與其讓女人這麼辛苦，倒不如帶她回自己的家。再三考慮，又怕把不顧家人反對而同居的女人帶回家，反而徒使她受到家人的虐待，結果依然一籌莫展。在沒有找到什麼好職業前，除了讓她供養，再也沒有什麼好法子了。於是他抱持著這種想法度日。

「雙美！能不能向在舞廳熟識的男人詢問，是否有適合我的職業？因爲有相當能力的實業家，似乎會經常來跳舞。只要問熟識的那個男人即可。」

某天深夜，當雙美從舞廳歸來時，瑞奇睡不著，輕聲地說。雙美正在脫下洋裝，聽他這麼一說，倏地滿臉悲淒，急奔到他的旁邊。討厭！你在說什麼嘛？她說。又要說要在家玩耍嗎？瑞奇感覺得到女人的關懷，也了解她的愛，但他不忍雙美懷著那種僞裝的心態工作，於是下定決心，還是要早點有份工作。

「雙美，我很感謝你的心意。但是，我還是想要有份職業。舞廳的熟客沒有能夠幫忙的嗎？」

「你在說什麼嘛？」

「不，我說的是眞話。熟識的實業家……」

雙美突然站起來，強忍住淚水。突然撲向床鋪，臉趴在棉被上，肩膀顫抖，放聲哭出來。瑞奇說「熟客」，這字眼諷刺地刺痛她的心。她之所以悲傷，是預感男人突然誤解自己，恐會帶來女人的不幸。如果男人眞的如此誤解，倒不如辭去那份工作。但是，男人失業了，如果辭掉工作，會導致生活無著落，或許男人就會離自己而去。進退維谷，內心越發覺得悲傷。太過分了！太過分了！雙美悲不可抑，邊說邊哭。

「喂！喂！怎麼了？突然……」瑞奇悵然若失，從床鋪上走下來，握著女人的手，勉強擠出笑容，輕哄著她。這樣不是很可笑嗎？你看衣服都縐成一團了。

「我覺得很窩心！」雙美溫順地嘆口氣。

「什麼？也不知道是怎麼一回事，你就突然哭了出來。」

一會兒，雙美被男人抱起來，她邊拭淚邊埋怨地說：

「你挖苦我啊。」

瑞奇突然皺眉問爲什麼，她說：你認爲我有熟識的客人嘛。

「說熟識的客人不對嗎？」瑞奇覺得女人很愛鑽牛角尖，有點黯然神傷。

「這就是挖苦啊！諷刺啊！」雙美使性子說。「我是屬於你的，你卻不明白。你認爲我是那種壞女人嗎？」

「什麼跟什麼嘛！你想過頭了。」瑞奇愣了一愣，儘管過著這種生活，但將全部的愛都傾注自己的身上，因芝麻小事就嫉妒的女人的眞摯愛情，令他感動莫名。他讓雙美坐在床鋪上，辯解說她想過頭了，話中並沒有這種含意。

「在工作上應該有經常碰面的人吧。我只是指這種人啊。」

「你眞的是這麼想嗎？」雙美又再固執起來。突然緊緊擁抱著他，面帶微笑。

「原諒我吧。閒居在家也沒有關係啊。讓我來養你。我隨便亂哭，請原諒我。要是和你分離的話，我會死的。」

不知這是超越撒嬌、異性間因眞正愛情而由衷說出的話，還是因一時興起，興奮之餘的戲言。總之，雙美認爲如果眞的與他分手，自己一定活不下去。她想早點結束這種生活，做個有家庭的妻子，瑞奇是她獻盡身、心、淚水以及所有一切的最初男人、戀人。希望他能早點變成自己名正言順的丈夫，超越金錢，繼續愛他，也包含嫉妒。自己這種做法很愚蠢嗎？忽然腦海中浮現舞廳的舞女朋友眞砂子的影子。眞砂子責罵雙美是個傻瓜。

「你是個新手。一切都是錢啊！只要有錢，無所不能。這不就是我們的職業嗎？不要被同一個男人束縛住，只要周旋於有錢的男人間。」

是啊！自己是個傻瓜。雙美責罵自己。有人出巨額的錢要買自己的心與肉體，自己卻爲了一個沒有錢的男人，婉拒了一切的要求。不僅愛上那個沒有錢的男人，爲他生小孩，還供養他，爲他嫉妒而哭泣。這種做法可說是爲那個男人豎立起貞節坊。自己還是很愚蠢吧。現在他又起嫉妒之心，自己爲了與他維持圓滿的家庭而哭泣、而嘆息。——到底自己做了什麼蠢事呢？

從那時起，她發現自己雖然克服了所有的障礙，卻依然被對男人的愛束縛住。她找到以男人爲壁，在其下安居自己的心，也找到流在男人血液中的自己的心。自己是古代的女人。如果沒有瑞奇的話，自己感受不到生存的意義。

4

瑞奇在市街到處閒逛時偶然遇見好友春樂，被他說動去當「生命保險拉保人」。於是急奔回永樂町，一打開門，立刻就愉快地呼喊著雙美！雙美！

「喂，我也要工作了。」

說著說著，跳入房內。看到雙美在哭泣，於是憂鬱地張開腳步，來到她的後面。雙美抱著麗鴿坐在窗邊。當看到瑞奇進入室內時，就拭掉淚水，急忙站起來回頭對著他。爸爸，爸爸，手中的麗鴿在母親看到父親，高興地拍著手。

「什麼事這麼高興啊？」雙美微笑地說。「有什麼事嗎？」

男人正在脫衣服，她擔心男人的憂鬱會加深，便沒有理由地道歉，我又哭了，對不起！由於率直使然，她的心情稍微舒暢了。但是，坐在椅子上，把麗鴿接過來抱的他卻有點怯弱，輕聲地說：

「看你愁眉不展的，有什麼事不能解決嗎？還是因爲生病，醫藥費負擔過重呢？」

雙美突然停止手的動作，以強壓制自己情緒的語調說：

「對不起！」

「也不是因爲那種事。」

「那麼……」把衣服摺疊好後，雙美挨近男人。

「剛才你叫我，有什麼事嗎？」

瑞奇說，喂、喂，把麗鴿遞過去，凝視她的臉龐。女人勉強擠出笑容，但依然流下淚來。他把椅子挪近她的身旁，把腳勾在女人的腳上，感受到要好好安慰她的責任。

「雙美！你又悲傷了？」

雙美的母親死去剛過完頭七。今天，春風薰人，從窗口遠眺，櫛比鱗次的屋頂靜靜地籠罩在淡淡的薄霧中，遙遠的淡水河看似一片煙霧。雙美在窗邊支著手肘，緬懷突然死去的母親，不知不覺淚濕滿襟。現在，與母親的死別意味著與瑞奇的生活更加密切，自己一切都要仰賴他了。母親活著時，思念男人的心靈某處還有母親的存在；所以覺得無拘無束，因爲她有兩面牆可支撐的強力感覺，有時候對待男人很任性。母親常常幫他們調解糾紛，也訓誡瑞奇，有時可彌補她心靈不足的地方。他們兩人年輕的生活可說是由母親緊緊地結合在一起。但是，母親已經不在人世了。如果又與男人起爭執時，該當如何呢？她頓覺悲哀，惟恐兩人的生活會起危機，她決心從今以後不再任性，自己完全隸屬於那個男人。萬端愁緒湧心頭，腦海裡悲哀地浮現著母親的身影。

另外一個原因是，母親的病未能充分治療就與世長辭，每次想起此事，不禁淚流滿面。雖然明知是因生活貧困之故，非人力可挽回。但母親發病未滿兩週就寂寞死去，總覺得是自己親手殺死了她。

東湊西挪，好不容易借足了錢，爲母親辦完葬禮的翌日清晨，瑞奇一睜開惺忪的雙眼就以平靜的口吻向她道歉。

「一切都是我的錯。」

咕咚！梳子掉到地上。雙美回頭看著男人。

「怎麼了？」她驚愕地說。

「啊！只要有錢，就能無所不能。如果我有薪水的話，阿母就不會死了。」他說。

「……」

雙美隨便把插入梳子的頭髮綁起來，輕聲地啜泣。那種事，我——她邊哭邊說，聲音哽咽，只能勉強吐出這幾個字，但內心異常高興。因爲失去母親後她才聽到男人這麼富於關懷的一番話。瑞奇雖然失去工作，他的心中還是有自己的存在吧。她爲自己不時陷入他會薄倖的冥想中而感到羞愧。今後，他們將能過著更像夫婦的生活，與他共同爲借款而煩惱吧。但是，他似乎決定今後要更加愛自己。自己依然是個幸福的人兒。她暗暗鬆了一口氣。如果不能與像他這麼善良的男人同居，今後自己將何去何從呢？即使這只是想法而已，她覺得也應該把它藏到黝暗的深處。

「雙美！雙美！」瑞奇抱起女人。

「哭也於事無補啊。人死不能復生。」

然後平靜地說出下面這麼一段話。

「無論如何我一定會去工作。借的錢也一定能還清……」

「沒有關係啊！」她心花怒放，然後說出反對的話，向他撒撒嬌。

如此信任那個男人，或許是由於當時興奮的結果。那時與他約定，從此不再哭泣，要精神奕奕地生活。但是，當他出去找工作不在家時，喪母的孤獨感依舊襲上心頭，東擔心西憂慮，不知不覺就流下淚來——

因此，現在被他看到落淚的情景，及被詢問「又悲傷了嗎」時，雙美趕忙拭去淚水，矢口否認並道歉。

「這是理所當然的啊！雙美！」瑞奇一掃剛才的態度，溫柔地安慰她。努力試著使女人的心情愉快起來。「嗯！你應該要爲我高興，我找到工作了。」頻頻偷覷她的臉龐。

「從明天開始，我就要工作了。很遺憾不能賺大錢。」

雙美拭淚仔細聽他述說，然後微笑說：

「那也沒關係啊！不過，在家休息也沒有關係啊。只要我一人工作就可以了。」瑞奇心想這個女人又想由自己挑起辛勞。這可說是發自深厚愛情的體恤吧。但是，在這個世上，如果沒有錢，持續過著貧困的生活，這種愛情能持續多久就不得而知了。

「雙美，謝謝你！」不覺眼眶一熱。「可是，我們要生活啊。這是生活的必備條件。我再也不忍心讓你一個人工作。」

「沒有關係啊！沒有關係啊！」雙美面露悲淒之色。

「不，我很明白。麗鴿已經六歲了。我也想做身為父親該做的工作。而且希望能讓你不要外出辛苦工作，一直待在家裡。」

「可是——」

「不，我一定要工作。從明天開始。」

「那麼，我很高興！」

雙美突然把麗鴿抱起來，瘋狂似地在屋裡走來走去。你看！爸爸呢！好爸爸呢！拿起女兒的手拍打著。與瑞奇的眼光交接，充滿著熱情的愛，兩人相視而笑了起來。雙美心想就要告別過去的歲月，過著夢寐以求的為人妻子的生活。願望終於實現了。

5

白瑞奇當生命保險拉保人，出去工作後已經過了三個月，時節是夏天。雖說是夏天，台灣的夏天明明早上是燠熱的好天氣，午後卻大雨滂沱。因熱氣難熬，正想打赤膊時，卻傾盆大雨迎頭而來。就在這樣的一個夏日，當白瑞奇離開最近頻繁出入的頭家厝的回家途中，因被大雨淋到而立刻跳上市內公車。至於他爲何頻繁出入位於市郊的頭家厝部落，請容後再述。總之，當他拂去淋濕的衣上水珠而坐下時，意外地發現春樂就坐在自己的前方。

剎那間，他覺得有點不好意思，先打招呼說好久不見。當拉保人兩個月就放棄這份工作，其間春樂也來找過數回，但一直沒有回他消息，日子過得糊裡糊塗的，總覺得有所虧欠。

春樂把摺疊式的皮包放在膝上把玩。看到他一臉驚訝的表情，說聲「噢！」後，不停地責備最近都沒有在拉保的瑞奇。

「喂！到底是怎麼一回事？你不是說非常想要份工作。好不容易找到了，做不到一個月就想放棄了嗎？」

「不，我內心覺得很過意不去。」瑞奇笑著說。

「兩、三個月沒有拉到保險的話，你會被炒魷魚的。」

事實上我就是想被炒魷魚。瑞奇內心暗笑。有感於他的親切，瑞奇以鄭重的口吻說：

「事實上，我想辭職。」

「你已經辭職了？」春樂大吃一驚地說。

「找到好工作了吧。那也不錯。」

「不，我又遊手好閒了，因爲有某些原因。」

某些原因——春樂心想三個月前還抱著強烈希望的男人，三個月後卻如此善變。他認爲某些原因只不過是個藉口，一定是因爲找到好職業了。

不幸的是，這雖是推測，某些原因卻不是虛構的。無所事事，每天過著奢華生活的日子偶然地降臨他的身上。他的頭家厝是個相當有名望的富豪，而那位未亡人於二十四歲時與丈夫死別，帶著唯一的兒子，掌管偌大的遺產。尤其以這位未亡人出身的高等女子學校最聞名。一般人批評她很狂妄。因爲她擺出知識分子的姿態，一臉的傲慢，輕視普通的男人。「我要讓你們瞧瞧我是如何爲亡夫守貞節。」這是當別人詢問她何時再婚時的答辯。事實上，下女們偷偷洩露，她經常說：「無聊的男人很多，即使想再婚，也沒有好對象。」事實應該也是如此。她輕視普通男人學問比自己淺薄，而看上眼的男人卻不把她放在眼裡。這是一般人替她下的補述。這位未亡人的箭頭轉向白瑞奇，對他深具好感。

原本白瑞奇是不會與那位未亡人有一面之緣的。最初與她碰面是在身爲拉保人想邀她入保時。未亡人似乎對他一見鍾情。假裝有意加保兩萬圓的保險，誘他幾乎每天都興高采烈來往她家，而逐漸征服了這個男人。當男人心生動搖時，她開口說出加入生命保險是愚昧的，要白瑞奇辭去那份苦差事，每天讓這個家供養即可。然後假裝間接央請媒人求婚。

一時間白瑞奇被這個交涉嚇呆了。結婚！這個念頭不曾想過。不！應該說他認為如果別人不知是對方向自己求婚，所以不知會如何嘲笑、蔑視以雙美為妻的自己，這種心情使他受不了。被別人胡亂批評會很困擾的，他說。對方要求至少像熟人那樣交往，他立刻覺悟到原來對方要他當情夫。想到自己被如此蔑視，不由得怒火中燒。但在另一方面，又自鳴得意自己是美男子。因為要被當作是情夫，必須要擁有美貌，由於自己具備那美貌，才會被對方迷戀。這麼一想，就覺得對方沒有惡意。而且，他也在不知不覺中，對那位未亡人產生興趣。證據就是他照未亡人的要求，頻頻出現在她的香閨。這是一種矛盾的心情，他覺得對雙美有罪惡感。但不知她如何來解決。最後，只好不了了之——

與春樂分手後，他直接回到永樂町。雙美坐在窗邊編織東西。他黯然神傷地想，這個女人很粗心。可憐的她不知道有個想要他的女人，正以黑手纏在他的脖子上，想要擊倒她。這個女人即將被擊倒。這完全不是夢想。這個女人又陶醉於幸福中吧？眞是可憐。瑞奇的同情念頭油然而生，為了這個女人，他鞭策自己要堅持下去，不可被未亡人奪去了心。

雙美拿起麗鴿的手，爸！回來了！爸！回來了！笑嘻嘻地抬頭看著男人，以信賴的口吻說：

「那個二萬圓的人，已經決定了嗎？」

瑞奇窮於回答，只好說謊。

「不，還沒有。是個難以應付的傢伙。跟她做生意也很辛苦！」他不自然地笑了一笑。

「是啊！不過，還是要加油！」

「嗯！如果她買了二萬圓，我就可以賺錢了。要加油……」

兩人相視大笑。但是，瑞奇越來越笑不出來，內心極驚愕。

6

×日傍晚，請來拙宅一趟，有一點事要告訴你。當接到張萬丹氏這封封緘的書信時，瑞奇的內心越發暗澹。他覺得在緊要關頭時，他會失去理性，任憑那位未亡人宰割。既然有雙美這樣的妻子，就該把這種可笑的求婚拋諸腦後，方爲上策。但是，儘管明白這個道理，他還是想與對方見面。張萬丹氏是最初向瑞奇提起與未亡人的婚事而使瑞奇咋舌的人。張氏是個落難「秀才」，五十開外，據說是未亡人的母舅，是最好的顧問。由此可以想像，那位未亡人非常戀慕瑞奇。白瑞奇曾經在進入未亡人的府邸時，目睹張萬丹與她在竊竊私語。後來，張萬丹向他詢問是否要與未亡人結婚。因此，瑞奇覺得他已看透未亡人的心。

這天，雨從一大早就下個不停。他騙雙美說今天要去松山附近繞繞，然後就一個人在街上漫遊，一直等到傍晚就匆匆忙忙趕去文武街張萬丹氏的家裡。他邊凝視被雨霑潤的瀝青在夕陽下閃閃發光，邊無情地想著故意犯下罪惡離開家門的自己。自己到底為什麼要對雙美說謊而來到想引自己上鉤的女人身旁呢？又不是因為雙美有別的男人，背叛了自己，毀滅了兩人原本的生活，所以自己才需要追求女人來治癒孤獨。雙美非常愛自己，是個賢妻良母。自己也深愛雙美。既然如此，為何要與那位未亡人討論結婚，跨出實踐的第一步呢？要與未亡人結婚，自然就要與雙美離婚。他未曾想過要拋棄相愛六年的雙美。但是，今日在不知不覺中已考慮到這個問題。自己原本沒有打算要作如此的考慮的。這是什麼樣的矛盾心態啊？雖然極力否定要與雙美分手，但又像上癮似地繼續當未亡人的情夫。這不就是同時將兩個女人當作是玩物的男人利己主義嗎？不，自己一定要毅然決然拒絕這種不正常的來往，熱愛雙美，跪在她的面前懺悔不軌的行為。

這是悲壯的抉擇。

「啊！歡迎！」張萬丹一看到瑞奇就微笑地說。「請進！請進！」

招呼他進日漢合璧的客廳後，張萬丹急忙開口說明要事。

「以前就已經跟你提過。現在對方很焦急，希望能夠正式決定。嗯，如果你也不嫌棄的話，就照對方所想的決定好了。啊，我想應該大致讓你知道。」

瑞奇心想這是蹂躪人權啊。立刻湧現「不能這麼輕易就被對方輕視，要拒絕不正是現在嗎」的心思。但是，爲何沒有正面直接拒絕的勇氣呢？

「不，你那麼想我很爲難哦！事實上，我有不能接受的理由。」他俯下頭小聲地說。心臟的悸動似乎很激烈。

「理由？」

「是的，我有無論如何都不能接受的理由。」

「你的理由是家有妻子嗎？」

咦？瑞奇驚訝地望著對方。張萬丹瞇起眼睛笑著，注視著他，使他把臉朝下。

「是的！」誠實、溫順地說。

「那不成理由啊。」

「我已有妻子。」他強調地說。

「我知道。我已經調查過你有妻子。不過，那個女人不是正式的妻子，只不過是姘居關係而已。她不是個舞女嗎？說句難聽的話，這根本構不成問題。」

「你是說──」

「花街柳巷的女人，視節義如糞土。好像朝夕都換夫……」

「等一下。我的妻子雖是舞女，但不是花街柳巷的女人。遭你那麼誤解實在很糟糕。對不起了！」

他很嚴肅，斬釘截鐵地說完後就站起來。雖然心已誤入邪道，但他不能忍受別人如此侮辱自己依然熱愛的雙美。

啊！不要想過頭了。張萬丹一點也沒有吃驚，以蔑視對方的表情說。這樣簡直就像是在吵架嘛！硬要瑞奇坐下來。經他這麼一說，瑞奇爲自己流露出來的英雄式野蠻，略感到尷尬。

「我們不要再談那件事。現在有重要的事要轉告。」張萬丹平靜地說。「這次，如果你眞的決定入贅，那麼一切財產由你全權處理。這也是作爲媒人的任務，所以我想聽你明確的回答。」

財產，約有二十萬圓！聽到說要把財產給自己，瑞奇睜大眼睛。突然間，愛情被金錢打敗的念頭一閃而過。或許剛剛示威的愛情，也被這份財產打敗了。在這一瞬間，他發現自己想要那二十萬圓財產，不由得寒心起來。自己還是想要那份財產——。可是，自己不是打算要照剛剛下定的決心，來拒絕這件事嗎？矛盾啊！重重的矛盾！使他的心暗澹下來。到底該如何說方爲上策呢？

「那是件無關緊要的事。不，那件事以前我……」

「那件事我知道。」張萬丹打斷他的話，加重語氣地說。「我想，現在不要再提從前的事才能繼續進行話題。總之，對方說自己覺得很不好意思，只有這麼一點財產。啊！不足夠吧？只好請你多包涵了。」

「不，我絕沒有這種想法。」

「那麼，你就答應了吧。我的任務也總算完成了。」

「等，等一下。請不要那麼快就妄加想像。」

「想像？那麼，是因爲不夠嗎？」

「那——」瑞奇被逼得無辭以對。自己的心不能被征服。他一定要試著說明自己絕對不可能接受的立場。但是，遇上張萬丹，結果就變成抬槓了。是錢啊！在這個世上唯有錢最重要。在這個不景氣的時代，有人會對給錢同時又給女人而說不滿嗎？張萬丹挖苦地說。

聽著聽著，瑞奇惶恐得不得了。自己的心逐漸被錢包裹住了。

「那麼，我好好考慮一下……」

逃命似地衝離他家，汗流浹背。

（到底是怎麼一回事。我雖然試著不要忘記雙美，卻被金錢壓倒了。實在想不透！）

整個人栽進市內公車，自己詢問自己，到底怎樣才是幸福。

7

曲調適合狐步舞。「Baby喲！回來吧！」……

「喂，千惠！」

曲子結束時，眞砂子挽著戴賽璐珞寬邊眼鏡的紳士，離開人群，帶到獨自倚著牆壁的雙美面前。

「我來介紹一下。」

「啊！我？」職業意識使得雙美睜大雙眼。

「討厭！別裝蒜嘛！」

眞砂子笑著敲打雙美的肩膀，然後將男人介紹給她認識。這一位對你頗有好感噢！在她的耳邊低語。嗯，千惠！不要太固執了。凝視著她，男人傻笑起來。

「Thank you－眞砂！」

在男人的面前，雙美露出惹人憐愛的笑容。但是，內心暗想著，眞砂子這傢伙，又想說服我了。

眞砂子數次介紹男人與她認識。但她並不心存感謝，只覺得很厭煩。本來身爲舞女，巴不得能多一位客人。但看穿了眞砂子介紹的男人之目的時，被糾纏不清反而令人生氣。偶爾粗心大意時，立刻將計就計。坐收漁翁之利的眞砂子非常高興。因此，雙美雖然露出職業式嬌俏的微笑，內心卻開始警戒。

「那麼再見了。千惠！」

當舞廳再度天旋地轉時，眞砂子離開他們，揮手說：

「就把他寄放你那兒了。要好好地招待哦！」

然後面向男人，變臉色說，如果惹千惠哭的話，我絕不饒赦。

「哈！哈！哈！我投降了！我投降了！」男人搔頭笑著說。

「嗯，千惠！聽到了吧。好好疼愛這個男奴隸噢。」

「我要哭了。」

雙美吐一吐舌頭，凝視男人的臉。「奉陪啊！」

與這個男人跳了兩支舞後，雙美整個人又陷入憂鬱中。她想眞是個討厭的傢伙。故意踏錯腳步踩到她的腳，有時搔癢她的背部，吐出熱氣。面對男人的野性，雙美不由得起雞皮疙瘩。正因爲要談成這筆買賣，無論男人如何無禮，也不能生氣，只能報以微笑回答。如果自己與瑞奇的經濟生活多少能夠安定，她想絕不會讓這種男人調戲。一想到這點，對瑞奇的眷戀之情充塞於胸中。在跳舞的當兒，她想如果瑞奇終於變成公司的正式職員，一定要讓這些男人瞧瞧。這種想法逐漸刺激了她的侮蔑心。男人越是調情，在自尊心的驅使下，她越是採取冷淡的態度，有時從鼻孔發出「哼」的聲音，盡情地蔑視對方。

唱片再次譜下休止符。在大家暫時休息的空檔，男人來到雙美的背後。

「請帶我到廁所！」

「啊！」雙美愣了一下，回頭看了男人一眼。「你不知道嗎？」

「嗯，因爲我初次來這裡。」

哼！雙美的心裡在冷笑。如果自己不是舞女，一定要賞這個傻笑的男人一記耳光。她的內心厭惡到了極點。看他和眞砂子那般親密，應該不會是第一次來才對。男人又想要玩那一套了。雙美加深了警戒。

因此，帶領男人來到可以看見廁所的走廊時，她突然停止腳步說：

「你瞧！看見了吧！」

「不好嗎？」

男人慌慌張張拉住想要離去的女人的手。「怎麼這樣不親切呢！」

「啊！你不是要上廁所嗎？」

脫口回答後，她愣了一下。爲何要這麼溫柔地回答？不應該這樣的！她責備自己。但是，這也是無可奈何的事。她自覺到自己是個舞女。對客人不親切，就意味著買賣破滅。這是無法照自己意志行動的女人之買賣。何等不幸失去自由的傀儡啊！悲嘆間不覺眼角熱了起來。

自暴自棄地帶男人來到廁所十燭光的燈光下，男人突然喊「喂——」。驚訝地回過頭來時，她的手被塞了兩張十圓紙幣。

「啊！」雙美冷靜地低語，一點也不驚慌失措。她想終於露出狐狸尾巴了吧。凝視著男人歪斜的臉。早已看穿他的目的。但是，她故意裝傻。

「這個是幹什麼？」詢問說。

「噗！噗——」男人色瞇瞇地笑起來。「今晚要在哪裡做呢？」

雙美忽然縮起身子，抬頭看著男人。懂了嗎？這是你的身價。男人一面走路，一面想摟抱她。雙美將紙幣丟到地上，用力拂開男人的手。

「你表錯情了。」手腳發抖。

「哼！」男人瞇著眼睛，拿出香菸點起火來。「怎麼？不要嗎？」

「我沒有接受的理由吧？」

「不夠嗎？哈！哈！哈！」男人愣了一下，用手撫摸肚子，笑得更起勁。「未免要求太過分了吧。你的身價就值二十圓啊。哈！哈！哈！」

聽到他的笑聲，雙美感覺受到莫大的侮辱。雖然是個舞女，也必須接受男人無理的要求而落到淪落的命運嗎？或許這只是平常的誘惑。或許男人認爲舞女會期待、欣喜迎合所有的誘惑。依一般想法來說，這是無可奈何的問題，但是我的情形有點不同。雙美更加有自信。我有出色的丈夫。有必須爲他堅守貞節的丈夫。現在如果順從這個男人的要求，就會破壞了貞節。雙美毅然決然推開男人，把男人的諷刺嘲笑拋諸背後，奔向舞廳。

她剛好在音樂結束時來到候席。啊！眞砂子發出聲音，面露訝異的表情，拉起雙美的手。

「你一個人？」

「我被愚弄了。」

眞砂子瞧著雙美的臉色，感到呼吸困難，然後愣了一下，仔細凝視她的臉。突然從鼻孔哼了一聲，湊到雙美的耳邊低語。

「千惠！這樣不行噢！拒絕了客人！」

「我和別人不同。」雙美憤慨地說。內心呼喊著，我有善良的丈夫。

「是嗎？」眞砂子報以冷淡的視線。「那麼，千惠，你是怎樣的人？」

「我是不賣淫的。」雙美以激動的口吻說。

「哼！」眞砂子又愣了一下，從鼻子發出聲音。「沒有必要生氣啊。但是，我們，或者是你千惠，都是爲了錢。……這是我們要面臨的命運吧？也是無可奈何的事啊！」

（哼！有這種命運嗎？）

這時有別的男人站在雙美的面前，兩人挽著手來到舞池跳舞。

這夜，她以泫然欲泣的心情回到家，發現麗鴒一個人在哭泣。爸爸沒回來嗎？麗鴒看到母親的臉，更加放聲哭了出來。

8

（在經濟恐慌的世態裡還是金錢最重要。單靠愛情，頂多只是招致一家人自殺的下場。）

這種思想逐漸盤據白瑞奇的心頭。這是驚人的進步。他的思緒繼續飛馳，與雙美同居，只是為了盲目的愛情而同居，眞是愚蠢，不了解世事，我們的生活隨時都受金錢左右，不管怎麼說，有錢是最好的。思緒至此，不久後他就下定結論：與雙美分離，與那位有錢的未亡人結婚，才是明智之舉。事實上，這數日來，他過著為這結論所苦的生活。當得到這個結論時，一方面受背叛相交六年的女人之良心苛責。另一方面，燃燒著想掌握未亡人的錢更甚於她身子的欲望，使他越來越難以忍受。雖然兩者都是他所願，但魚與熊掌難以兼得，因此內心非常煩悶。

最近有好長一段日子，不曾回到雙美的家，生活起居都是在自宅。因此可見他的心已有所決定。女人眞是妖魔。生活中如果到處都看到雙美的影子，則會奇妙地被她的愛情牽絆住，而導致心靈崩潰。由於他害怕這種事發生，一直離她遠遠地。

不久後，由於受到張萬丹氏的頻繁催促，越發使他下定了決心。他全身發抖，回答「好」。既然作了這樣的抉擇，就必須向雙美宣告最後的離別。但是，每當眼簾浮現雙美悲慟的情景時，他的心就更加怯弱。他爲雙美的苦悶而心煩。

到了某一天，他終於下定決心，無論早晚總該讓她知道，於是鼓起勇氣，在隔了數天後去雙美的家。

這是個微陰的日子。爬上微暗的階梯，腳步聲放輕，躡手躡腳打開房門時，被那聲音嚇到還躺在床上的雙美跳了起來。在看到男人的瞬間，整個人好像失神，臉上失去了血色，嘴唇微微顫抖，佇立不動。瑞奇被那認眞的表情嚇到，不由得低下視線。

「雙美！好久不見了。」小聲地說。

本來已堅決下定決心來向她宣告的，誰知在瞬間，六年一起生活的愛情流露於她的無言中。不由得胸口一緊，有種想向她哭著懺悔的感覺，冰冷的心整個瓦解。他想應該不會這樣的，這樣是不行的。於是欺騙現在的自己，強裝冷漠，做出凶惡的表情。

「因爲我有適合我自己的安排……」

「沒有關係啊！」雙美尖銳地叫著說。

瑞奇驚愕地抬起頭看著女人。淚水紛紛從女人的臉頰上滑落。他想自己被打敗了。

「我沒有在生氣。因爲覺得小孩很吵。」

「沒有在生氣嗎？」

雙美似乎無法控制自己，雙手掩著臉，肩膀顫抖，整個人撲到床上。沒有關係，因爲我不好。她哭了出來，淨說些類似辯解的話，只要回來了就好了，令人不忍聽下去。他應該不是這種男人，可是……想到這裡，越發覺得悲傷。

「我有話要說。沒有哭的必要吧？」瑞奇一邊說，另一方面又與自己的心交戰。

「我不哭！」

雙美邊說邊哭得更傷心。

「你這樣我很討厭。」他語中含著怒氣說。「無法進行談話吧？」

雙美突然停止哭泣，抬起頭來。對不起，因爲我覺得很悲傷。平靜地道歉。看到她哭得紅腫的雙眼，瑞奇覺得自己的心又被女人牽引，感到無比狼狽。

但是，該來的總是要來，他在內心吶喊。生活！金錢！這只是一種像玩家家酒的愛情罷了。

「我們分手吧！」他斬釘截鐵地說。

「咦？」

雙美尖銳地叫出來。突然整個身子失去了力量，頭低下來，小聲地說給自己聽。是嗎？聽到男人的背叛，在忿怒之前，爲男人意外的話而驚愕不已，不由得陷入絕望失神的狀態。

她的嘴唇張開，仰望著男人。

「分手吧。」瑞奇再一次使盡力氣說。「要說理由也可以。不過，以後你也會明白……那麼，這麼說吧。因爲我要和某位未亡人結婚，我們不分離的話不太好。」

結婚！雙美喃喃自語。然後平靜、緩緩地問男人說，你要結婚？是的！瑞奇嘆了一口氣說。突然雙美又開始哭哭啼啼起來。

「我不是在作夢吧？」她再一次詢問男人。

瑞奇心想這樣下去不行。女人必然非常悲傷。如果被那種廉價的感傷牽絆住，就失去男人的立場。要出去就是現在。這時，麗鴿醒了，坐起來，揉著雙眼，瞧著父親。爸！欣喜地說。更加不可以。他悄悄地逃離房間。流下爲了古老愛情感傷的淚水。

「瑞奇！你要回去了嗎？你不再回來了嗎？」雙美的淚聲在背後追趕著他。

這是無可奈何的事啊。他沒有回過頭去的勇氣，拭去淚水，內心不停地吶喊，這是無可奈何的事啊。

雙美關上房門，當男人走出去時，哇！整個人痛哭起來，宛如決堤洪水。抓了一下頭髮，抱起麗鴿，瘋狂似地在房裡奔跑。

從遙遠淡水河吹來的風，拍打著窗櫺，發出咯嗒咯嗒的聲音。

9

眞砂子一看到雙美進來時，立刻浮現淺笑挨近她的身旁。

「千惠！你有傷心事吧！」

雖然心情不開朗，雙美還是勉強擠出笑容。

「請不要提起。」平靜地哀求。

「啊！你說到底怎麼一回事嘛？」

聽到的舞女們都插嘴揶揄雙美。雙美遠離她們，佇立在窗邊。被大家這麼一說，刺痛了胸口的傷痛，不由得溢出淚水。眞砂子在她的耳際悄聲說：

「男人逃了嗎？」

「請不要說了。」

雙美盡力抑止淚水。爲了逃走的男人而流下來的淚水，弄髒了特意化好的妝，因此，看起來有點愚蠢。從現在開始就只剩下自己一個人了。爲了生活必須要工作。想到這裡，她努力揮去悲傷。心境近乎虛無。

一眼就可眺望窗外一閃一爍的電燈。

「我很同情你。」眞砂子感受到她的憂心，平靜地說。「千惠，你眞的太過喜愛一個人了。男人又是怎樣？要改變你的男性觀了。爲了一個男人守貞節，我們都不是有那種立場與命運的女人啊。」

雙美默默點頭。她想眞砂子一定比自己更辛苦，所以才會這麼達觀。或許她一生都會詛咒男人。這樣不行嗎？她覺得這是被男人自身旁脫逃的自己該盡的義務。那麼自己如生命般相愛的男人，竟然這麼簡單就以爲自己打算的利己主義之藉口，逃離了自己的身旁。到底誰可惡呢？應該歸咎於誰呢？

「眞砂！還是你說的對。」雙美突然愉快地拉起眞砂子的手。

眞砂子默默地微笑。

「我要走的路跟大家相同。到今天以前，一直很安心，以爲沒問題，可是……」雙美懇切地喃喃自語。不可思議的是，她不覺得悲傷，反而有很高興的感覺。眞砂子皺著眉頭。千惠，你在嫉妒哦！

「我要當妓女了。」她叫了出來。雖然無論如何自己都要走上這條路，但是，即使自己墮落，也都是白瑞奇的罪過。這麼一想，越發產生勇氣。她決定等麗鴿長大後，要宣傳她就是白瑞奇的女兒，且讓她當妓女。想著想著於是露出了愉快的笑容。

原載一九三六年七、八月合刊號《台灣文藝》

逃跑的男人

正想著火車搖搖晃晃的要過鐵橋，便響起一聲汽笛，很快地進入長長的隧道。亮著燈的三等車廂裡乘客擁擠，微弱的燈光照在臉上，有的人茫然地呆望著，有人吱吱喳喳的竊竊私語。由一個位子上飄蕩開來白色的香菸煙霧，有股悶熱的臭煤味兒。女人們皺著眉頭用手帕摀住鼻子，嘀咕著眞討厭、眞討厭，把視線投向窗外。巨大的車軌聲直衝入耳中。

我累得筋疲力盡，整個人癱在椅子上，瞇著眼瞧著車裡的動靜。

這時候，坐在我前面的年輕男子抱著的嬰兒不知怎麼回事，突然咿——地有氣無力地開始哭了起來。於是，男人把臉貼在嬰兒的臉，不停哄著，燈光下，他的側面充滿欲泣而嚴肅的表情。那個男人模樣大約二十四、五歲左右，頭髮散亂，兩頰瘦削，穿著舊的藏藍色翻領外衣，腳上套著布襪子並紮上綁腿。他顧慮到我，同時好像很怕吵到其他人似的，一邊哄著孩子讓孩子吸橡膠奶嘴，一邊拿糖甜甜孩子的嘴，但孩子老是哭個不停。男人眼看著束手無策，一直注視著嬰兒。突然吧噠一顆眼淚從頰上滑落。我嚇了一跳站起來，想著：有什麼事情呢？這個男人……之前一起對面而坐了半小時但沒留意，那個嬰兒大約七、八個月大，皮膚發黃而鬆弛，一看簡直就是有病。而且一哭起來，臉更瘦得像小猴子一樣乾癟。

——他是想喝點奶吧。

我出聲問道。男人抬起臉微微笑了一下，突然像想起什麼似的，含著淚眼眨一眨又低下頭去。

——是呀。離開家之後一直沒喝奶。

他小聲地說。

——噯呀！真可憐……

正給四個月大的女兒餵奶的我太太插嘴說道。

——不，那……

男人勉強笑了笑，有點不知所措。

——孩子的媽沒有一道來嗎？

我懷疑地問。就在那一瞬間，男人的表情驟變。不知怎麼回事，他只是沉默地擺出反抗的臉色，低著頭繼續逗弄著嬰兒。嬰兒哭得愈來愈凶猛，像著了火似的，車內的人都朝這兒投過來奇怪的視線。

男人表現出那種態度，我也就不由分說地默默以眼示意太太不要說話之後，正好火車出了隧道，就眺望明亮曠大的高原。火車在山坡上行駛著。茂密的樹木從車窗向後疾馳而過。午後的陽光照得整個山亮晃晃的，遠處相連的群山頂上高高的白雲層層翻動著。發光的紅土表面，在那一帶的樹木間和這一邊的溪谷崖中都稀疏可見。戴著斗笠的男女和牛靜靜地在那附近一整片茅草堆的覆蔭下工作著。

暖烘烘的陽光悄悄的爬進車廂裡來。……然而，究竟這男人抱著沒有母親陪伴的嬰兒，是在做什麼呢？或者嬰兒的母親死了吧？從剛才一直看男人的表情，似乎就如此。也許在出外掙錢的地方失去孩子的母親，而現在正要抱著嬰兒回故鄉。我自己隨便那樣想而加以肯定。對了，一定是那樣。先前男人的眼淚和被問到孩子的媽時那臉色，要不正是那樣的話又是怎樣呢？

於是我心裡便湧出憐憫之情。我又偷看了一下男人。嬰兒聲音哭啞了，表情看起來分不出是在笑還是在哭。男人深深嘆了口氣，似乎眼看著就要哭了，只是緊緊的抱著嬰兒。車裡朝這兒看的視線越來越多。

我下定決心，輕輕的向妻子低語。

——還是想喝奶的樣子。可憐哪。

妻子露出同情的神色點點頭。

——嗯。

——你給他餵點奶怎麼樣？

——我也是這麼打算。

於是我從妻子手裡抱過女兒，微笑著對男人說：

——讓他那樣子哭不好哦。不給他喝點奶的話會老是哭個沒完。請讓我妻子餵他喝奶吧。

妻子伸出兩手。

——啊，請。

男人吃驚地抬起頭。他眼裡炯炯燃燒的或者是感謝也說不定。就那樣看了我一會兒，很快地又隨著深深的嘆息而無力的垂下眼，然後像是沉思什麼似地沉默起來。

——啊，不要客氣讓我餵他喝奶。很可憐哪，這樣哭著。

男人第一次開口。

——謝謝。很感謝，不過……

——不是很可憐嗎？想喝奶卻沒得喝。

——沒關係。到了苗栗就可以買牛奶了。請不用管我。

聽到苗栗，我看看窗外。火車穿過好幾個隧道才剛過十六份站，正輕鬆地在山腳下跑著。到苗栗大約還要三十分吧。這三十分鐘裡要讓嬰兒繼續哭嗎？想到這個就不寒而慄，我加強語氣地說：

——你那樣做也是可以，不過現在不是很傷腦筋嗎？還有三十分鐘呢。哎，不要客氣了。

我向妻子使個眼色，妻子再次把兩手伸出來。

——啊，請。

儘管那樣他還是猶豫了一下之後才說：

——那麼，我就恭敬不如從命了。

語無倫次地，男人第一次放開嬰兒。他因爲嚴重怯懦的焦慮而陰沉著的臉，卻微微浮現出歡喜的神色。因顧慮到不要看女性的肉體，而時時用靦腆的眼光瞥向找到妻子的乳房便停止哭泣的自己的孩子，一邊露出淡淡的笑意，不斷向我謝謝、謝謝地點頭道謝。我不由得感到刺眼，幸好男人的心情好轉，我想問問看他是否好像有什麼事，反覆在心裡下了幾次決定。但是男人的嘆氣，時常一個人悄悄地像是悲傷的嘆息，使我沒有勇氣去問。同時看他前一刻那種反抗的表情，要是我開口問他，說不定他會生氣而把嬰兒搶回去。他是那麼神經質的男人。

但是，很適當的機會來了。這時候，男人這麼問我。

——你們到哪兒？

我就以此為開端，開始深入話題。

——台北。你呢？

——我到花蓮港，不過正在考慮著要不要暫時住在宜蘭……

——啊，那麼我們都一塊兒到台北的。可是，到花蓮港這趟遠路帶著這麼個嬰兒，而且母親又沒有一道來，可眞傷腦筋呢。孩子還要餵奶，所以沒有母親的話眞的是很棘手吧。

——這孩子已經沒有母親了……

我吃了一驚。

——死了嗎？

妻子也站起來聽。男人很快的垂下視線皺著眉頭，以決絕的口氣說：

——嗯，和死沒兩樣。

難以理解他的意思，所以我厚著臉皮問道：

——那是怎麼回事呢？好像有什麼事情的樣子。

——很丟臉的事。

看到男人的表情益發沉重，我暫時閉上嘴。之後稍稍猶豫了一下，問道：

——怎麼樣？能不能把那一件事說給我聽？要是不打擾你的話……

男人咬著唇動也不動地凝視著窗外，似乎正陷入沉思的樣子。我也像被吸引般嚥了嚥口水注視他的側臉。於是，男人突然轉過身，來回看著我的臉和鞋子邊說：

——你的關心使我很感動，那就告訴你。只不過這是很可恥的事，實際上我已決定不告訴任何人了。不，我決心自己不再去想那件事。一想到那件事，我就會生氣難過……哎，不再這樣發牢騷了，那麼我就慢慢說給你聽吧。

如此說著，開始了以下的故事。

「——因爲故事的經過要從我的家世開始說起，那麼就說給你聽。我想你大概也知道，提起台中州的四塊厝村落的王舉人，無人不曉，過去以武力和財勢享盛名。那個王舉人其實就是我祖父。那麼出名的人的後代子孫當中居然有像我這種破落寒酸的人，請你不要見笑。我小時候記憶中到現在還忘不了的是，祖父在世的時候，那種生活實在奢華。有二十多個傭人，那宅邸據說在當地沒人比得上。日軍占領台灣以後，祖父就當上八家村的村長。

我記得很清楚，祖父在我入公學校的前一年、也就是我八歲那年春天去世的。葬禮之盛大，簡直是了不得。要是告訴你喪事持續兩個月，我想你大概就可以想像得到。據說總共花了十幾萬圓經費。花了五萬圓做的墳墓現在還留著。

但是，現在想想，這是不應該的。因爲當時持有的現金大約五萬圓，剩下的幾乎全是借錢來湊數的。這就是我父親兄弟們背負大筆借款的開始。

父親家有三兄弟。雖說如此，眞正只有父親一個人。兩個叔叔因爲是婢妾的孩子，所以父親很趾高氣昂。財產的分配也是依父親個人的想法而分成三等分，父親得一份，我因爲是長孫所以得一份，兩個叔叔是婢妾偏房得一人份，所以父親理應得三分之二。我想有三千五百石。不過，負債則完全相反，分成三等分，三個兄弟各負擔一份，因此父親分擔一份，而兩個叔叔分擔三分之二，實在是很過分的做法。親戚和叔叔們也都很憤慨，但反正是那時候的事，加上叔叔們說只有二十來歲而且母親是偏房而能分得財產，感謝得痛哭流涕，所以簡直就全是父親的天下。而且父親甚至當上了村長，就更不得了了。沒有人不向父親低頭，而父親也更加耀武揚威。

實際上，提起那時候的生活，有一陣子是很不得了的。只有二萬圓的負債，父親對這件事並不介意，而還是過著奢華的生活。鴉片也抽得更凶了。兩個叔叔不抽鴉片，只有我父親是從小時候就開始抽的。據說是祖父認爲先抽了鴉片的話，就不會到處放蕩也不會浪費，才這麼做的。其實這不是傻話嗎？到現在才知道，和祖父的那種想法完全相反，父親是因爲抽鴉片才浪費而破產的。

不管怎樣，一時之間生活是很豪華的。我想這大概持續了四、五年，而從那時起就開始逐漸沒落了。也就是因爲那一點收入包括父親的鴉片菸、借款的利息和生活費，再多個三千五百石也存不了錢。終於父親在分家後第六年首次開始變賣田地，而正如以此爲開端般地接連不斷的賣出。我家完全步入沒落的過程。

但是，當時在公學校就讀中的我還是個孩子，那種情況是不可能知道的。我只想著，祖父是舉人，所以作爲他的孫子要不丟他臉，同時爲了保住村人所崇拜的村長獨生子的顏面，將來一定要當個高官。這並不是因爲我是個豪氣少年而特別發憤圖強，只不過是持續我的家風，特別是遵從祖父日常的家訓，從小就要做個卓越出眾的人的想法。父親在這方面也相當嚴格，我一蹺課就會被狠狠的修理一頓。不久，我如願以償地進入中學就讀。而後繼續專心用功，腦子裡全是代數和英文，其他什麼都沒有。

然而，唉，可悲的是，命運終於開始向這個純潔的少年伸出魔掌。中學三年級的秋天，母親突然去世。雖然如此，已經是十七歲的男孩子了，我沒有特別異乎尋常的悲傷和嘆息。母親的人生終歸結束，我爲母親沒有看見我出人頭地就去世而感到遺憾。坦白承認，那時候我的眼淚其實多半是感到遺憾的眼淚。光是悲嘆母親未見我出人頭地就去世的我，事實上，就像你所聽到的，對於在我背後逼近的悲劇絲毫沒有感覺到。唉，由於母親的死而我的前途急轉直下，這叫一個十七歲的少年怎麼能了解？

母親的死我沒有忘記，我一輩子都不會忘記母親的死。而我現在咬牙切齒地感嘆母親的死，是因爲母親的死左右了我的命運。這就是我現在所要進入的正題的開始。如果母親沒有死，我現在就不會這樣。唉，愈想愈覺得我的命運全在於母親的死。這一點，現在的我確實會爲母親的死而痛苦而哭泣——」

說到這裡，男人太激動而閉口不語，一直望著窗外，眼裡閃著淚光。我屏息等待男人開口。我想一定有很嚴重的事而頓時湧起好奇心，哎，我這種人是多麼沒禮貌，別人的祕密都想知道。

妻子也沉默著。嬰兒已經吸足了奶被妻子抱在手裡安穩地睡著。

看了一會兒窗外之後，不久男人轉身要再開始說話，忽然注意到自己的孩子。

——太太，謝謝你。

說著，邊點著頭，從妻子手裡搶回來似的抱回嬰兒。

——實際上，從那以後我的受難就繼續下去。對於一個過去只曉得念書的少年，命運不是太殘酷了嗎？

繼續說道：

「——母親死了之後，隔一年父親就續絃。當然我沒有向父親表示任何意見，完全以事不關己的態度來迎接繼母。唉，現在想起來迎接繼母這是不應該的。母親不死的話當然是最好的，然而因爲繼母，我的前途被搞得一團糟。

繼母有兩個和前夫生的孩子。一個是男孩比我小二歲，另一個是女孩八歲。爲什麼父親要娶一個有拖油瓶的女人作塡房，我到現在還想不透。不過，繼母和她的拖油瓶也眞不要臉，從進門那天開始就像在自己家裡一樣，把死去的母親的東西當作自己的東西來用。我心裡很不舒坦。而且拖油瓶還叫我哥哥叫得很親熱，這讓再怎麼事不關己的我也要大吃一驚。我是獨生子，你們和我是不相干的人，我不是你們的哥哥。——是不是父親會讓這些拖油瓶入籍呢？我最後開始懷疑。有一天，我問父親這件事，結果還是如我所猜測的一樣。這不是很蠢嗎？這些拖油瓶不是和我們一點關係也沒有嗎？讓他們和我一樣，不奇怪嗎？我非常憤慨。其實我只是不想隨便讓別人的孩子得到財產。對吧？因爲誰也不想把自己家的財產讓別人拿去。因此，從有這件事以來，我就怨恨父親，反覆地和繼母經常發生正面衝突。可是最後演變成繼母等三人和我的強烈對立。這其間父親怎樣呢？父親只要是一口接一口抽鴉片就完全天下太平，所以一副若無其事的樣子。怎麼不考慮看看自己的孩子和不相干的人的孩子呢？抽鴉片的人，不是很可悲嗎？

但是過了一年，最悲哀的事情發生了。中學五年級那年的春天，父親要我退學。啊，那時候的我的心情請你諒解。從盡是夢想著出人頭地的少年那兒剝奪讀書的機會，是多麼刻薄多麼悲哀啊。實際上，我追問父親，甚至想把滿腔怒火發洩在父親身上。

『想想看家裡的財產。已經只夠吃飯了還要付你的學費？』

父親這麼說。一時之間，我也確實同意。忘了告訴你，我家幾乎每年都在賣田地，母親死的那年，已經沒落到只剩下二甲地左右的地步。這我是知道的，所以被父親那麼一說我只有點頭答應。但是我立刻生氣地跑出去。家道中落，這也是因爲抽鴉片造成的。只管鴉片要緊而不管孩子將來出息的父親。把別人的孩子當成自己的孩子的父親。唉，結果父親是忽略了我。我不要你了，你到哪兒去死去，我只要有塡房的孩子就好了。胡思亂想地猜測父親會那麼說，我連續哭了兩、三天。繼母不但連一句安慰我的話都沒有，反而很痛快似的看著。我很生氣。後來我才知道，我的退學據說其實也都是繼母在暗中唆使的。

但是，再怎麼生氣再怎麼跺腳，事到如今再做什麼也沒用了。從此以後我斷然與家庭對抗。這其間的情況，即使我不告訴你，你想想一般繼母和繼子的糾紛就會明白。只是，父親在我被繼母罵或吵架的時候，就罵我：

『不是你親生的母親就這樣嗎？你這個不孝的傢伙。』

不管我理由如何充分也一樣。後來有一次和我起了大衝突，父親就這麼說：

『你這個不孝子，反倒是金星（拖油瓶的名字）比較孝順。說是親生的兒子，一點用都沒有。就當我沒生你這個兒子！』請你想想看，母親死了以後，我想只要有父親一個親人，我就放心了。而父親卻這麼說，這不是很明顯地表示父親和繼母是一夥兒的嗎？我無言地垂下了頭，悲傷而氣憤地流淚，躲到沒有人的地方去哭。唉，被親人拋棄、孤伶伶的可憐的男孩，要怎麼活下去怎麼做才好呢？有一會兒我失去了活下去的力量，差不多想要自殺。可是，金星的舉動又強烈地刺激我的鬥志，他媽的，我死了他不就輕易得到全部的財產嗎？一想及此，我就湧出新的力量。金星對父親的孝養，實在是讓看了的人擔心的那種居心叵測的狐狸態度。像是他努力地想讓父親看到他對我也很順從，而用帶點忠告的口吻告訴父親我的種種事情。因此，父親會那麼相信他也不是沒有道理的。所以，我決心要揭穿這個假面具，而偶爾和他起爭執。

如此，兩年之後我結婚了。作父母的是很有趣的，那是我當時的感覺。過去老是把我當成被排擠的人來看待的父親，甚實還是想早點讓我娶媳婦好早點抱孫子，不停地催我結婚。看來只有這時候父親才沒聽繼母的讒言。我因爲在家裡孤單單的沒有同伴，所以想娶個妻子來作同夥，就結婚了。

我老婆是個過去完全沒見過面的鄉下姑娘。我記得是在結婚兩、三天後的一個晚上，我在老婆面前慷慨激昂地說：

『我想你完全不知道這個家庭的情況就嫁過來的吧。這個家在外人看來是個有錢人家，似乎是被眾人所羨慕的。不過實際上不是那樣。你已經是我老婆了，所以我要你站在我這一邊、聽我的話。現在的母親和像我弟弟的男孩，那兩個人既不是我母親也不是我弟弟。坦白說是我的敵人。是這個家庭的寄生蟲。所以，你也和我站在同樣的立場，不可以和那兩個人說話。眞正的親人就父親一個。父親也被他們迷惑住了，所以父親說的話稍微聽一些就好。不管怎樣，你到底是我唯一的老婆和同夥，所以好好的照我的話去做就可以，其他沒什麼好擔心的。好嗎？仔細想想就知道是丈夫重要還是別人重要。如果這些做不到的話就不是我老婆啦。人家說夫妻是一體的，我希望就像這句話一樣。請你了解我的心意。也許你會覺得我說的話很奇怪，但是你要是認爲是我唯一的同夥，就很能夠理解了。』

我差不多花了一個小時以上說這些話。其間老婆一直沉默著。不過我說話的時候，視線從老婆臉上移開，所以她有什麼表情我並不知道，話說完了我無意中看了妻子一眼，呀，怎麼著，老婆不正是面無表情地毫不在意的聽著嗎？我很失望。說了那些話，我預期老婆一定會成爲我忠實的夥伴，即使不痛罵他們也會面露憎恨之色吧。多麼不能令人很滿意的女人啊，我深深地這麼想。可是，我隨即重新考慮到這或許是因爲害羞，不管怎樣她還是個新娘，反正我肚子裡已決定好怎麼應付了。

結婚之後我一心一意地找工作。其實我忘了說，我家迅速的沒落下去，而相反的，兩個叔叔照他們母親的指揮力行勤儉，多虧那樣每年每年財產漸漸增加，那時候財產已經達到我家的五倍之多，只等時機一到，就要開始向父親還擊，一出當年分配財產時的怨氣。搶走了村長的寶座還諷刺說心術不正的人老天是不會饒恕的，來嘲笑父親的沒落，村裡的人甚至也恥笑父親，我好幾次看見父親悲憤的樣子。因此，這麼一來，我雖然恨父親，但面對社會已無法沉默下去，我決心想辦法謀求家道的復興，首先就開始找職業。人的心理動向這玩意兒實在是很複雜，一下子居然就忘了家庭的糾紛。他媽的，走著瞧，我異乎尋常的發憤道。但是，工作老是找不到。鎮公所啦合作社啦都有敵對的叔叔的勢力在擴張著，所以在那裡工作也很討厭，而鄉下地方也沒什麼好工作。我也想過淪爲農夫親自耕作，但是這根本就像是吐實宣傳我家沒落，我覺得良心不安，簡直不知如何是好。我下了這麼個決心。

（沒辦法。在找到工作以前要學叔叔力行勤儉。）

但是，唉，多麼悲哀啊。現實不正是在嘲笑我的決心嗎？父親的鴉片癮漸漸到了極點，而金星又像個大富翁的兒子似的吃喝嫖賭，叫我灰心喪氣。我憤慨了，有一天，我眼裡滿含淚水進入父親的房間。父親正一個人橫躺在床上抽鴉片。

『家裡的事怎麼打算？』我最先脫口而出這句話。

『只要能滿足地抽鴉片就夠了嗎？請你想想家裡的事，想想我的將來。我祖父留下那些財產，而你即使全部花光了也毫不在乎嗎？而且……』我猶豫了一下。不要我這個兒子卻把別人的兒子當兒子入籍，還讓他和眞正的兒子分財產，眞笨。我想要這麼大喊。但是，體內熱血沸騰的憤怒使我再度開口。

『而且，爲什麼要把財產給別人的孩子？家裡的財產現在已經不多了，原來我的事怎樣都沒關係是嗎？請你把金星的戶籍遷出去。或者你不認爲我是你兒子嗎？請把金星趕出去。』

我潸潸淚下。父親有一會兒默默的一口接一口抽著鴉片菸，突然把菸管從嘴裡拿開。

『笨蛋！』大罵道，然後用憤怒的眼神瞪著我。

『給我閉嘴。你懂什麼？』

因爲這句話我的憤怒完全爆發開來。我三兩步跑向父親的床前。

『我懂。到底我還是被你拋棄的孩子。金星仍然是你的孩子。祖父要是知道這種事會怎樣呢？終究你只有鴉片是最重要的。鴉片菸鬼。我要離開這個家。』

『什麼？離開這個家──』父親恐嚇地握緊一截菸管。

『當然要離開。一定要離開。』

我大叫著一邊大步走出去。正好那時候在門口我和進來的金星猛然撞個正著。我越發火冒三丈。之所以有這些事都是因爲這傢伙。把家庭搞亂也是因爲這傢伙。當時，我腦子裡只浮現這些。我的胳臂才剛打中他的肩頭，他就被甩出二、三尺之外。在中學鍛鍊的柔道有效哩。但是，金星馬上站起來撲向我。這次我輕輕地閃過身子，他不曉得什麼時候被我按倒在地，被我一陣鐵拳打得哀鳴不已。後來我怎麼痛打他的我都不知道。

清醒過來的時候，我被兩三個農夫抓著胳臂坐在長椅上。他們是我家的佃農，大概是在田裡工作被呼叫而趕過來的吧。他們一個勁兒的都不曉得說些什麼好像在勸慰我。我這才注意到嘴裡滴滴答答地流著血，回想，激烈的打鬥。一看金星，從農夫的背後可以看到他滿身是血，正讓哭哭啼啼的繼母照料著。房子裡聚集了好多人。父親兩手背在身後，在屋子裡來回踱步著。

『你這個冒失鬼！因爲他不是你親弟弟，你就讓他吃苦頭嗎？對眾人不覺得慚愧嗎？』

說著，瞪我。

『沒有公德心的畜生。沒有公德心的畜生。』

好像呼應父親的舉動似的，繼母哭著這麼說。這不是很明顯地所有的指責都在我一個人身上嗎？我氣得發抖想要撲上前去，可是被農夫們抓得緊緊的，沒辦法。

『放開我、放開我，我要殺了這個心狠手辣的女人。』

於是，繼母滿臉通紅的走到我面前狠狠地瞪著我。

『你這個夭壽短命的傢伙。你會活不到三十歲啦。』

說著，用手指戳著我的額頭。

『放開我、放開我。』

我用全身的力氣掙扎。唉，但是沒有用。我看見父親很高興似的看著繼母。我死心了。全部都是我的敵人。說到我的同夥——啊，只有老婆。這時候我開始尋找老婆。老婆站在我後面，正眨巴著眼看著。唉，自己的丈夫被那麼多的敵人包圍，大部分的太太都會支持丈夫對抗才對，但是我老婆卻沒有一點悲傷的表情。不是很可憐而弱小的同夥嗎？

『深河嫂，不必要那麼生氣，不是嗎？』

被農夫勸解，繼母才勉強離去。我被抓住的手也讓人給放開了，催促老婆回到自己的房間去。

我一個男子漢竟然號咷大哭，因爲沒有比這事更令人氣憤的了。

進了房間，先前一直沉默的老婆首次開口。

『到底怎麼回事？即使再有理，那樣子讓父母親發脾氣不是不好嗎？而且你還先出手打人！』

你覺得呢？這是當時我老婆說的話，你認爲怎樣？我冷不防地從床上跳下來。

『你說什麼？再說一遍看看！』

面對這股來勢洶洶，老婆稍稍後退，正想開口說什麼的時候，我一巴掌朝老婆的臉頰飛過去。

『你說的母親是誰？爲什麼不聽我的話？』

我隨自己大發雷霆，老婆一下子就一屁股摔倒在床上。緊跟著我腳舉起來就要踹過去，老婆啊地哀叫一聲，忽然一個念頭閃過我腦際。我想起老婆已經有了七個月身孕。爲了將出世的孩子，我勉強平息怒火，就那麼算了。

這次的事件是個大事件，這以後我在家裡越來越待不下去了。不管怎樣，我是想離家出走，但是沒有工作也沒法子經濟獨立，不能養活妻子，所以沒辦法只好必須忍受繼續在家過暗澹的生活。

不久，老婆足月生下一個男孩。就是這個孩子。實在是不幸的孩子。

正好在這時候，我獲知在台灣東部栽培甘蔗非常有利。這下機會來了！我高興得如上雲霄。反正我正想要離家，所以這下剛好可以離家，我決定儘早到東部去。和父親激烈爭辯的結果，要到大約三百塊錢，所以決定一個人先隻身前去看看。然後等在那兒的地盤穩固了之後，再把老婆叫過來團聚。出發的前一晚，我向老婆這樣交代之後道別。

『我一不在家，那個鬼婆娘或許會施加很多工作給你，但是不管有什麼事，你是我唯一的同夥，所以你要堅強，要振作精神，加倍的對抗下去。她不是我母親，她什麼也不是。』

老婆照舊無言地點頭答應。這就暫時可以放心了，我便到花蓮港去了。

然而，嗚呼，最後破滅的日子逐漸接近。我的花蓮港之行就是那場破滅的導火線。

這個月五號，也就是我到花蓮港之後的第三個月，我回家了。在花蓮港的事業毋寧是失敗的，我決定再也不去了才回家的。老婆以和出發之前沒什麼兩樣的態度迎接我。分別了三個月，卻連個這一向都很寂寞啦、你這次回來我很高興啦之類的言語舉動都一點也沒有。一問到被鬼婆娘虐待了嗎，老婆只是搖頭。這就奇怪了，我不在反而善待起我老婆，一時之間我第一次對繼母有了感激之情。繼之又想到，這樣看來，一定是父親在我不在家的期間公平正大地處理的，對父親也深深的興起了孝養的念頭。

但是，回家之後隨著時間的經過，我，唉，多可恨，我聽到了不該聽的謠言。而且說的是我唯一的同夥我老婆背叛了我，和敵人私通……

那是正好陰曆十六日的晚上，因爲月色很美，我隨興步出田間，然後走向村裡的店鋪。在那兒經常有村裡的年輕人聚在一塊兒閒聊。那一晚也有四、五個人聚在一起嘁嘁喳喳的聊著。我不動聲色地走近，但是走到土地公廟的時候，聽到他們反覆說著罔留、罔留，我嚇了一跳停下腳步。罔留是我老婆的名字。

『眞是幸運的女人哪。』

有一個人說道。

『可是，慶雲（我的名字）那傢伙，不知道吧？』

『應該知道吧？常常和金星幽會，在同一個屋頂下卻不知道，那傢伙就有點奇怪囉。』

我當時氣得全身直發抖，想要跑出去問個究竟，但是無風不起浪、無火不成煙，我要監視老婆查明證據。重新考慮過後就此走開。

當晚，好幾次拿不定主意要不要當面拷問老婆，倒反而覺得不好意思，想來想去，結果我採用一條計策。

過了三天之後，我藉口要再到花蓮港去而躲到城裡，等入夜之後再依計跑回家、暗中偷偷地監視老婆。這天晚上雲淡淡的遮蔽了月亮，我藏身在寢室後方的一大叢甘蔗葉堆裡。因爲從那兒對過去，正好寢室的窗戶有一扇開了一小縫，太方便了。

起初，寢室裡、到處也都寂靜無聲，只有微微聽見偶爾風吹動甘蔗葉的聲音和遠處的狗叫聲。我儘管被毛蟲咬了還是忍著痛，大約過了一點的時候吧，我果然聽到從寢室裡傳來說話的聲音。當時正好月光很快地照在後方的相思樹下，所以我利用陰影爬到窗子底下。話聲清晰可辨。嗚呼，謠言果然是眞的。那不正是金星的聲音和老婆的聲音嗎？姑且不說談話的內容淫蕩，金星居然在我不在家的時候夜闖我老婆的寢室，光憑這一點不就足以證明謠言的眞實性了嗎？

不知不覺中，我在家的四周一圈圈地來回走著。家裡養的狗叫了一聲，被我噓——地喝斥而搖著尾巴撲向我身後來玩耍。但是，我正在拚命找看有沒有銳利的可以從頭頂嘩嗤一聲切成兩半的利刃。當時的我看來相當憤慨，一心只想要殺那兩個人。院子很暗，最後什麼東西也找不到。但是，正感到絕望時，無意中手摸到衣服，碰到抽菸用的火柴。對了。我要連家具一起燒掉，然後父親和繼母也燒死。一家破滅，想到這點，我愉快得不得了，一個人笑出來。我要消滅敵人！

轉眼間一片甘蔗葉燒起來了。葉子看起來有點潮濕，火焰燒得並不猛，我發急了。但是，正在我以掌握焰火的姿態觀看時，忽然我的想法又改變了。我注意到這種情況最先燒死的會是誰呢？一定是父親和繼母。反正兩個人都在熟睡中，而且又是老人，逃得慢一些準會燒成焦炭。金星和我老婆還沒睡，所以馬上就會逃出去吧。這麼一來，我想殺的目標被跑掉，而且我還會因放火殺人而進監牢。那麼，對那兩個人而言，不是反而少了眼中釘、更順利了嗎？於是我狼狽地把火踏熄。

我潸然淚下，又再度在家四周來回踱步。不曉得過了多久，突然聽到雞叫聲，我像被打敗了似的垂頭喪氣地回家。

唉，到底還是沒殺成他們兩個。

廚房裡透著微光，可以聽到吱吱嘎嘎的聲音。老婆起床正在做早飯。要不要跑進去就那樣把她砍成兩半呢，一時之間我從黑暗中邊望著那微光邊想著，不過或許老婆是被誘惑的，要殺的話先殺金星，如果光殺老婆就不能報仇雪恨，這麼重新一想，就意識到結果我是完全無計可施。

我強烈的憎恨全家人。不照顧流有自己血液的兒子的父親、背叛丈夫的妻子、攪亂我家庭的繼母母子——唉，我想在這麼大的屋裡已經找不到夥伴。但也不是。我立刻想起一件事。啊，對了，我有一個兒子。只有這個是在我一直都在家的時候生的，所以他一定是我的兒子。

（對啊。我不想把唯一的同夥留在敵人當中。把唯一的同夥——）

我探了探家中的動靜。天色逐漸將要大亮，夜幕退去。不早點動手的話，會被早起的農夫發現，如此擔心著，等待機會好打開寢室的門。

這當兒，老婆開門去取薪木。正是老天給的機會！我趁老婆還沒回來之前，迅速地跑進寢室。嬰兒一個人安穩地睡著。

『哎，和爸爸一起走吧。』

抱起孩子，我任由眼淚流了滿面，就這樣在昏暗中頭也不回地跑到車站。剛好十分鐘之後有下行列車，所以就搭上車到了斗六之後、剛剛趕上這班上行列車。

對這個孩子來說我是唯一的父親，對我自己來說這孩子是我唯一的家人。請想想看。我祖父時代的奢華生活和到了孫子輩的我只剩兩個人的可憐的沒落戶的這種命運，不，我不相信命運。這是父親一個人不爭氣所造成的。多麼可怕呀！」

他感慨萬分的說，用手背迅速揩去眼淚，雙眼凝視著窗外。

開始我也不知道如何開口。過了片刻，我才說：

——我很同情你。對這種沒有責任感的父親，世上是常見的。受纘絃迷惑的父親，我感到憤慨。但是，你抱這樣一個吃奶的嬰兒去花蓮港，也未免太草率了。

對方一聽，卻保持一樣的姿勢，直率地說：

——沒有別的辦法了。自己的老婆和父親都亂在一起，我想打算消失行蹤。我想到，被父親遺棄、老婆又背叛我，眞不知道該如何活下去。不過這也是不得已的事了。

——可是，嬰兒太可憐了，沒有奶餵他怎麼辦呀！

——總是有辦法的。

——呃。

——反正我一到花蓮港，就跑去山地。在那裡會餓死，或會被毒蛇咬死，都不管了。這個孩子如果有不幸，我是活不下去的。這是被所有的人遺棄的人要走的路。

唉呀！世上遭受到打擊而絕望的人，都一樣，連整個身體都完全處在絕望中。對於這些人，不知如何表達自己的心境呢？像這樣受到親人敵視，又悲哀、又不講情理的家人，人生如此遭遇，眞是可憐！一想到此，我就默默垂首了。

海！看到海了，車內有人興奮地叫起來。我一抬頭，看到杉葉間，在陽光中閃爍著白色波光的滄海。火車已駛入新竹平原了。

他一個人一直凝望著窗外。

我看妻子一眼，她好像一直都在看海。她的臉上淡淡的映照著從杉葉透過來的陽光……。

原載一九三七年五月《台灣新文學》二卷四號

藍衣少女

公學校的年輕老師蔡萬欽，爲校長那種迎合的作風，氣得七竅生煙。而山村人們帶有野蠻性、愚蠢的抗議，也類似小偷的行爲，更加激起他的怒火。起初，他決定極力反駁校長，即使把問題帶到州，也要徹頭徹尾爭到底。但當興奮減退，逐漸覺得自己像隻無力的小動物，感到遠離文化的山村人們充滿堅如鐵壁的偏激。自己更加可憐。

「藝術是什麼?文化是什麼?這是個有錢能使鬼推磨的世界嗎……」

突然有股衝動，想竭盡全力「刷—刷—」撕破從校長手中接過來的油畫「藍衣少女」。不過，這點他也無法辦到。深知放棄自己的藝術，就宛如扼殺自己的生活意義。嗤笑自己的無力。失去藝術，變成與他們一樣是平凡的蠢物，將情何以堪。果眞如此，自己已變成擁有藝術的非凡之人嗎？像現在這樣爲藝術而工作，就要高聲向山村所謂的有志之士道歉嗎？那藝術豈非一文不值？多麼無力的藝術……

萬欽這才撲簌流下淚來。

以「藍衣少女」爲證據，來抗議的村裡有志之士們，與校長談判回去後，校長把他叫到辦公室，努力擠出笑容。

「蔡君！這種事雖然不會造成問題，怎麼樣啊？因爲立場就是立場。立場……」

「聽您這麼一說，我把它當作藝術作品來畫那張畫，是弄壞立場嗎？」

校長垂下眼睛。

「關於那一點啊！如果是世間一般的藝術家來畫那張畫，當然沒有問題。可是，因爲你是個教育者啊。」

萬欽的臉色發青、情緒激動，沉默許久。

「而且，因爲這裡是山村。沒有人能理解藝術之類的，所以認爲你簡直就是誘惑少女來當模特兒。你以爲呢？」

「不過，我以妙麗爲模特兒，並沒有什麼惡意。而且，她在六年級時，我曾經教過她。說什麼誘惑不誘惑的，這不是很可笑嗎？」

「嗯！不過，因爲她現在是女校畢業回家的掌上明珠啊。台灣的文化水準低落，你最好死心，像個教育者來道歉吧。」

萬欽以自己曾經教過的學生妙麗爲模特兒，畫了那張「藍衣少女」，竟然被解釋成那樣，簡直是冒瀆藝術，未免欺人太甚，不由得怒火中燒。妙麗是本山村一位富豪的女兒。也是他來這個學校第一年教過的學生。女校畢業回家後，整天遊手好閒，來學校遊玩時，自己說要當老師的模特兒。由於是個稍有都會風情的漂亮少女，於是他傾全力製作，想作爲「府展」的作品。就在即將完成前，突然丟失，今天被有志之士們搬來，作爲證據而擺在眼前。簡直滑稽至極。不過，萬欽生氣的另一個原因，就是自己被視爲有邪心的男人，逐漸有被污辱的感覺，無法正視校長。

「問題在於你是個教育者。以自己的學生爲模特兒，雖然沒有什麼，可是，世間不容赦教育者做這種事。而且，還有一點對你很不利。」

校長挺出身子。

「尊夫人去東京的事，也造成不必要的流言吧。」

「……」

瞬間萬欽啞口無言，只覺得腦裡熱烘烘的。也許是主觀印象吧，校長的臉就像隻卑鄙的大猩猩，在眼前晃來晃去。幸虧辦公室只有他和校長兩個人，才不至於揭穿臉紅之恥。由於現在是上課中，整個學校寂靜無聲。

「……我是不會這麼解釋的。」

校長笑著添加這麼一句話。

「那麼，我爲招致大家猜疑的行爲道歉。」隔了一會兒，萬欽抬起頭來說。眼裡閃閃發光。「不過，我也有話要說。那就是對我名譽的毀損。由於內人不在家的關係，竟然胡亂猜測，我實在覺得很奇怪。然後，從我的宿舍把畫盜走，這種小偷的行爲，我絕對無法容赦。」

校長沉默凝視著他一會兒。

「你說的也有道理。不過，你是個教育者啊。沒有關係吧？是個教育者啊。」

說著露出一副強硬的態度。萬欽不由得發火，正想反駁時，鐘聲響起，職員們魚貫而入，只好就此打住。

雖然走進自己的教室，激昂的情緒尚未撫平，到了下一堂課也依然靜不下心來，他把怒氣發在兒童身上。

「蠢蛋。卑鄙的解釋……」

雖是在上課中，校長的言語如在胸中沸騰。這是多麼骯髒的人世啊。乖僻的看法是天下的常道嗎？連妻子去東京的事，也被拿來作文章。嗚呼——畢竟是因爲自己是教員的緣故嗎？萬欽對被叫做教員、自己縮小的身影，有種想沐浴在侮蔑、同情與悲嘆交織的叫囂中之躍躍欲試的衝動。他的妻子上東京研究洋裁，已經過了一年。從菲薄的薪水中寄出少得可憐的生活費，是爲了想讓妻子能有個職業來維持生活。而且，依據他個人的想法，不想讓自己作畫、與金錢絕緣的黯淡前途，牽連到家人。在作畫的宿命下，儘管自己過著貧窮的生活，也無法忍受會累及家人。因此，爲了自己離開家人也能獨立，決定讓妻子扛起這個責任，而妻子也有所覺悟。連自己這樣的計畫，也被視爲潛在著卑劣的野心，叫他如何能忍受？不由得怒髮衝冠。眼前浮現被侮辱、翻弄的一個小小「自己」之身影，最後已分不清到底是在忿怒或是哭泣。疲倦地呆坐在學生回去後的教室裡，眺望著窗外的青空。

逐漸地沉浸在淒慘的情緒中。現在已經沒有鬥爭的體力了。校長與地方具有威信的有志之士，許多張臉一團團地，特寫般脅迫過來。說是一個無聊的畫家而且是微不足道的畫家在反抗，連社會都在叱責自己。他甚至有這樣的想法。最後，聽從了校長的勸告，放學後，眞的向有志之士們道歉。

回到宿舍已是傍晚時分。西邊紅色的天空與院子的龍眼葉互相輝映。

沒有精神去煮晚餐，只是出神、含恨似地凝視著「藍衣少女」。門口的門被打開，穿著七分大衣、配上一雙紅帶木屐的妙麗靜靜地走進來。

「老師！」

聽到叫喚聲，萬欽吃驚地抬起頭。妙麗悲淒似地，垂下眼睛，頭低低的。

「對不起！」

「回去！」

「老師！」

抬起頭。眼淚在煤油燈下閃爍。

「請息怒。都是我父親不好。」

「沒有關係，回去！」

「老師！不要！」

萬欽默默從頭到尾打量了妙麗一會兒。妙麗的身子靠著玄關的牆壁，低下頭。

「我對老師做了不對的事。要是不當模特兒就好了！」

「已經是過去的事了。回去吧！」

「不過，村裡的人都是傻瓜。不了解什麼是藝術，而且……」

「妙麗！」

「而且……」

「沒有關係，回去吧！嗯！再讓別人看到就不太好。人言可畏啊！回去！」

「那好啊！老師！讓別人看到也沒有關係啊。」

「不會又造成困擾嗎？」

萬欽以粗暴的語氣說。妙麗抬起頭動也不動地望著他，眼裡盈滿淚水。再也看不下去，於是眼光移向外面。玄關的玻璃門映著夕照，泛出紅光。已經天黑了。山巒被渲染成紫色。

「沒有關係的。老師！」

她的呼吸急促。

「我已經下定決心了。」

「咦？」

吃驚地望著她。妙麗用手帕頻頻拭淚。

「這次的問題，家父是逼不得已才這樣做的。老師認爲誰是幕後指使人呢？」

「那已經無關緊要了。不是嗎？」

「是姜家噢。因爲姜家在嫉妒。把別人當作傻瓜。」

「……」

「他們已經把我當作是自己的東西了。」

「……」

「因此才爲難老師。」

「已經很晚了噢。回去吧！」

「老師！您聽我說。老師！」

妙麗紅著臉凝視萬欽。

「我已經覺悟了。我沒有辦法和那種蠢蛋廝守一生。」

「這樣是不行的。」

妙麗是本村首富姜清福的長子姜大川的未婚妻。姜家就在學校南方谷間相思樹繁茂的山腰，蓋了一幢紅瓦的住宅。姜大川是個理平頭、皮膚黝黑的青年。公學校畢業後，在家裡的茶園裡監督，除了飼養野鴿或沉溺於圍棋外，別無其他本事。偶爾會來學校遊玩，所以萬欽對他很面善。從小就和妙麗有婚約。妙麗女學校畢業似乎也是仰賴姜家財力的緣故。萬欽聽說他頗自豪自己是山地青年，妻子卻能進入女學校，走起路來得意洋洋。

「不過，老師！」

妙麗尖叫說。淚水再度溢出，獨自發牢騷似地說：

「生活沒有意義，不是嗎？乞丐也有飯吃。在這個山中，而且要成爲那個白癡、像標本的姜大川的妻子，一輩子與他共同生活，無論如何我都無法辦到。無法辦到。是的，無法辦到。我不要在這個山中，在這個討厭的空氣中，日復一日重複討厭的工作，等待變成黃臉婆，然後長埋於此山中。不要！我不要嘛！有錢也不能怎麼樣啊。我想更深入探求生活的意義啊。這樣世界才會遼闊啊，不是嗎？」

這些話也刺痛了萬欽的心胸吧。他默默地走到客廳，坐在「藍衣少女」的前面。

「尤其是這次老師的問題。我深感厭惡。」

「妙麗在作夢。」

「沒有關係，沒有關係的。雖然有點愚蠢，我想作夢。我想要有夢想。村裡的人們甚至無法有夢想，不是嗎？也不了解藝術……」

「不過嘛！」

萬欽稍微笑了一笑。

「藝術！藝術一點也不能帶給人幸福。金錢才是萬能的。」

「哎呀！老師！」

妙麗有點懷疑自己的耳朵。

萬欽平靜地點頭。

「是啊。像我現在就爲了藝術而跪倒在金錢的面前。藝術眞悲慘啊。」

妙麗有好一會兒說不出一句話來。

「我深深覺得如此。曾經和妙麗一樣抱持著這種想法。不過，還是金錢至上。藝術是愚蠢的。」

「老師！你怎麼了？」

「嗯！我也是這麼認爲。我能了解妙麗現在的心情。而且認爲也不應該有現在的想法。不過，我也無能爲力啊。」

「還是金錢較好嗎？那麼，我最好是當個山中的富豪夫人。」

「嗯！這樣很好。」

「那就當吧。」

微微一笑，妙麗開個玩笑。

於是，萬欽站起來，拿來一把剪刀。

「爲了藝術吃盡苦頭的自己眞悲慘啊！我認爲自己做了蠢事。總之，爲了藝術，竟然輕易地跪在金錢的面前，把道理拋在一旁。」

妙麗直愣愣地凝視萬欽的動作。

突然間，好像想到了什麼，萬欽大喊：

「白癡！什麼是藝術？」

同時反握剪刀，跳向「藍衣少女」。

「該死！藝術的小蟲！」

「哎呀！老師。」

妙麗吃驚地跑向客廳，按住萬欽的右手。

天色越來越暗。

原載一九四〇年三月《台灣藝術》一卷一號

春的呢喃

從院裡種植的孔雀椰子樹蔭下，傳來陣陣的琴音。

青瓦的洋房泛出彷彿是新落成，且鮮嫩的色彩。開著的窗櫺處，窗簾隨風搖曳。江伯煙心想，就是這家吧。

磯村老師信中的字句不禁浮現腦海：「因爲是六條通最西側青瓦的洋房，一眼就可看到。」

他佇立一會，環視洋房。

寫著「磯村和夫」的門牌立刻浮現眼簾。

忽然間他發覺鋼琴曲是Jinding作曲的〈春的呢喃〉。雖然彈的指法稍嫌嫩稚，但對曲子的詮釋卻相當出色。彈的人一定是住在磯村老師家的弟子。伯煙的腦海裡不禁浮現自己接受磯村老師指導，鋼琴指法笨拙的情景。現在的年輕人的確琴藝有進步。他內心頗受感動，走進鋪著磁磚的大門。

地上整齊地排列著一雙年輕女人的鞋子。原來彈琴的是位年輕小姐。點了點頭，他開始脫下了鞋子。

如果出聲說明自己的到來，對彈琴的小姐會很失禮，於是比照從前去磯村老師家的方式，默默、輕聲地開門，直接走進客廳。

彈鋼琴的是位穿著青色洋裝的年輕小姐。坐在旁邊的磯村夫人正專心看著樂譜。發覺伯煙進來，夫人不由得回頭。

「啊，歡迎。」

吃驚地站出來。

「你已經回國了？」

「是的。」

夫人好像要離座，伯煙趕忙小聲地說：

「沒有關係。讓我洗耳恭聽。」

說著就把手上提的小提琴琴盒與糕點盒放在桌上，然後坐在沙發上。

「好吧。」

說完話後，夫人的視線再度移向樂譜。

曲子的節奏漸強，那位小姐忘情地揮動短髮，手指靈活地移動，令人目不暇給。她的視線並沒有注視著樂譜。由於踏板的踩法不精湛，噹噹的琴音響徹狹小的客廳。

聽到這裡，伯煙的眼簾浮現當時的此刻磯村老師猛踢腳嚴厲教導的情景。即使師母在旁觀看，老師也會從起居室裡衝出來，怒吼著：「喂！腳！腳！」當師母因驚惶失措而弄錯時，他會更加生氣，「喂！笨蛋！腳！傻瓜！」

聲音停止了。

現在師母沒有發覺踏板踩亂了。眼見磯村老師沒有衝出來，或許是因爲不在家吧。

「對不起。」

師母愼重地致意，來到他的面前。

「你好像已經畢業了嘛。」

「是的。托您的福，終於畢業了。」

「恭喜你了。」

「老師呢？」

伯煙邊說邊站起來，把要送的禮品糕點盒遞給師母。

「他稍微休息一下。」

師母笑著走出客廳。

房間裡只剩兩個人。伯煙東看西瞧客廳新的擺設，偶爾眼光瞥向年輕女人。仿若無視他的存在，她擺出高傲的表情，開始彈奏〈春的呢喃〉。她的側臉極爲美麗。長長的睫毛下，水汪汪的黑眼睛，臉頰紅潤，一副健康的樣子。不管怎麼看都覺得她一定是名門的閨秀。

然而，她那不可一世高傲的表情，又是怎麼一回事？

看到她那高傲的表情，伯煙不禁苦笑。

他說：「彈得相當好呢。」

忽然間她轉過身來。

「你懂音樂？」

伯煙有點納悶。

「是的。略知一二……」

「鋼琴要學好實在不簡單噢。」

說著又自顧自地彈起來。

「是嘛。你現在演奏的是〈春的呢喃〉吧？」

女人停止滑動的手。

「你是音樂家？」

「怎麼啦？」

伯煙苦笑著回答。女人肆無忌憚地盯著他看。當視線掃瞄到小提琴時，態度忽然一百八十度大轉變，又轉身面對鋼琴。學男人說話的語氣。

「哦——你會拉小提琴？你當然也就會懂鋼琴。」

那種激烈的語氣，伯煙不由得愣住了。他驚訝才離開台灣四年，台灣竟然也會出現這樣的女子。

就在此時，磯村老師走進來了。

兩人幾乎同時站起來，向老師敬禮。

「你這麼快就學成歸國了？」

磯村說完話後坐下來。伯煙坐在對面老師的椅子上。

「昨天在基隆登岸，立刻就回來了。」

「畢業了眞好。」

「是啊。」

「可是，今後有何打算？」

當音樂老師教音樂又如何，不是可賺錢的行業。嘴裡嘟囔著是磯村老師的習性。聽到他現在所說的話，伯煙感受到又開始舊調重彈。他置若罔聞，沒有回答。事實上，這只是他的習性，以前的信中，他說：如果方便的話，可否當我的助手，我年歲已高，學校又很忙碌。當個約聘人員也不錯——。因此，突然問他這件事。

「每天賦閒在家也很傷腦筋啊。」

「我想總會有辦法的——」

「會有什麼辦法呢？你很傷腦筋吧。」

磯村咧開有薄鬚的雙唇笑著，忽然發覺女人站在旁邊，瞪大眼睛望著他們兩個。「請坐，」指著旁邊的椅子。女人快速坐下，與男人圍繞著桌子。

夫人端來糕點。

「怎麼樣啊？沒有辦法進入學校啊！」

「可是，學校裡不是有小提琴組嗎？」

「什麼？不要這樣想。教女孩子音樂嘛！」

哈哈哈，磯村看著女人的臉。他是女校——雙葉女學院的音樂老師。女人面無表情直盯著伯煙瞧。

「幫你們介紹一下。」

磯村幫他們兩人引見。

「這位是今年日本高等音樂學校畢業的江伯煙先生。這位是林珠里小姐。你看——」

聽磯村說的，她就是以前跟伯煙經常在一起練琴的林汝河之妹。林汝河是有錢人家的少爺，父親過世了，愛好學琴。伯煙去了音樂學校後，他們也依然密切地交往，因有來往的關係，伯煙轉到小提琴組時，他說這樣也好，可以當他的伴奏。也吹牛說現在正練習Cerne五十香，激勵他努力。這次他也考慮要拜訪這一位男子。

「我和令兄很熟。」

伯煙慎重地說著。

珠里沒有應聲，頻頻顰眉。

「江伯煙？」嘴裡嘟囔著。

看到這種情形，伯煙心中又苦笑起來，在他人面前肆無忌憚直呼其名的女人——仔細一瞧，她的表情似無惡意，雖然看起來有點傲慢，但可以理解是因爲不畏懼生人所流露出來的活潑。既然明白這點，就覺得她是個有趣的女人，反而平添幾許好感。

與磯村老師的話題談及新宅建築的事。因時局的關係，材料受限。由於是第一次建屋，尚有餘力，總覺得音樂老師的家裡，儘可能要設計一間豪華的西式房間，用來擺設鋼琴，這樣才能招攬學生，諸如此類等等。

伯煙一個勁兒地點頭，明白這位年輕女子也是爲了憧憬這樣的西式房間而來的。

「我想起來了。」珠里突然大叫起來。

「你就是和家兄一起假扮夫婦拍照的那個人吧。家兄裝扮成摩登女郎，而你是摩登男子吧。」

恍然大悟地拍手。

「眞令人受不了呢。」

經她這麼一說，記起曾照過這麼一張照片。彷彿祕密被人揭穿了，他的臉紅到耳根。

「我是在家兄的相簿上看到的啊。」

「是嗎。」

「太棒了。家兄經常開玩笑說是他的情人。」

與先前以不容反駁口吻問他「你懂音樂？」的女人簡直判若兩人。好像已忘了這件事，她從椅上跳起來。

「嗯，老師，叫他拉小提琴嘛！」

磯村默不吭聲笑著。

「叫他拉嘛，我想聽嘛。」

「拜託他本人啊。」

珠里轉身面對伯煙，直瞅著他的臉。

「你要拉吧。」她說。

這個女人的拜託方式很特別，他默不吭聲。

「拉吧。太棒了。」

她吧嗒吧嗒地奔向鋼琴，打開蓋子。然後使勁地拉磯村老師。

「老師伴奏吧。」

磯村坐在鋼琴前面，回頭說：

「要演奏什麼？」

「眞糟糕啊。」

伯煙搔頭。

「那就演奏薩拉沙泰的〈巴斯克綺想曲〉吧？我在畢業演奏會上演奏的。」

說著把樂譜交給磯村，然後調整小提琴的弦。

就在這時，珠里拉著夫人坐在沙發上。

「靜靜聽。靜靜聽。」

她托著腮幫子，兩腳交叉，眼裡閃閃發亮。

伯煙告別磯村府邸是在約一小時後的事。

午後的蒼穹，萬里無雲。路旁棟樹青翠的嫩芽，陽光籠罩下市內公車的青色篷蓋閃閃發光，空氣中泛著夏天的氣息，身體出汗，他細細地體會。

舉起手來看錶。

四點十分。

「麗卿會來嗎——」

邊走邊延續離開磯村老師家後的想法。

「——已經半年多沒見了。或許就是因爲出生在那樣的家庭，麗卿才會變成如此固執、古板的女人。」

去年暑假回國省親曾與她見過一次面。當時，無論衣著或神情，都充滿鄉土氣息，怎麼看都看不出她曾在東京生活四年，是大和女子藥學專科學校畢業生。三月才剛畢業，短短的四、五個月竟然有如此大的轉變嗎？或是由於生在守著儒學精神最濃厚的家庭呢？他頗爲吃驚。想起劉俊章這位朋友，即爲他們兩人製造戀愛機會的女方之兄長。雖然她的家裡管教嚴格，他對麗卿的個性懦弱深覺不滿。俊章與他是讀師範學校時同年級的學生。或許學畫畫也是原因之一，自美術學校畢業回台灣後，因不耐父親嚴苛的家庭之桎梏，離家在市內另覓一處一個人過活。

或許因爲他是男孩，父親對他轉爲寬大。而麗卿是女孩，無法像兄長那樣。甚至連與自己交往，都要透過兄長。

今天也是與她約定五點在俊章家碰面。如果不向父親撒謊，在俊章家碰面的話，如今想碰面比登天還難。

——伯煙焦慮不安，避開擦身而過的人群，闊步向前。

「自己也已經畢業了，這樣下去不是辦法。今天要催麗卿下定決心，和俊章商量對策。……」

不這樣做的話，自己戀愛的前途未卜。心裡雖然擔心，卻無計可施。

頭上有客機低低地盤旋。走過塗黑的木橋，來到榕樹下。彷彿等待他的經過，藏身在榕樹下的年輕女子，在他走過時，突然躡手躡腳靠近他。伯煙毫不知情繼續走著。女人拍了一下他的肩膀，從後面發出聲音。

「喂！」

他吃驚地回過頭來，珠里笑盈盈地佇立眼前。

「啊！」

伯煙發出沒有意義的聲音。珠里應該比他更早離開磯村邸，所以是在這裡等待他的歸來。

「你嚇了一跳嗎？」

「你真壞啊。」

對於女人的惡作劇，他想怒也無法怒，只有苦笑的分了。

「我在等你啊。」

「有何貴事？」

「沒有啊。可不可以跟你一起走啊？」

兩人並肩來到堆滿腳踏車的榕樹蔭下。

「我只是有點話想跟你說。」

珠里邊走邊用力揮動裝著樂譜的皮包，不時看著他的臉，以宛如作夢的眼神面帶微笑。

由於對方是才剛認識的女人，伯煙有點靦腆，不知該說什麼，只好默默不語。

「喂！老師。」珠里改口說。

伯煙大吃一驚。

「咦？」

女人微微一笑。

「不是嗎？你即將是女學院的音樂老師。」

說完後睜大眼睛望著他。

她聽到磯村老師極力勸誘，約定只要順利辦好手續，就可當個音樂老師。

「我不是老師啊。八字都還沒一撇哩……」

「好了嘛。我——不過，還是稱呼你老師好了。」
「實在不敢當啊。」笑著回答。
此時，珠里更挨近與他並肩而行。
「嗯，老師。我想跟老師學小提琴。可以嗎？」
「好是好，不過……」講到這裡，伯煙想起女人的兄長。
「可以跟令兄學啊。汝河君也是學小提琴的啊。」
「不要。阿兄已經放棄音樂，整日與酒為伍。一個音也拉不出來。」
「眞的！」
原本就是有錢人家的公子哥兒，當然會如此。伯煙點點頭。
「不過，我認爲還是專心學鋼琴比較好。磯村老師會生氣的。」
「我已經決定放棄鋼琴。我要學小提琴。嗯，教我嘛。」
「半途而廢不太好噢。」
「不行？」望著男人的臉。
「不行。」
伯煙斬釘截鐵地說。他認爲這種野丫頭只不過是一時興起，絕不會認眞的。珠里凝視著他。

「好嘛。因爲我要進入女學院專攻音樂科——」

她說。

「你不認爲可以在那裡學嗎？」

「不知道！」

「那麼，我不當女學院的老師。而且——」

伯煙諷刺似地看著女人的臉。

「而且，因爲我不懂音樂。這樣不是很爲難嗎？」

他將剛才在磯村邸珠里所說的照說一遍。是的。漸漸地他有種想嘲弄這個野丫頭的心情。於是一個人笑了起來。

「唉喲，老師的小提琴拉得非常棒啊。」

出乎意料地，珠里居然笑了。

如果此時笑出來就輸了，伯煙故意一本正經地回答。

「彈鋼琴會懂小提琴嗎？」

「你太沒有禮貌了。老師。」珠里似乎不懂他的諷刺。

「我想進入音樂學校啊。嗯，老師。再這樣不正經，我很生氣噢。」

哎呀呀——伯煙認爲被擺了一道。這時，兩人已來到亭仔腳。

到底要走到哪裡呢？完全沒有頭緒。伯煙頗後悔和這個女孩談太多話。現在絕對不能變成這個女孩玩弄的對象。

必須和麗卿見面。想與戀人再相會的焦慮，逐漸在心中擴散。

該分手了，就在伯煙忸忸怩怩時，珠里推開路過的一家咖啡廳的大門。

「喝杯茶吧。我請客。」

說著就走進去。他只好跟在後面進入。寂靜的屋內流洩著留聲機的音樂。眼簾盡是絢爛奪目但色彩調和的家具與盆栽的樹。珠里毫不客氣地走到微暗的棕櫚蔭下的座位坐下，蹺起腿，砰一聲放下皮包。

當伯煙要在前面的椅子坐下時，她向挨近的女孩要了飲料。

然後正面看著伯煙。

「嗯，在音樂學校時有趣嗎？」她問。

「不好玩。哪有有趣的學校。」

好像把話吐出來似地回答。

「是啊。」

露出稍微落寞的表情。但立刻把身子探出，開朗地說。

「不過，音樂很好啊。浪漫、新鮮、有文化氣息——不只是音樂。我愛好藝術。我想是受到磯村老師的感化。因此，我瞧不起以賺錢爲目的而去念醫專或藥專的朋友。有靈魂的藝術才應該要維護。因此，我買了鋼琴。嗯，你什麼時候來我家看啊？」

伯煙邊聽邊壓住想說他的愛人不幸讀藥專的心情。

「現在的曲子是哪一首？」

這時，新的唱片開始響起。珠里換個話題問他。伯煙邊點菸邊想這是李斯特所彈系列的《匈牙利狂想曲第六號》。他頗吃驚台灣的咖啡廳竟然也會放這種唱片。

「匈牙利狂想曲。」

簡短地說。

「眞好聽啊。」

珠里以稍微誇張的表情聆聽。當發覺就在正對面天竺葵盆栽陰影處笑嘻嘻望著他們那邊的女人時，小聲地告訴伯煙。

「我阿嫂來了。你看。就是和那個年輕男子在一起的女人。」

順著她偷偷指的方向望過去，與頭髮梳得很整齊、戴眼鏡的年輕男人在一起，穿著洋裝的美女望著他們兩個。早有耳聞汝河與有名望的千金小姐結婚。就是那個女人。伯煙的眼睛亮了起來。

「阿嫂又和年輕的男人玩在一起。」

「咦？」伯煙無法理解。接著珠里輕聲笑了起來。

「她喜歡男人噢。足以與阿兄的好女色相抗衡噢。」

說完話，伯煙正愣住時，珠里走向女人的那桌。

依稀可以聽到她們對桌講話的聲音。伯煙一口喝乾茶水，站了起來。他想現在正是離開的時機。

「那麼，我先告辭了。」

經過旁邊時告訴她一聲，珠里呆若木雞。

「啊，要回去了嗎？」

就在這時，伯煙的身影已消失在門外。

「那個人是誰？」嫂嫂婉美問她。

「音樂家啊。小提琴家。現在即將是雙葉女學院的老師。」

婉美默不吭聲聽著，露出輕蔑的表情，然後看著珠里。

「我幫你們介紹。這位是我的弟弟。今年醫大畢業，要在這條街上蓋間醫院。這位是我的妹妹——」

這位被叫做弟弟的年輕男人，肆無忌憚地凝視著珠里，連忙點頭致意。

「我是陳金能。請多多指教。」

「是嗎？」

珠里斜睨對方一眼，視線立刻移到桌上，無趣似地從鼻孔哼了一聲。

伯煙一離開咖啡廳，立刻搭汽車直奔俊章家。卻看不到麗卿的身影。

在不太大的畫室中間，俊章一個人坐在籐椅上，邊抽菸邊看自己的書，看得出神。

伯煙進去時。

「喲！你回來了嗎？」俊章回過頭說。

「如果通知我你回來的時間，我一定會去接你……」

「用不著這麼費事。因爲我打算搭火車回來的……」

說著伯煙坐在俊章面前的椅上，欣賞他的畫。是三十號薔薇的畫。或許是主觀的印象，這麼鮮麗的色彩，彷彿一道光射向無趣的畫室。

「怎麼樣？辛苦了十天吧。」俊章瞇起眼睛。

「是啊——」

無精打采地回答。伯煙環視整個房間，沒有人來過的感覺。麗卿沒來，使他覺得格外寂靜。強烈的落寞感與氣餒深深襲上心頭。

「累了吧？」

「嗯。總覺得提不起勁來——」

「可不可以演奏一曲小提琴？每天過著這樣的生活，精神上枯竭，非常寂寞。哈哈哈。」

「那麼，待會慢慢聽。」

伯煙想快點詢問其妹麗卿的事。但看到對方不同尋常的態度，反而不知如何啓齒。

俊章拋掉香菸站起來。

「那麼，煮杯咖啡吧。」

「不，不用了。」

伯煙終於沉不住氣了。

「嗯……麗卿小姐不能來嗎？」

滿臉通紅。

「啊！你們約好了嗎？」俊章露出「有這回事嗎」的表情，看著他的臉再度坐下來。

「說過要來嗎？」

「嗯。我們約好了。」

「是嗎？她不會來了……」

兩人沉默了一會。彼此按捺住自己複雜的心情，似乎考慮該和對方說些什麼。

「不過，她好嗎？令尊還是老樣子嗎？」

隔了一會兒，伯煙抬起頭，用力擠出笑容。

這種落寞的表情並沒有逃過俊章的眼睛。他邊玩著畫筆，開口說：

「事實上嘛，江君！」

「因爲你已經畢業回國了。有些話遲早都要告訴你……」

「你是指麗卿小姐的事？」伯煙的眼裡掠過不安的眼神，非常驚恐。

「是的……」俊章深覺不安似地微笑。

「難以啓齒。這件事很困難。」

此時，伯煙凝視窗外公營公車駛過，故意不吭聲。他屛神凝聽，爲了不因對方的話而狼狽不堪，也不面紅耳赤，立刻換成一張笑臉。

「蠢話。你說。」

「我父親知道了。妹妹那傢伙不小心，信被他看到了。而且，連信是透過我的手都知道了。他大發雷霆。因此，我的信用也完全掃地了。說是兄妹共謀。哈哈哈。」發出落寞的笑聲。

「我想今天看不到她的原因在此吧。」

「對不起。」

「照這種情形看來，我想今後會困難重重。怎麼樣？有沒有什麼——」

「這、這個，」伯煙慌慌張張地插嘴。

「我來的途中一直在思索。」

「要快點具體化。我父親可是出名的頑固。」

「……」伯煙的腦海突然浮現麗卿女子藥專畢業也只是爲了出嫁，絕對不會允許她當個藥劑師或出去工作，被關在家裡的情景。因爲出生在這麼嚴格的家庭，想自由行動比登天還難。

「託個媒人正式求婚，如何？身爲她兄長的我說這件事雖然有點可笑，不過……」

「謝謝。坦白說，事實上我今天是想拜託你這件事！」

「我老爸那邊由我負責。你家沒問題嗎？」

「沒問題——」

伯煙若無其事地回答。當時，一抹不安油然湧上心頭。

兩年前就已堅決向雙親表明取消婚約，而且父親也說教育程度不同而放棄了。可是，從小就訂下婚約的未婚妻，現在還養在家裡。最初以爲是妹妹。當知道是作爲自己的妻子而養在家裡時，莫名其妙地反抗。尤其與麗卿談戀愛之後，更致力於取消婚約。他想應該不用擔心了。不論對麗卿或俊章，這都是個祕密。此時，被他這麼一問，伯煙努力不使對方看出自己狼狽的神情，若無其事又繼續強調：

「我老爸多少能理解，而且我認爲他一定很中意麗卿小姐。所以我認爲沒有問題。」

說完這些話後，伯煙覺得全身似乎流汗。

「這樣的話——快點進行。否則，想與舍妹見面比登天還難。」

「嗯。」

兩人面對面再度沉默了一會。俊章與伯煙兩人似乎都在回想往事，眼瞼下垂。

「那麼，來演奏小提琴吧？」

過了一會，伯煙站起來，打開小提琴的琴盒。

外面已完全昏暗。掛滿畫框的畫室中，也浮現黑影，兩人的影子朦朧地映在窗簾上。

不久後，靜靜地流瀉巴哈〈G線上的吟詠〉之旋律。

原載一九四〇年五月《台灣藝術》一卷三號

田園與女人

一直到黎明四點左右，始終無法成眠。之後雖然睡著了，非常令人悔恨的噩夢卻連連，也不知道自己是睡了還是醒著。夢中，麗卿的臉龐流露出向他哀求的神情。忽然間，又變成一張無視他存在、異常傲慢的臉。然後消失了，又重新出現。忽隱忽現。由於麻雀的吱喳聲，他不由得從睡夢中醒來。

凝聽了一會兒，甚至也聽到雞與鵝的鳴叫聲。伯煙這才想起自己已回到鄉下的家，昨夜在劉俊章的工作室，與他暢談藝術論，回到鄉下的家時，已過了子夜兩點吧。父親與母親驚訝地起來迎接他。由於是暗夜，除了在昏暗的燈光下所看到的房間，完全不知道家裡的情景。

過了一會兒，又陷入沉思中。家人的臉龐一一浮現眼簾。這時，應該算是未婚妻的彩碧之臉龐在眼前放大。

「對了，那個女人不知道怎麼樣了……」

起身走出院子。荔枝花開滿枝枒，蜜蜂嗡嗡飛舞。準備上公立學校而忙碌的弟妹們，挨近他的身旁，無限依戀地述說許多話。竹叢因風而發出沙沙聲。

不過，他的心整個被彩碧攫住了。因爲他已說過要解除婚約，彩碧當然不會待在這個家，而且也應該是這樣。這時，他突然看到廚房有個年輕女人的身影在晃動。是彩碧。伯煙的心中不禁燃起怒火。

走進廚房，果然是彩碧正勤奮地站著工作。一看到他，頓覺羞赧。不過，立刻用洗臉盆接水後端過來。

伯煙沒有伸手浸水，只是又開雙腿站立望著她。

彩碧的頭髮鬈曲，穿著藏青色的裙子，泛發出成熟女性之美。臉頰的緋紅畫得相當出色，益發顯得嬌媚動人，怎麼樣也看不出來她在數年前是個紅棕色頭髮的鄉下姑娘。

或許是因爲察覺了伯煙的態度，彩碧不好意思地低下頭，在爐灶的四周來來去去，臉色很蒼白。

「哼！我小時候也打算娶她爲妻。如果沒有麗卿的話，或許就以她爲妻了……」伯煙在心裡嘀咕。

這天早上，他非常悶悶不樂。趁著彩碧去洗衣服，伯煙進入母親的臥室。

「打算怎麼辦呢？媽！」

「什麼？」

正在縫東西的母親隔著眼鏡抬起臉。

「你是指哪件事？」母親蹙眉。

「彩碧的事。」

「啊——」母親點點頭後說：

「那件事，我是想等你回來後再好好商量啊。」

再度仰望兒子。

伯煙非常忿怒。

「我不是都已經說得很清楚了嗎？她為什麼還不回去呢？」

「我知道啊。不過，說是回去，你以為這麼簡單啊。從小把她養大，而且彩碧很溫順，是個好女孩……哎！你也要想想看。這可不是兒戲呢。」

「我拒絕娶她為妻。堅決……」

「眞令人傷腦筋啊。你小時候說要娶她為妻，高興成那個樣子……」

「請不要再說了。」伯煙紅著臉說。

「因爲我是絕對不要的。」

母親把手中拿著的衣服與針放在膝上，一直凝視著兒子的臉。

「你這麼討厭彩碧嗎？」

「不是討厭。不過，無法娶她爲妻。」

「你這個孩子眞讓人想不透。既然不是討厭，那不是很好嗎？彩碧美麗又溫柔，只是沒有上女學校而已。」

「而且，您要說又不用花錢吧。不過，媽！」

伯煙以哀求的眼神正襟坐在母親的面前。原本打算趁這次歸鄉的機會，坦白說出與麗卿戀愛的事，然後盡速談好婚事。不只是解決與彩碧之間的問題而已。不過，要向母親表白自己的戀愛，雖說可以向母親任情撒嬌，卻覺得有點不好意思，有著躊躇不決的強烈感情。伯煙發覺自己越來越害臊而且不自然。

沉默向下看了一會兒。

「事實上，媽！」好不容易才抬起頭。「我是有理由的。因爲我有喜歡的女人。在東京認識的，是一位朋友的妹妹。女子藥專畢業，是非常溫柔的女人。嗯，媽！我們已約好要結婚了。所以，我必須信守諾言……」

一口氣說完後，伯煙的臉色轉爲蒼白。小顆的汗珠宛如痛苦擠出般地滲出。

母親遭受如此意外的衝擊，默默不語。當她的臉色露出些微沮喪與悲傷的表情時，伯煙有點狼狽不安。

母親的眼睛垂下了一會兒。不久後，輕聲呢喃「原來如此」，再度抬起雙眼。

「是這樣嗎？那麼，好吧。反正你們還很年輕。可以任性。哪像我們年輕時，大家都要遵照雙親的吩咐。我嫁到你父親家時，一直到結婚以前，還不認識你父親。因爲一次也沒有見過。跟那時候比較起來，你們較自由與任性啊。如果說是如今的趨勢，那也是沒有辦法的事吧……」

說著母親把臉朝向窗外。伯煙察覺到母親的心意，默默地站著。全身籠罩著將盤據在心中的事一股腦兒卸去後的空虛與寂寞。

這時，窗外響起竹竿掉落的聲音。往那邊一看，彩碧正在晾衣服。她大概一直都在聆聽他們現在的談話吧。背對著這邊，她的舉手投足間似乎散發出莫名的寂寞。

「她確實很愛自己。不過，自己已有了愛人。背叛婚約關係，實在有負於她，但情非得已。雖然很可憐，只得請她原諒了。」伯煙在心中合掌。

母親再度回頭。

「那麼，要和你父親商量一下。不過，彩碧是個好女孩噢。是我把她養大的，所以我很了解她。把她休掉，實在很可惜。不能把她當女兒來出嫁。說眞的，你放棄彩碧實在很可惜。很想把她當媳婦留在家裡。她工作也很勤快俐落。」

「……」伯煙無言以對。

「你也要好好想一想。」

「沒有考慮的餘地了。請允許將彩碧當妹妹看待。」

彩碧正在聽著，伯煙心想不適合再講下去了，於是走出房間。在院子裡和彩碧擦身而過。她的頭低低的，沒有抬起臉。仔細一瞧，眼眶似乎紅紅的。

「哎呀！不要哭！」

瞬間，他想像自己像隻殘酷的大猩猩。背叛者！

「不過，這也是莫可奈何的事。雖然了解她純眞的心情，但也是無能爲力啊。」

田園裡，青空、竹林、稻田與甘蔗園靜靜地在休息。白頭翁與烏口筆鳴叫不已。稍微遠處，也可以聽到風聲。令人眷戀、溫煦的陽光。農夫的頭上閃閃發光。也籠罩著青翠的稻葉。

伯煙緩緩地走去小河邊。

過了兩、三天。

苦等麗卿的來信，卻始終杳無音訊。如果由自己寫信給她，她家庭又不允許。不過，她應該已經直接從哥哥劉俊章那裡得知自己歸鄉的事才對。

可是，到底是怎麼一回事呢？

伯煙每天在燠熱的天氣下懸著一顆心度日。

而且，爲了與彩碧的結婚問題，以及自己的失業問題，正和父親嘔氣對峙，更加無法待在鄉下的家中。

第三天的午後，他終於離家去市區。

由於是星期六，伯煙去拜訪磯村的家，囑託音樂教師的事。然後坐車急奔劉俊章的畫室。

恰巧他在作畫中。

「又出來了。」

伯煙非常疲倦似地，整個身體投向籐椅。

「在鄉下也很難生活吧。」

俊章說，眼睛沒有離開畫布。

「嗯。非常難受。實在無法忍耐。」

「這是因爲心的關係啊。」

「你也回鄉下去了嗎？」

「是啊。昨天早上。」

「麗卿好嗎？爲什麼沒有寫信給我？」

「是嗎？我已經告訴她了。」

「事實上，眞叫人悶慌了。她現在在家嗎？」

「是啊。你打算怎麼做？」

「那麼，再見！」

伯煙起身，脫兔般地跳出畫室。

他決定現在就去麗卿家。在她家四周打轉，或許會見到她也說不定。他想自己多麼淺薄啊！但想與相戀的女人見面的念頭非常強烈，自然而然搭上公共汽車。

任憑車子搖晃，伯煙如是想著。

「太過溫順了。過於消極了。因此，氣她是個不乾脆的女人。實在很想巴她的臉……」不只是想巴愛人的臉頰，甚至彷佛香甜到想把她咬下去。伯煙難受之餘，不由得這樣想著。

一幕情景浮現在眼簾。

那是一年前的往事。就在東京車站爲畢業要返台的麗卿送行的夜晚。

寒夜中，連車站的電燈也冷到眨眼。午後八點開的火車。因爲還有一些時間，伯煙與麗卿站在寒冷的月台上談話。

麗卿的眼裡含淚笑著。

寂寞的心情，聊天的兩人，常常中斷了話題。越是急著想說，卻一句話也說不出來，內心異常焦急。不過，時間卻毫不容情，離別的腳步越來越近。

伯煙急得問了一連串的問題。

麗卿只是回答。

當伯煙沉默下來時，麗卿也默默不語。眼裡只是浮著淚水。

爲何不說得更肯定一點，不是最後的離別嗎？他變得很生氣。

同是台灣出身的三、四個女子藥專學生也來送行，兩人的談話就此中斷。

聆聽年輕女孩們很有精神的聲音，伯煙只是默默地站著。

這時，不可思議地，他發覺麗卿表現出一副與自己毫無瓜葛的態度。每當他插嘴時，麗卿總是狼狽地撇過臉去。剛開始時，覺得很訝異。不久後，他終於明白麗卿不想讓朋友知道她與自己的戀愛關係。

這也是讓伯煙感到不滿的地方。

到八點火車開車時，他們始終沒有再說話。連最後的「再見」也沒有說……

「她是純情呢？還是害羞呢？總之，爲何麗卿不能光明正大的與自己交往呢？」

公車在鄉村小道上搖搖晃晃行駛。竹林的對面露出市區教會的尖塔。

另一幕情景繼續浮現眼簾。——去年暑假，兩人漫步在市郊的鄉村小路上。約在俊章的畫室碰面。伯煙提議在市內飲茶，麗卿卻強力主張在鄉間小路散步。

「我實在不懂。你竟然說在這麼炎熱的地方漫步比較好……」

麗卿微微一笑。

「是啊！」說著眼神凝視遠方的白雲。

「僅僅四個月的鄉村生活，就已經習慣鄉村的風了。」

「或許是這樣子吧。」

「啐！我期盼許久才能和小麗一起品茗，誰知……」

「對不起！」

兩人走在甘蔗園與竹林間的小路，邊撥開甘蔗葉邊前進。風一吹來，竹葉與甘蔗葉就不停地搖動，發出孤寂的聲音。竹林中，畫眉與青鳥吧嗒吧嗒地振翅，怯生生地鳴叫。就在他們的頭頂，掛著蜘蛛的網，大黑蜘蛛在其中努力不懈。

麗卿快步地朝向杳無人跡，孤寂的深處走去。

「你要走去哪裡？怎麼來這種地方。」

「不好嗎？我喜歡寂靜的地方。」

「眞是奇怪啊。小麗！」

「請不要多嘴。」

伯煙不滿似地噘著嘴。

「我明白了。小麗選這種地方的理由……」

「是嗎？」麗卿的眼裡充滿笑意。

凝視著她那令人心蕩神馳、絕美的側臉之表情，伯煙沉默了一會兒。

「小麗是怕和我並肩走著的情景被別人看到。是這樣吧。」

毅然地說出來。

「那時麗卿的表情就像是被抓住要害的表情。爲什麼這麼靦腆呢？事實上，太多慮了……」

在公車內，伯煙閉眼喃喃自語。那時麗卿驚愕的表情浮現眼簾。

今天如果能順利見到她，她又會是什麼樣的表情呢？

田園豁然開展，青翠的稻田上頭，麗卿家的紅瓦屋頂與白色牆壁，在午後閃爍的陽光中，鮮明地矗立眼前。

伯煙在一間眼熟的零售店前面下了公車。

走過嫩葉的小徑，來到麗卿家的門前。

在舊式門樓的前面，伯煙似進非進，來來去去踱步兩、三回。毛很濃的巨大台灣犬看到他的身影，不停地狂吠。

驚嚇之餘，他連忙避到門後。

爲了防止瘧疾而開墾的竹林間，可以看到後壁。荔枝、蓮霧、猩猩木等繁茂，掛著曬衣竿。

沒有看到人影。

伯煙默默站了一會兒。

「爲何我像小偷似地窺視他人的家？」

「眞是羞恥。要知恥……」

「簡直像小孩子嘛。不是嗎？淨做些孩子氣的事。」

「回家！快點回家！」

心中各種聲音交相指責他。

這時，後院響起開門聲。他吃驚地抬起頭。奇蹟！那不是麗卿一個人來收洗好的衣物嗎？模樣還是和去年一樣。

伯煙開始心慌。

麗卿沒有發覺他的存在。

「小麗！」伯煙以輕聲但能傳到她耳朵的聲音呼喚。喊了兩聲，麗卿才揚起臉。忽然與伯煙的視線相交，一副驚愕的表情，微微發出「啊」聲。

「是我啊。」伯煙儘量開朗地微笑。

「你好嗎？」

「……」

麗卿佇立默默凝視著他。突然飛衝似地，抱著晾乾後的衣物進入家裡，然後把門關上。

「門關上了。出來吧。」

伯煙的心情異常愉快，他趕忙回到正門。

可是，始終無法看到麗卿的倩影。只有狗擾人地吠著。太陽落到西側的竹林，映出甍的紅光，漸漸地瀰漫著傍晚的氣息，麗卿依然沒有出來。

伯煙黯然地回家。丟下帽子，整個人垂頭喪氣地坐在椅子上。突然瞥見從旁邊走過的母親，眼裡含著淚水，表情暗澹。

「怎麼了？媽！」

母親默不吭聲，隔了一會兒後說：

「你眞是令人傷透腦筋的孩子。說什麼……」

「發生了什麼事了嗎?」

「還問發生了什麼事?你啊!彩碧終於回去了。而且,說是沒有回親生父母家。也不知道到底去了哪裡?我一直阻止她回家,可是……她的親生父母家是那麼的貧窮,彩碧是那麼溫順與純眞的個性,眞是可憐啊……」

「……」

「你認爲這樣很好嗎?」

伯煙許久無言以對。不過,毅然無言地點頭。

〈春的呢喃〉(《台灣藝術》一九四〇年五月刊載)之續篇,兩篇合爲中篇〈台灣女性〉

原載一九四〇年七月《台灣藝術》一卷五號

財子壽

1

通過貫穿牛眠埔部落密集房子之間的石頭路，由南邊下坡，右側是墓場，左側展開已變成河的狹小草原。有一條白色的道路通過墓場的正中央，在架在河上的橋之橋頭處，與從部落通過來的路相會，然後匯成一條路。這條路筆直地向南延伸，成爲到鎮上去的唯一一條交通路線。路寬勉強可讓運貨車通過，甚少行人通行。朝夕學校的學生頂著曬得令人頭暈的白花花陽光，搖搖晃晃走過的情景特別顯目。那座橋叫做燈心橋，只不過是由兩塊板子合起來，相當脆弱，一走過去就上下搖晃不已。從前謠傳有妖怪出沒，即使到了今日，每到傍晚時分，部落的人也都因爲害怕而不常經過。雖說今日已是文明時代，一過橋時，橋下會伸出黑手來抓行人的腳，或潺潺的水流聲突然變成笑聲等傳說，在部落人民的口中相傳。河的兩岸是濃密的竹林。竹蔭裡，畫眉或青鳥婉轉歌唱。由於遇上村公所大肆整頓，墓場如今只剩下四、五個土饅頭。墓的主人不詳，每年的清明節也沒有看到有人來掃墓。據部落裡耆耇們的說法，裡面埋葬了被殺的土匪。因此，部落的人民格外相信有妖怪出沒。鄰近的田地近數年來已變成甘蔗園，更加瀰漫陰森森的氣氛。高砂野草與野葡萄雜生，除了部落的飼牛者帶水牛來吃草外，沒有人敢涉足其間。墓地的面河處是青翠的田地。渡過燈心橋，除了連接到鎮上的路外，向北還有一條狹小的保甲道路。

保甲道路消失在紅磚的門樓中。附近人煙稀少，只有門樓的紅瓦與綠意盎然的田園互相輝映。路過的行人一走到墓地，陰森森的氣氛令人顫慄不已，奔跑似的渡過燈心橋，等眼簾出現了紅色的門樓，這才開始鬆了一口氣。門樓前有一面是低窪的田地。沙！沙！沙！從前方流過的小河邊，眞菰細長的葉子從田埂裡探出頭，迎風搖曳。沿著河流，相思樹並列。絲瓜棚上開著黃色的花，蜜蜂終日駐足其間。麻雀成群，從相思樹梢飛到門樓，再飛到正房的屋頂。寂靜的田裡，因牠們的鳴聲而熱鬧非凡。門樓的兩側以剪短而整齊的觀音竹作爲籬笆，圍繞整個家。而且，庭院果樹的葉子蔚成陰影。

門樓已經是座古老的建築物，牆壁上裝飾的色彩與各種人形雕飾紛紛剝落，僅留下痕跡。門上有塊以青字寫著「福壽堂」的匾額。這塊匾額也快壞了，上面結滿蜘蛛網。一進門樓，旁邊的電燈桿綁了一隻台灣狗。看到人就不停地狂吠。脖子上的繩子眼看就快斷了，而且露出白色的牙齒，虎視眈眈。部落的居民因爲畏懼這隻狗，只要沒有什麼重要的事，很少會靠近這裡。這一切正好符合主人所願。庭院有個半月形的池子，鴨或鵝優游其間，有時在池邊睡覺。因此，池水是紫黑色，池邊有糞便結塊。池子面向正廳的那面，種滿佛桑花、玉蘭、薔薇，及仙丹花。兩翼則有蓮霧、柑橘類、龍眼、番石榴，葉葉相連，非常茂盛。由於地面濕氣重，幾乎沒有人踏過，因此長滿青苔。「後龍」（廂房）靠近四棟。就在所謂的後龍後面，甘蔗的枯葉掩埋如山高，又蓋了一間豬舍、家禽的小屋，以及廁所。乍看就知道是古老的建築物，由於沒有什麼人氣，給人鴉雀無聲的感覺。四棟與某個後龍大部分的牆壁已傾圮，窗櫺也脫落，滿目瘡痍，每個入口的門都緊閉。只有最靠近門樓那棟的末端房間，牆壁漆得雪白，門也漆上青色，非常漂亮。室內打掃得一塵不染，而且擺放了幾張待客用的「猿椅」（交椅、太師椅）。門口掛著一塊寫著「六角莊第三保保正事務所」的大木牌。這個房間幾乎與門樓鄰接，所以只能看見庭院的一部分，卻無法看見正廳。因爲那是主人私生活的地方，爲了不讓訪客進入屋內，故意作這樣的安排。只要一聽到被綁著的狗之狂吠聲，就可以知道有訪客來了。由於這裡是遠離人煙、孤寂的地方，再加上蓋了一間會客室，人們更加無從得知內部的情況。根據主人的說法，女眷讓訪客看到是不道德的，所以才作這樣的安排，且彰顯自己的家教。鄰接會客室的房門幾乎門窗緊閉，而且都已上鎖，沒有理由會看得到家人。包含四棟，後龍的房間數約有二十間，分家以前是由兄弟們分配居住。分家時，大家決定排除固有的等分主義，將家宅全部交給一個人。抽籤的結果，歸現在的主人所有。兄弟們討厭古老的建築物，卻對充滿新鮮味的洋房有了憧憬。所以各自在自己的土地上蓋洋房。自從他們搬家以後，房間就上鎖空在那裡。經過外庭來到正廳前，又有一個門連接內庭，電燈就裝在拱門上。內庭整理得很整齊，外庭無法與其相比，桂花、山茶花、變葉木井然有序地圍繞著花圃草。遮陽棚下排列了許多洋蘭的盆栽，勺子、噴壺與移植鉗放在棚上，宛如述說主人平日的照顧。

正廳微暗，無法清楚看見內部的情景。不過，等眼睛習慣後，顯示這個家來龍去脈的許多祭器，流露出典雅的氣質，構成整個家的分量。歷代祖先的牌位與八仙桌等都非常講究。天花板上掛著的燈籠也很搭配房間，極盡奢華。分家時，由於兄弟們嫌它老舊，留下來沒有帶走，還是照以前的樣子掛著。正廳左邊的「大房間」由母親桂春夫人居住。右邊則由主婦玉梅以正廳為中心，作為起居室。桂春夫人是上一代主人的第二位夫人、現在主人的親生母親，今年已超過六十歲。因身體羸弱，終日臥病在床，一切家事都委託兒子，自己不用開口。偶爾身體感覺舒服時，就撐著手杖來到正廳，曬曬太陽，無限感慨地左顧右盼這個家。因此，和家人碰面的機會很少，三餐都由媳婦玉梅送到起居室。玉梅是繼室，體格健美，性情溫順，深得桂春夫人的喜愛。年過三十歲，雖說是繼室，卻是第一次成婚，面貌徐徐動人，頗有古典美。娘家在附近也是相當有名的富豪，少女時代止，很習慣被人稱為「小姐」。後來因兩位兄長以一枝鴉片的菸管蕩盡財產，於是與老母親搬到牛眠埔部落。從此關在家裡，以編大甲帽為家庭副業，就這樣錯過了婚期。當現在的主人前妻死時，有人要幫她作媒當繼室。由於主人也好色，一眼看到這位彷彿沒有曬過陽光，擁有雪白肌膚、豐滿的中年婦女，不由得心生歡喜。玉梅本身也看破自己的命運，相信一切都是命中注定，於是不到一個月就結婚了。

「玉梅是個可憐的女孩啊。她死去的父親如果知道她嫁給人家當繼室，不知道會如何嘆息啊。」

老母親雖然垂淚對別人說，內心卻滿心歡喜女兒能變成有錢人的妻子。

前妻有三個兒子。長子子豈由於就讀台南市的商業學校，所以不在家，只有休假才回來。他打從心底喜歡這位年輕的繼母。次子子思是公學校的四年級學生，三子子賢是一年級學生。他們不把玉梅當作是自己的母親，反而輕視她如下女，常常居心不良地虐待她。子賢等從學校歸來，不叫她母親，反而找她麻煩，拉她到廁所幫忙擦屁股。不過，玉梅頗滿足自己的命運。雖說是繼室，也視前妻的小孩如同己出。她想起幾年前看過一齣叫做《大舜耕田》的戲劇，時時留意自己不要變成那位可怕的繼母，所以臉上一點也沒有不悅的神情，依然笑著照顧孩子們。對主人的情形亦同。儘管婚後立刻懷孕，卻羞澀地不曾正面望著丈夫的臉。來到丈夫的面前，只是默默低著頭。不管怎麼說，丈夫是個偉大的有錢人，總覺得自己有高攀的膽怯感。煮飯、洗衣全由下女素珠一手包辦，所以玉梅被安排住在與廚房鄰接的起居室，每天輕輕撫摸每月逐漸隆起的肚子。起居室內的日常用品，全是前妻遺留下來的，雖然只是塗紅漆的舊東西，玉梅每次看到，不免自我反省，彷彿前妻監視她是否虐待繼子。不過，玉梅覺得自己是幸福的。自從娘家沒落以來，早已斷了結婚的念頭，現在突然能變成不用洗衣燒飯的好太太，因此內心常常充塞對丈夫的感激之情。偶爾閒著無聊，就編起已編了數年的大甲帽。由於能進帳，丈夫覺得很高興。不過，每當感覺到腹中的胎兒在拳打腳踢時，即使是持續工作一分鐘，也覺得苦不堪言，頻頻用肩膀呼吸。

「阿娘（太太），休息嘛！爲什麼故意找工作做呢？」

下女素珠經常這麼說，頗體恤玉梅。素珠是前妻在世時的下女，今年十七歲，十三歲起就待在這個家。剛來的時候，是個紅髮少女，四年間已完全一副大人樣了。主人也常常發覺，佇立望著她的背影出神。她雖說不上貌美，但五官端正、豐腴。由於臀肉豐滿，走起路來，把台灣褲撐得圓鼓鼓的。不過，她本人倒是沒有發覺自己的魅力，舉止一點也不忸怩。由於住在面對廚房後門第二後龍轉角的傭人房，所以戶籍上是同居人。

前妻在世時，主人周海文把與廚房連接的那棟後龍作爲自己的臥室與書房。等迎娶玉梅之後，就一起睡在妻子的臥室。不過，當玉梅懷孕時，又恢復從前的狀態，回到自己的起居室。他年近四十，擁有有錢人的白皙皮膚與苗條體格。由於不愛社交，蟄居守著父親遺留下來的財產，以栽培洋蘭、寫書法爲樂。他是非常個人主義的。在物質上，爲了自己的利益，無論使用任何手段也毫不躊躇，因此大家都議論他是個吝嗇鬼。例如劈柴的工資，儘管只是區區的一點小錢，卻拖延兩、三個月才支付，爲的是賺那利息錢。他對家人也是抱持同樣的態度，說是孩子們很吵，把他們安排在毗鄰母親桂春夫人的「角間」。飲食與餐具，甚至於菜餚，都是使用自己專用的東西，補品高麗人參也是他一個人獨享。他對人生的態度盡在「財子壽」三個字上，亦即增多財產、繁榮子孫，以及長壽。在與他的起居室鄰接的「後龍廳」之正面，掛著一幅畫有代表財子壽三人的畫軸，他每天總要眺望多回。前妻死時，由於投了一萬圓的保險，所以一萬圓收入的喜悅，使他無暇悲傷妻子之死。他欣喜的態度雖然也落入他人的眼裡，但由於前妻娘家沒落了，一位兄長郭金旺現在接受特別的援助，變成他的佃農，所以沒有受到什麼責備。

接待室的後龍另一邊的房間，住著長久以來一直待在這個家的長工林溪河。最初他是待在門樓旁的小屋。到了海文這代，就搬到如今的房間，只要一聽到狗吠聲，就出來傳達有訪客。從二十多歲開始服侍上一代的主人，到今日已五十歲，光棍一個，完全可以算是福壽堂的人。分家時，本來打算離開這個家，由於非常熟悉這個家的一切情形，海文覺得可惜，所以硬是把他挽留下來。每天早上，在海文的吩咐下，去鎮上買東西，中午前回來打掃家裡的裡裡外外。有時代替海文執行保正的任務，奔走於部落中。傍晚時分，他在菜園工作的身影，映入來往於墓地的行人之眼簾。他耿直的工作態度，不知幫了海文多大的忙。

福壽堂就是這麼多人了。不但四周寂靜，家人也不會互相干涉，所以每天瀰漫著幽邃的氣氛，聽不到一點聲音。會在門樓出現身影的，只有去上學的子思、子賢以及溪河三人，不禁引人遐思這個家到底有沒有人居住。溪河雖然想清掃後龍的十多間空房間，但因爲費事，也無計可施。爲什麼不出租，或不要任其頹圮呢？溪河經常嘀咕著。不過，面對著海文時，卻大氣不敢吭一聲。今日海文一家能夠自由自在，竹藪圍起來的家，完全照他自己的意思來擺設，正因爲嚐過分家以前大家族生活的繁雜，不堪其擾，所以分家後頓覺輕鬆無比。在自己的起居室裡，除了擺張紅色的床鋪外，還放了一個金庫、一張辦公桌，每天晚上將當天的消費額入帳。有時發現超過預算時，突然站起來，想喚來家人，吩咐非得更節儉不可。不過，立刻察覺能在這偌大家中完全自由支配使用者就是自己，不由得苦笑起來，因爲一分一毫的支出與收入都要經過他的手中。玉梅始終戰戰兢兢地討好他，即使有什麼東西非買不可，也不敢向丈夫說。前妻的小孩心眼壞，向玉梅央求零用錢花。結婚前在娘家編大甲帽所得的微薄收入，也在結婚時被丈夫拿走了，所以她身無分文。又沒有勇氣向丈夫拿錢，只得夾在小孩與丈夫之間苦不堪言。因懷孕丈夫對她的愛越來越淡薄，玉梅更加畏懼他。即使偶爾身體不舒服，不敢說要看醫生或吃藥是無庸置疑的。她甚至認爲只要能替丈夫省錢就好，所以去田裡找藥草熬來喝。這時候，只有溪河一個人會怒氣沖沖。

「呆瓜！如果因爲貧窮吃不起藥，就另當別論，又不是沒錢。身體要緊啊。再說也要生孩子了。」

「沒有關係的。溪河伯。」

凝視著默默微笑的玉梅，溪河越發同情這位賢慧的女人，海文眞是娶了一位好繼室。不過，猛然想起，光是貞淑對海文是不受用的，自己算是個老資格者，如果不能奉獻某些心力，是不好意思一直賴在這個家不走的。他以前妻爲例，要她更強硬一點。不過，玉梅文風不動，光是聽他說話。她是她，前妻與後妻畢竟有差別，如果是前妻，當然可以採取高姿態，後妻的身分就不同了。而且一思及因浪費蕩盡家財的兩位兄長，反倒欣喜一天到晚嚷著要節儉、吝嗇的丈夫之作法是對的。玉梅終日不在丈夫的面前露臉，東忙忙西摸摸，好像很忙似地在家裡亂跑。

2

一提起福壽堂，即使是在牛眠埔部落裡知道的人也很少。不過，說起周九舍，居民的腦海裡會大致浮現這麼一個人影：他是部落裡的有錢人，也是有勢力者。如今部落的居民一提起「九舍、九舍」，就想起値得回憶的往事，油然而生一種尊敬的念頭，述說他是如何一位大人物。尤其以他一人殺了十位土匪的故事最聞名。那是在周九舍尙未變成有錢人以前的事。某日的傍晚，土匪突然來襲擊他的家。在田裡看到揮舉著松火迎面而來的那群人，九舍急忙回家，把門關上，與家人躲在屋頂與天花板間的二樓，並把梯子拿上去。突然想起四枝槍中的一枝遺忘在樓下，於是再度放下梯子走下來。好不容易四枝槍聚齊要放到屋頂與天花板間時，說時遲那時快，土匪開始打破大門。察覺沒有時間上樓時，他叫家人把梯子拿上去，然後自己躲在下面房間臥鋪的「蚊帳肚」內，槍對著入口。一會兒工夫，打破大門的土匪與他開始展開激烈的槍戰。當土匪陸陸續續進入屋內時，一個一個被他一槍斃命。他們以爲九舍們躲在屋頂與天花板之間的空間，所以集中火力射向屋頂，一顆子彈也沒有打中就在床鋪上的九舍。這場槍戰對九舍極爲有利。槍火交接了半小時後，許多同伴被擊斃的土匪發覺已無法再抵擋下去，於是留下屍體潰走。聽到槍聲的許多居民隨後趕來，目睹十個土匪的屍體與毫髮未傷的九舍，大家驚嘆不已，尊敬他爲部落的英雄，日後也依然津津樂道。

日本占領台灣後，九舍被推選爲三庄的總理。那時他已經是個有錢人，在牛眠埔蓋了福壽堂，這個時候做米的買賣事業剛好順應潮流所需，所以他的財產逐年增加。他有三位妻子。正妻是與他同甘共苦的賢慧婦人，由於沒有小孩，所以領養了一位養子。當九舍想要有個親生子而娶第二夫人時，正妻欣喜有個候補者。正妻在第二夫人嫁過來的翌年病死，而養子年紀輕輕也死了。九舍抱著第二夫人剛生下來不久的海文，在二度辦理喪事的家中踱步。當發覺正妻母子的死恰如他的計畫時，不禁嚇了一跳。不過，很快就把這件事拋到九霄雲外。接著出生的海山使老九舍充滿幸福感。養子的未亡人帶著一男二女，年輕輕的二十三歲就過著守寡的生活。九舍常以銳利的眼光監視這位寡居的媳婦，擔心她會做出敗壞門風的不貞行爲。不過，這位媳婦舉止貞淑，直到九舍死後，應得的遺產移到自己的名下時，其醜陋的行爲才表露無遺。海文十二歲時，又有一位抱著嬰兒的年輕母親加入這個家。那是九舍使她懷孕的村子裡的姑娘，十七歲的美少女，而九舍已經年逾五十了。儘管九舍對她疼愛有加，或許年齡的差距是造成不幸的原因，年輕的第三夫人在婚後第六年與部落的男人通姦而東窗事發，九舍將她痛責一頓後，把她嫁到南部貧窮的農家。五歲的海瑞與三歲的海泉就交給第二夫人撫養。

「海瑞是我的兒子，這點絕對錯不了。不過，海泉就有點可疑了，他一定是那個年輕男人的孽種。」

九舍想把海泉送往別處，桂春夫人卻執意不肯。

「是你的兒子沒錯。說這種話，海泉就太可憐了。」

桂春夫人立刻淚眼汪汪，她是位心腸軟的好婦人。結果，九舍極度憎惡海泉，而桂春夫人反而非常疼愛他。她經常帶著海泉散步，告訴部落的女人們：「我的么子。」

么子海泉十五歲時，九舍以七十五歲的高齡去世。次子海文已經三十歲了，在父親死後掌握實權。由於桂春夫人已經相當高齡，而且掌握實權的是自己的親生子，所以安心地將家計委託兒子們全權處理。唯一擔心的是異母的海瑞與海泉會心理不平。海泉還年輕，不會說什麼，不過海瑞已是個二十多歲、盛氣凌人的青年，所以桂春夫人每天都悶悶不樂。出人意料的，對海文深感不滿，提議要分家的，竟然是親弟弟海山。或許海瑞與海泉自覺是異母兄弟，反而溫順畏縮，而二十七歲的海山則事事反抗海文。最先是海山結婚時因海文吝嗇而起衝突，從此兄弟間的爭執不絕於耳。呼吸到新時代空氣的海山，穿西裝、涉足花街柳巷，極想脫離鄉下。

「海文這傢伙偷存私房錢。現在不趁早分財產，我們會被慘無人道地對待。」

當海文極力約束親弟弟揮霍時，海山先唆使長子的未亡人，煽動海瑞與海泉分遺產。儘管桂春夫人哭著反對，結果兄弟們在九舍死後四年分家。

到了弟弟們要搬家的日子時，海文特地早起，裡裡外外地踱步。手搭在弟弟們的行李上，察看是否多帶走了什麼東西。

海山使個眼色諷刺地說：「我們不是你，而且也不會模仿那種吝嗇樣。」

海文依然毫不在意，只是以勝利者的姿態面露微笑。他想至此可以輕鬆了。事實上，他的內心比弟弟們更希望分家。與弟弟們一起生活，縱使自己有本事存錢，也必須與他們平分，而且辛苦的只有自己，獲利的卻是弟弟們，所以無法忍受這種令人不悅的結果。自從起了想憑自己的本事創造自己的財富之念頭後，弟弟們提議分家時，爲了顧全身爲家長的體面，表面上是反對，內心卻大叫太棒了。不久後，感覺到整個偌大的房子都歸自己所有時，於是以君臨家族的姿態，一切的家事都照自己的意思去辦。分家後的第三年，與囉嗦的前妻死別，迎娶後妻玉梅。她是個什麼事也不會說出口的女人，所以一切由他隨心所欲。不同於以財產爲資本來做事業的弟弟們，他認爲事業是不必要的，只要能節用所繼承的財產，每年就可有數千圓的儲蓄。因此，他不參加社交活動，不喜歡與親戚來往，一有機會就極力推辭從雙親時代傳下來的保正公職。事實上，海文在分家後的第三年買了一甲步的水田。外頭謠傳，照這樣子下去，他的財產會日益增加，勢利眼的部落居民都避免觸怒他。不過，在他的眼中，部落居民的這種態度好像有所圖謀，所以儘量不與他們接觸。即使途中相遇，對方先打招呼，他也只是瞥了對方一眼，然後默默走過去。

由於十幾間房間一直空著，部落居民苦於無屋可住時，就來找他商量出租的事。本來在照顧洋蘭的海文，一聽到這些話，冷不防把噴壺放下，怒喝一聲：

「有沒有搞錯對象啊？你這個亡身鬼。」

農夫嚇破膽，落荒而逃。從那時起，再也沒有人與他親熱地搭話。

「到底有何打算啊？」

溪河每次打掃空房間時，就會油然而生這種想法，卻是無法摸透海文的心情。

海文每天一起床，就會有在偌大屋內屋外走一圈的習慣。走著走著，越發滿意自己家的寬廣，不由自主地喜歡這棟具備作爲資本家外觀的建築物。縱使這些空房間頹圮了，只是損及建築物的外觀，租給他人，一點點的租金也起不了什麼作用，而且無法忍受與他人同居的繁瑣。好不容易才脫離與弟弟們的同居生活，可以自己一個人自由自在，沒有想過再讓其他人進入這個家。心中忖度著，光是不動產的收入，就可積存下一筆可觀的數目，除了作爲兒子們成人後的房間外，絕不開放這些房間。

有一天，如今苦無屋可住的海山一家人曾經回來過。分家後，海山去台中市投下大筆的資產，開了咖啡廳、撞球場、計程車行等。短短的四、五年間，一敗塗地，終至身無分文。海山一家進來時，海文剛好睡完午覺醒來，一看到弟弟的臉，立刻皺起眉頭，視線飛快移到弟弟一家的行李上。

「你來做什麼?」

語氣冷淡地說。突然間情緒激動起來，也不給對方時間解釋，接著就說出刻薄話。

「我不是在經營旅館。這個家的一切都是我的。」

海山臉色蒼白的聽著。不久後，以哀求的眼光說：

「哥哥！我不是說要住免費的，一定會付你房租，我是特地回來拜託你的。哥哥！請務必要答應我。」

「回來?別吹牛了。這個家是我的。你在出去時說了些什麼話，難道都忘記了嗎?」

回想起分家前的事，海文的復讐心不由得高漲，於是用手去推弟弟的胸部。在旁邊目睹兄弟間此一情景的玉梅非常擔心。當丈夫的眼光注視著她手中所拿著的海山妻之行李時，彷彿手中拿的是可怕的東西，趕忙把它放在地上。她的心中認爲，反正房間很多，租兩間出去也不礙事。不過，眼看丈夫怒氣沖沖，似乎想斥責她，不禁張皇失措。忽然間靈光一閃，她悄悄地走進桂春夫人的房間。她想藉著母親的力量來恢復兄弟間的感情。

可是，桂春夫人搖搖頭。

「海山是自作自受。現在還要靠兄長照顧的話，未免過於懦弱。你最好是默不吭聲。」

似乎從剛才就屏神聆聽的桂春夫人坐起來，用肩膀呼吸。玉梅什麼話也沒有說就走出房間。

「出去!出去!」

當她回到現場時，海文興奮地大叫。臉色蒼白、嘴唇顫抖、低下頭的海山，不久後似乎死心了，拿起行李催促妻子離開。目睹此情景的玉梅淚水盈眶。

「沒有可讓你居住的房間。與其給你住，我寧可給豬住。」

海文站在門口猶自大叫不已。門樓的狗激烈地狂吠。海山夫婦挨近講了一些話，然後頭也不回地走出門樓，不久後消失了蹤影。一方面覺得他們很可憐，一方面惱於竟然與丈夫冷酷地對待他們。反省之餘，玉梅靠著牆壁，不禁流下淚來。驚覺自己的反應時，眼光瞄了丈夫一眼，幸虧他已經走去庭院，就在自己的背後。最好不要讓他看見，於是逃跑似地進入房間。

拿著鋤頭在池邊除去樹葉與家禽糞便的溪河，自始至終目睹了這一幕情景。一看到海文走來庭院，立刻若無其事地舉起鋤頭。

屋頂上麻雀的叫聲格外高昂。

3

燠夏的某個午後。海文一大早就去鎮上還未回來。溪河在裡面的豬舍清除豬糞。寧靜的午後寂靜無聲。突然間，門樓的狗狂吠起來。噓——抱著包袱的中年女人邊斥責小狗邊閃避地走進來。與停上工作走出來一探究竟的溪河相遇，也不管對方目瞪口呆，衝著他就笑起來。

「很有幹勁嘛！溪河伯。」

由於過於意外，呆立著的溪河這才放鬆警戒，一個人笑了起來。

「什麼！你不是秋香嗎？眞難得啊。」

女人的右手牽著一個年約六歲的男孩。溪河的眼光自然地投向男孩。

「是你的兒子嗎？時間過得真快啊。」屈指一數，「已經過了七個年頭了。」

女人笑著把視線投向自己的小孩。然後仰起臉，無限懷念似地環視整個房子，彷彿要嗅出昔日的味道。

「變安靜了。大家都搬家了嗎？終究是要如此的。不過，只有房子依舊沒有改變。」

溪河的腦海裡浮現出分家前的情景，不禁默然。

「太太去世時，家裡正忙著，所以分不開身。嗯——現在的太太是什麼樣的女人呢？」

女人說這句話時的眼神，彷彿瞄準了某個目標，閃閃發光。溪河走在前頭領她進入家中。

「一個非常好的人。和前一位太太截然不同。」

溪河邊走邊說，女人在後面哼哼哈哈地聽著。彷彿想到什麼似地，女人的臉如雨過天青。

兩人來到廚房時，偶然經過的玉梅，由於事出突然，不由得停止了步伐，茫茫然地望著對方一會兒，立刻又將視線移向溪河。

「這一位是前任太太的下女秋香。你看，我說話沒頭沒尾的。她是七年前嫁到南部的秋香。」溪河解釋了一下。

玉梅這才笑逐顏開，稍微打招呼似地把眼光投射過去，女人卻以銳利的眼神回報，使玉梅產生被壓倒的可怕印象。由於氣氛僵硬，玉梅伸手想摸女人的小孩時，小孩立刻躲到母親的背後摟住不放。等溪河出去時，秋香擺出一副苦笑的臉，然後無視這位年輕後妻的存在，肆無忌憚地打開門，走進後面傭人的房間。這種傲慢的態度使玉梅愁容滿面，想不通那女人爲何敵視自己。由於無法忍受，於是尾隨其後。秋香解開包袱巾，幫小孩換上平常穿的衣服，然後露出不懷好意的笑容。

「我不是客人啊。請放心。」

玉梅張皇失措，露出表示歉意的笑容。

「沒有問題的。在這個房子裡，我待得比你更久。你才剛來這個家吧。」

玉梅的臉頰微微抽動。明白女人討厭自己的存在，雖然恨不得想早點逃離這裡，但是丈夫不在家，就算是以前的下女，是否可以允許她進入家裡呢？因擔心而站在旁邊。秋香幫小孩換好衣服後，斜視著玉梅就自顧自地開始換起衣服來。或許是因臉上曬了太陽，看起來不只二十八、九歲。裸體的肌膚竟然白皙、豐滿，洋溢著青春的氣息。看到她的裸體，玉梅突然有這種這個女人的肉體會給這個家帶來不幸的感覺。

「我要在這裡住幾天。就睡在這個房間，不會給你添麻煩的。」

玉梅聽得目瞪口呆。住在這個家？她最先想到的是丈夫會怎麼說？曾幾何時，丈夫無情地趕走親弟弟時的情景浮現眼簾。照這樣看來，丈夫一定會立刻把這個女人趕走。玉梅不知道該怎麼做才好。秋香換好衣服後，盯著玉梅的臉直瞧。

「你不樂意嗎？」

一個勁兒地追問。

玉梅露出對方誤會了的笑臉。我是沒有關係，可是丈夫——話到喉嚨卻說不出來。

秋香哼了一聲。

「不樂意也沒有關係。你不是問題，最好不要吭聲。不要裝出一副很了不起的樣子。」

就在玉梅吃驚不已時，她牽著小孩的手傲慢地走出去。

傍晚海文回來，一看到秋香，突然臉色大變，不過很快就一聲不響地恢復表情。

「什麼時候到的？」他問。

「過中午到的。」

「是這個孩子吧？長大囉。」

眼見海文彎下腰來撫弄小孩的手，玉梅沒有時間來察覺丈夫的態度費人猜疑，反而覺得心中懸著的石頭終於可以放下來了。從學校回來的孩子們，整晚都「秋香！秋香！」叫個不停。秋香完全無視玉梅的存在，對家裡的每個人都異常熱絡，唯獨敵視玉梅。因此使得玉梅更加畏縮。

過了兩、三天，秋香沒有要回去的樣子。又過了十數天，還是沒有要回去的意思。好像已經忘了自己是從別處來的人，視整個偌大的家爲自己的東西。而且海文也默不吭聲，似乎欣喜秋香出現在眼前，頗令人覺得不可思議。不過，玉梅卻認爲秋香的夫家在遙遠的南部，而且七年沒有回來過，這次當然要逍遙暢玩一番。她每天只想到自己即將生產的事。

「秋香到底打算待多久啊？」

一個月過後的某日，溪河實在看不過去了，在屋裡遇見玉梅時，不禁說道。

「她到底打算怎麼樣？說是來玩，未免住太久了。」

「這樣不是很好嗎？溪河伯。她以前就是這家的人嘛。連主人都說好吧。」

「哼！海文應該是很好啊。簡直——」

溪河以哀憐的眼光投向玉梅，然後沉默下來，內心卻嘀咕著：「因爲你什麼都不知道啊。」在從古早以前就待在這個家的溪河之眼中看來，七年前秋香爲什麼嫁到遙遠的南部，以及這個小孩是誰的種，他可是瞭然於心。正因爲如此，所以才擔心這次秋香的長期居留。原本打算忠告玉梅要堅強一點，看到她依然是毫無抵抗的態度，不由得氣餒。溪河心想，除了告訴桂春夫人外別無他法，夫人應該還不知道秋香來玩的事吧。那時桂春夫人視力已衰退，而且全身是病，幾乎不離開房間一步。

聰明的秋香從來的那天開始，眼見海文非常高興，立刻就看透這個男人的心情，而玉梅是個畏縮、多愁、溫順的女人，再加上桂春夫人臥病在床，一切家事她都迎合海文的喜好來安排，對下女素珠頤指氣使。首先獨占素珠所住的傭人房間，把她趕到海文書房的隔壁。海文比素珠更為吃驚，秋香卻若無其事地不給他有說一句抗議話的時間。秋香曾數次目擊海文不時偷窺素珠的背影。儘管素珠哭著說不願意，秋香兩手插腰瞪著她。

「幹什麼嘛。你這個小ㄚ頭——已經到了情竇初開了吧。在那個房間睡覺有什麼不好？靠近廚房，而且和我一起每天半夜都會被小孩的哭聲吵醒，對發育中的你來說，未免太可憐了。雖然靠近少爺的寢室，沒有什麼關係的。我以前也是睡在那間啊。」

從打掃房間到安床、整理素珠的衣服、被褥等，她都親自動手。經過茫茫然看著一切動靜的海文面前時，故意斜眼竊笑。

海文認為秋香的到來是一件好事。

秋香絕不挨近桂春夫人的房間。由於孩子們都站在她那邊，她決定把玉梅踩在腳底下。一副在這個偌大家中不怕任何人的表情，只會說些甜言蜜語。偶爾想起七年前因畏懼前一位太太，悄悄逃離這個家的情景，不禁笑出來，而且責備自己，早知道是現在這位太太，眞該早點回來。分娩在即的玉梅幾乎不做家事，廚房完全委託給素珠，所以秋香每到用膳時間就會在廚房露臉，以主人的姿態來指揮素珠。做菜也不准她憑個人的意思，後來越發變本加厲，最後就露出現在的這副嘴臉。溪河從鎮上採購許多鮮魚、豬肉等回來時，只拿出來給海文和孩子們享用，然後就偷偷藏在櫃子裡並上鎖，供自己與小孩食用。素珠看到雖然極端不滿，卻也莫可奈何。而給玉梅吃的卻是蘿蔔乾與蘿菜汁。玉梅只要能果腹就不發一言。可是，後來情形越來越嚴重，這次竟然毫不在乎的給玉梅吃剩飯。就連溫順的玉梅也不禁流淚。由於她是前任太太的女傭，深受丈夫疼愛，即使抱怨也無濟於事，結果只能歸咎於自己的命運。不僅如此，連迄今每到吃飯時刻就會來通知玉梅的下女素珠，不知爲什麼怠於通知。

「什麼嘛！又不是狗，自己可以來吃飯的。不用去叫她也沒有關係。有腳有耳的……」秋香故意大聲說給玉梅聽到。玉梅發覺秋香來了以後素珠的態度有了一百八十度的大轉變，覺得她們兩人之間一定有什麼陰謀。每次吃飯時會與她們碰面，玉梅心裡非常難受，所以常常沒有出來吃飯。那時，秋香會故意把剩飯都倒給豬和狗吃，然後「叩─叩─」敲打著空飯桶的底部，大聲嚷著：「已經沒有飯了，要偷吃也沒有辦法了。」

玉梅只能在寢室流著淚。

4

聽到海文從外頭回來停腳踏車的聲音，桂春夫人從房間喊他：「海文！海文！」

等他進入時，臥病中的桂春夫人從床上伸出手，稍微撥開蚊帳，以便能看到海文的臉。

「聽說秋香來了。」

海文嚇了一身冷汗，立刻又笑容滿面。

「是啊。她來玩。沒有來向母親問候嗎？」

「好像從什麼時候就來了。已經住了很久了吧？」

海文解開上衣的釦子讓風吹進去。在昏暗的屋裡，無法看清楚他爲難的表情。

「你的老毛病又犯了嗎？不要以爲玉梅溫順就沒有關係，如果阿銀（前妻）還活著，你想會怎麼樣？」

「不是這樣的。母親！絕不是——」

「那就趕快把秋香趕出去。如果說無法把她趕出去，就叫秋香來——」

桂春夫人氣若游絲，隨著激烈的呼吸，同時沒了聲息。

溪河蹲在後面的窗下，邊抽菸邊傾聽他們對話。眼前掃成一堆燃燒的枯葉上，白煙裊裊，碰到他所吐出香菸的煙，或盤桓成圓圈或摶扶搖而直上，越過紅色的屋頂消逝了蹤影。果樹枝葉扶疏間，可以看到高聳的青空。

秋香就是看準了海文的好色。爲了暗中幫助玉梅，而且自己從年輕時就一直爲這個家服務，爲了保護這個家的平安，溪河認爲該防患於未然。否則，他深知海文會陷入色慾之道而無法自拔。這時，從相反方向的廚房，傳來秋香尖銳的聲音。

「什麼！要趕我出去就趕吧。你這算是哪門子的太太。哼——不直接跟我說，煽動那個老太婆，未免太差勁了吧。一個將死的老太婆又能奈我何？眼睛再睜大一點。再——」

溪河前往窺視情況，秋香站在玉梅寢室的入口，揮舞著雙臂。她聽到桂春夫人剛才說的話吧？海文從母親的起居室出來查看，佇立一會，瞬間了解到發生了什麼事，逃也似的，躡手躡腳要從正廳出去。不過，秋香早就看到他了，追趕過去，叉開雙腿站著阻擋在男人的面前。濃妝的臉異常忿怒，紅唇氣得發抖。

「那麼，請把我趕出去！能趕的話就趕看看啊。」

一隻手揪住男人的肩膀。

海文不知所措，頻頻小聲說些什麼。這麼一來，秋香的氣焰更加高張。

「我不是被人家說要趕出去就無法消氣的女人。當初我來這裡玩，是誰挽留我的？七年前的我是個白癡，才會被你說丟就丟，現在我可不答應。免費就想打發我走嗎？我可是有丈夫的人。來啊！請把我趕出去啊。」

溪河撇撇嘴搖搖頭消失在裡面。由於對方的氣焰高張，海文碰了一鼻子灰，最初是爲難的表情，等對方繼續滔滔不絕時，越發有切身的感覺，她就是那個叫秋香的女人嗎？腦海中描繪出七年前秋香的模樣，這才驚覺女人的變化，不禁愕然。突然間，驚覺大事不妙，早知道她會變成這種女人，就不會與她糾纏不清了，如今後悔莫及。不過，立刻想起剛才母親說的話，慌慌張張要壓住秋香的聲音，於是把嘴靠近女人的耳際。

「你在生什麼氣嘛！傻瓜！」

「是啊！我是傻瓜。就因爲是傻瓜，才會被趕出去。如果是聰明的女人，就不會有這種下場了。」繼續伶牙俐齒。突然間又一副得理不饒人的模樣，「要趕我出去的話，請說個理由。這麼骯髒的家，也是在我來了後才變得乾淨的，不是嗎？廚房也是在我來了後才像個廚房。那個女人做了什麼？算是哪一門子的太太。」

「我知道！我知道！請不要再說了。」

海文再也無法忍受，把秋香拉進自己的房間。爲的是儘可能遠離母親的房間。

剛生產不久的玉梅只能望著睡在自己腋下的女嬰而垂淚不已。雖然人躺在床上，還是可以清楚聽到秋香的叫喚聲。經秋香這麼一嚷嚷，玉梅才了解是因自己的緣故，感到非常自責。尤其是自己生產後，從廚房到家裡的雜事，以及坐月子的照顧，一切都委託秋香全權負責，所以對她深感抱歉。如果自己能站起來走路，她想現在就去院子安慰秋香。

自從這件事以後，秋香的態度越來越惡劣。不僅怠於供應飲食，還壞心腸地不提要準備雞酒的事。秋香不曾再進入玉梅的寢室。連素珠也不做家事。玉梅坐月子時，臨時雇用紅葉嫂來幫忙洗滌的工作。不過，紅葉嫂到了傍晚就回家，夜晚只有玉梅一個人。紅葉嫂看到這種情形，覺得於心不忍，於是提出要夜宿，不過海文拒絕了，說是素珠會跟她一起睡。事實上，此時素珠每天期待著傍晚海文來拉她進書房隔壁的寢室。

「說是夜晚自己無法照顧嬰兒，就沒有資格當母親吧。」

似乎忘了玉梅是在坐月子中，素珠不知不覺以毫不在乎的口吻說。

每到傍晚，玉梅就宛如蝙蝠，起床來爲嬰兒換尿布、溫雞酒。雖說是雞酒，秋香卻能滿不在乎的給自己的小孩吃，等到送到玉梅的面前時，只剩下雞骨頭兩、三根。此時玉梅也沒有抱怨任何一句話。紅葉嫂打開蓋子一看，常常「啊」嘆了一口氣。

「眞是可憐啊。說是有錢人的太太，即使有很多雞，還是吃不到。」有次紅葉嫂要回去時，在門樓遇見溪河說。「沒有想到那個秋香和素珠竟然是這種女人。簡直下女就是太太，而太太彷彿是下女。」

「你也發覺這個家很奇怪吧。沒錯！就是這樣。」溪河狠狠地哼了一聲。

看到這種情形，紅葉嫂歪著頭，海文不是很有主見的人嗎？眼光再度投向溪河的臉。

「那麼，海文爲什麼默不吭聲？他不知道這件事吧。」

溪河搖頭默默不語。隔了一會兒說：「不是的。能壓住秋香的只有老舍娘和阿銀兩個人。阿銀已經死了，老舍娘又重病不起，現在整個是秋香的天下了。海文嗎？老實說，秋香之所以如此，也是海文造成的。」

紅葉嫂還是不懂。

某日，紅葉嫂因家裡有事，一大早就來洗滌、煮雞，過了中午就回家了。回家時，考慮到即使自己不在也沒有關係，於是把雞酒放到寢室。可是，傍晚時，玉梅打開蓋子一看，裡面空空如也。

當天到了很晚，依然沒有人送飯來。等到大家都入睡了，玉梅起床去廚房。飯桶是空的。拿著茶杯回到寢室的玉梅，疲憊地倒在床上。但是如何能成眠呢？被嬰兒的哭聲吵醒，感覺肚子餓到會痛，喉嚨又乾又渴。

玉梅再度起床去廚房，黑暗中只能用手摸索。正在喝熱水時，隔著窗戶聽到下女房間傳來的說話聲，慌忙把茶杯放下。等知道是誰在說話時，玉梅彷彿做了什麼壞事，趕忙奔回寢室。好不容易才挨到床鋪，全身的力量盡失。連日連夜的煎熬，她的體內似乎發生故障了。

翌日玉梅開始發高燒，一看到紅葉嫂，眼神模糊，緊握著她的手：「阿母！阿母！」

5

秋日連連。院子裡的仙丹開出紅花。龍眼樹的果實纍纍，終日蜜蜂成群結隊。門樓的屋瓦在陽光下閃閃發亮，綁在樓壁陰涼處的狗，懶洋洋地把眼睛瞇成一條細縫，伸出舌頭，下巴伏在地面睡覺。秋香牽著小孩的手站在院子裡的樹蔭下，甩甩頭髮，邊撫弄後面的頭髮，邊瞧著福壽堂紅色泛黑的屋瓦，不禁皺起眉頭。突然一副想到什麼的表情，恨恨地啐了一口。一會兒，又眯著眼眺望整棟建築物，露出滿足的表情，沉浸在無限的幸福感中。小孩擺脫母親的手，找到一根短木棒，跑到池邊，欣賞鴨子驚慌逃命的情景。溪河在土牆上修剪觀音竹。原本寂靜到只聽到自己揮動剪刀的聲音，突然間耳際響起鴨子鼓動翅膀的喧鬧聲，不由得停下手回頭一望。門樓的狗站起來狂吠不已。鴨子喧鬧地在水面上逃竄。

秋香仰臉讚許，兩人的目光恰好相遇。

「溪河伯。好熱噢，稍微休息一下吧。」

看到秋香的心情愉快，溪河突然想起什麼似地，嘴裡嘟囔著，不過還是沒有說出來。似乎覺得很不耐煩，不過溪河發覺如今自己也必須對這個傭人秋香客氣一點。

「從這裡觀望，這個家相當棒哩。不過，進入屋裡，卻令人覺得鬱悶。怎麼一回事啊？溪河伯。」

秋香挨近土牆下。

「從前也有這麼多的病人嗎？真令人厭煩啊。」

溪河哼了一聲皺起鼻頭，又慌慌張張地掩飾。

「老的老，快死卻不死；年輕的年輕，每天說些奇怪的話，增添許多麻煩，這個家也變得很奇怪了。」

溪河一聽，突然把嘴張開想說些什麼，最後還是說不出口。

「一切都是命啊。沒有辦法的。」

說著頗氣自己說些違背良心的話。從土牆上往下看，秋香的濃眉與過黑的大眸在陽光下，顯示出暴躁的個性，讓溪河覺得很可怕。

翌日，溪河在修剪觀音竹時，秋香又從家裡走出來和他說話。當爲桂春夫人與玉梅看病的中醫回去後，海文就去出席保甲會議，只有玉梅的老母親來探望女兒的病，整個家靜悄悄的。這時候素珠出現了，走向內庭好像在找什麼東西。聽到有人說話的聲音，一看到是秋香，立刻以一副氣急敗壞的表情奔跑過來。

「請把鑰匙還我！」

秋香愣了一會兒，立刻就明白她的意思。

「鑰匙？你在說什麼？」

「不要裝蒜了。我心裡有數。阿娘（太太）生重病，除了你以外，還有誰會偷鑰匙的？」

「哎呀！你這個丫頭——」

瞬間秋香擺出比素珠更忿怒的誇張表情。「說這種話也不怕爛了舌頭嗎？你以爲我是那種拿你鑰匙的貧家女嗎？說話時要更小心一點。怎麼！以爲主人稍微疼愛你就飛上天啦。哼——」

「總之，請還給我。裝蒜是沒有用的。因爲我確實知道。」

素珠跨出一步，秋香也不甘示弱往前走一步。

「哎喲！」好像要摸對方的臉似的望著她。「素珠，你是從哪裡學來的？這種說話的口吻。你把我看成什麼了？」

「小偷啊。我認爲你是小偷啊。」

「哎喲！變得不可一世了嘛。別以爲少爺疼愛你。到底是誰讓你受寵的？哼！你最好記得。也不知道很快就要被趕走了，眞是過於天眞的女人啊。」

「夠了。還不知道是誰會被趕出去呢。沒有把鑰匙交給你保管，因爲妒忌，所以就偷我的鑰匙吧。」

「哦——呵——」秋香以手掩口，一副爆笑樣，不過只有眼睛沒有笑意。難怪她會被這樣認爲。突然間有種自己所作好的計畫被阻擾的遺憾，無法抑止滿腔的怒意。基於這種心情，秋香露出一副無畏的表情。

「你眞以爲我怕你妒忌你嗎？我的確拿了鑰匙。我沒收了啊。你打算怎麼樣？」

說著用手指去戳素珠的額頭。說時遲那時快，素珠反擊，抓住她的手指放入口中用力咬。

「哎呀！」秋香大叫。

說是在意手指被用力拉扯的疼痛，無寧是遺憾竟然被個小丫頭欺負。秋香瘋狂地以左手抓素珠的頭髮，右手從自己的頭髮上拔下簪子。

「危險！」這次輪到溪河大叫。他原本默默看著事情的發展，現在只好慌慌張張從土牆上跳下來，擋在兩個女人的中間，把素珠藏在後面。

「什麼東西嘛！賣淫娘！不知道自己只是別人的發洩物，一副很跩的樣子。請離開！離開！」

儘管被溪河抓住手，秋香依然嚷個不停。等她發覺溪河因受到牽連而導致手受傷時，稍微有點畏縮。不過，立刻又覺得溪河在場對己有利，於是氣焰越發高張。

「小偷！小偷！」

素珠也重新整理頭髮，大聲嚷嚷。

「雖然我不知道是怎麼一回事，這樣子未免太難看了吧。到底鑰匙是誰的？」

「是我的。被這個人偷了。」素珠已經哭出來了。

「嗯——溪河伯！你聽看看。」好不容易才被放開手的秋香，這次反而拉起溪河伯的手說：「這個壞丫頭，趁著太太生病為所欲為。也不知對少爺做了什麼事。總之，似乎是灌了迷湯，終於從少爺手中取得金庫的鑰匙。少爺也眞是位好人啊。」

「胡扯！是少爺自己說要給我保管的。」

「那麼，鑰匙是主人的囉。」

溪河心想「又老調重彈了」。眼光自然而然投向素珠。這才驚覺，在自己不曾留意的歲月裡，小丫頭素珠已經在不知不覺中長大成人了。心裡揣度著，就像秋香那樣，素珠被嫁的日子不遠了。

「是啊，溪河伯。」秋香把溪河視爲一夥地說：「讓這丫頭保管鑰匙，不知道會玩些什麼花樣啊。」

「不過，眞的是金庫的鑰匙嗎？那可是重要的東西啊。」

溪河說，眼裡有些驚慌。秋香卻默默微笑著。素珠立刻插嘴：

「胡說！胡說！是桌子抽屜的鑰匙。因爲是每天買東西要使用的錢，所以說是交給我保管沒有關係。」

「放了多少錢呢？」

「昨天打開來看時，有五十圓。」

一聽到這句話，溪河不由得拍膝大笑。

「啊——哈——哈——」

兩個女人忘記了爭吵，不解地望著溪河大笑的模樣。就在這時，溪河離開了現場，爬上土牆，開始揮動剪刀。白癡的女人，被騙了也不知道。他喃喃自語，然後狠狠地用力使剪刀作響。

兩個女人一離去，周遭又恢復了原來的寧靜，只有剪刀的聲音迴盪著。

某個寧靜的傍晚，整個福壽堂籠罩在沉悶的氣氛中，許多平常沒有看過的人出入其間。突然間激烈的哀嚎聲劃破寧靜。不久後，正廳出現人影，用大竹簍蓋住祖先的牌位，關上大門，狼狽地騷動起來。

原本在隔壁沉睡中的玉梅，突然彈起來似的，以非常快的速度跳起來，無精打采的張開嘴唇，兩眼望著天花板。

「想喝奶了嗎？是的。你肚子餓了。你看！不可以哭。」

說著說著，從棉被裡伸出腳來想下床。她吃驚的老母趕忙飛奔過來制止她。玉梅卻痛打老母的臉，用力推撞，然後大叫：

「你看！哭了。嬰兒在哭了。」

「玉梅！玉梅！」老母又抓住女兒的衣服。

「愛哭鬼！愛哭鬼！想嫁人了嗎？不喝奶就想嫁人嗎？愛哭鬼！」

玉梅嚷嚷著，再度推開老母，似貓般地敏捷，連草鞋也沒穿就奔出房間。

老母跌個四腳朝天，連隨後追趕的力氣也沒有，開始潸然淚下。

當天天色已暗，佃農紛紛聚集到福壽堂。由於接到通知，親友們陸陸續續到來。有時候從門樓傳來女人的號哭聲，頭髮上披著白布的女人整張臉埋在手帕裡哭著進來，然後走進正廳。每次都惹得狗狂吠不已。

海文發覺秋香失蹤是在深夜。不由得檢查桌子的抽屜，結果裡面應有的八十圓不翼而飛了。回想起當知道秋香從素珠那兒偷到鑰匙時，自己非但毫無抵抗的狀態，而且反而有點高興，不由得生起悶氣。他的臉色非常可怕，不停在家中踱步，監視弟弟們及親友們是否像秋香那樣盜取他的東西，指桑罵槐地自己責罵自己。

「不過，秋香那傢伙爲什麼選在母親去世這天逃走呢？這麼忙的時候，而且玉梅又發瘋了──再加上拿走了八十圓。」

佇立著喃喃自語，然後又走動起來。就在反覆的動作中，對自己發怒的情緒逐漸消失，而惋惜八十圓被偷的感覺越來越迫近。不由得仰望夜空嘆息。

竹梢上掛著一輪淡淡的明月。

6

桂春夫人的葬禮舉行了兩晝夜。對貧窮的牛眠埔部落居民而言，被稱作「九舍娘」夫人的葬禮之盛大，成爲部落居民的熱門話題。終日大鼓、銅鑼、嗩吶的聲音從部落的南端傳來。部落居民在田裡聽到，互相交換訊息。

黑夜來臨，工作完畢的部落居民爲了觀看法事，走過黑漆漆的田間小路，急奔向部落的南端。來到燈心橋，已經可以看到半邊庭院燈火通明的福壽堂。嗩吶聲中可以聽到道士梵唱的聲音及遺族們的哀泣聲。瞬間，在畦道間行色匆匆的人們，不由得熱血沸騰，紛紛稱羨九舍娘很有福氣，遺族多且帶孝嚎哭著亦眾。由於門樓的狗已經綁到內庭，人們安心地進入庭院。

該夜最賺人眼淚的，大概就是戲劇「耙砂」了。在院子的正中央堆一座小砂山，周圍鋪上稻草，遺族們穿著生麻的喪服坐下來。砂山上插了兩顆雞蛋當作眼珠，然後點上蠟燭，遺族們屏息凝視。戴著牛頭與馬面假面具的兩個道士，隔著砂山對罵，四處奔跑，等他們一消失，出現一位胸前披著長白布的道士，帶領著遺族們環繞砂山的周圍，一邊又以充滿悲調的聲音哭泣。走一步停一步，哭著用白布拭淚。剎那間，遺族們也放聲大哭。道士哭著唱出「十二月懷胎」的悲傷詞句，以及感謝母親養育的哀痛之情等，與遺族們思念母親的悲淒相輝映，深深感動了周遭看熱鬧的人群，女人們的眼睛已經哭腫了。他們回想從懷孕、生產到養育過程母親無限的劬勞，思及與母親永別的哀痛，不禁潸然淚下。不過，他們仍然沒有怠於注視每位遺族的一舉一動。誰哭得最傷心的問題最能引發他們的好奇心。尤其四位「孝男」中的海瑞與海泉不是桂春夫人的親生子，他們是否會悲泣呢？親生子海文與海山必定悲痛莫名吧？他們瞠目以視。再則，最能了解「孝男」悲痛之情的，就是「耙砂」中思及母親養育之恩時，因此他們邊哭邊小心翼翼地凝視著。可是，他們所看到的，竟然是搬到鄉下過著純樸生活的繼子海瑞與海泉最爲悲痛。而親生子海山在喪服下穿著西裝、皮鞋；海文不僅沒穿喪服，法事時也沒加入遺族們的行列，一個勁兒地在家中忙著來回踱步。看熱鬧的人頗感意外，不久後有人忍不住發言。

「海文是主持法事的人，要負責一切的調度，沒有時間待在同一個地方。」

大家這才豁然開朗。

「由長孫子豈來代替父親啊。」

經他這麼一說，大家的目光一齊投向遺族們，想搜尋子豈的身影。女人們頻頻注視女眷們哭泣的情景，由於沒有看到玉梅的身影，就拉拉旁邊人的衣襬。

「沒有看到長媳哦——」

「生小孩啊。」有人沒好氣地回答。

「耙砂」逐漸接近尾聲，看熱鬧的人似乎也從莫名的感動中甦醒，嘆息聲此起彼落。這時冷風吹起。

突然間，頭髮散亂的玉梅從家裡跑出來出現在眾人的眼前，以嘶啞的聲音對著夜空大叫，然後高舉雙手，衝向遺族們所坐的稻草邊。由於事出突然，吃驚之餘，大家紛紛躲開。玉梅於是站了起來，一一扯下女人們所披掛著的麻頭巾，然後發怒說：「愛哭鬼！愛哭鬼！」

隨後追趕出來的老母與哥哥終於追上她，然後抓住她的雙手。

「玉梅！進入房間休息！」老母安撫她。

「你偷了豬肉吧？為什麼哭呢？」

玉梅大聲嚷著，儘管雙手被抓住，還是拚命扭動身體想脫逃。老母垂淚不已，哥哥左右為難，絞盡腦汁想帶她進屋裡。玉梅益發反抗。燈光下，三人糾纏的影子宛如小孩在吵架。道士與樂隊目睹三人的情景，不禁露出輕蔑的笑容，不過還是繼續進行法事。海文從內庭跑出來，一站到玉梅的面前，就以可怕的眼光瞪著她。

「玉梅！進去裡面！」大聲斥責。

胡鬧的玉梅瞬間像挨罵的小狗，低下頭溫順地讓老母帶進屋裡。

「真是可憐啊。怎麼一回事呢？簡直就像個瘋子嘛。」

看熱鬧的一個人說。人們這才從知道眞相的人口中聽到玉梅發瘋的事，不禁目瞪口呆。

「一定是跟九舍娘死亡的時刻相沖了。因為產婦與亡者之間有許多忌諱。」

有人如此說明，大家才恍然大悟。抵觸到十二支竟然會有如此的結果嗎？越想越覺恐怖，慌忙盤算自己出生在哪一年。

「不對噢。」知道內情者說。

「那是因為坐月子期間調養不良的緣故。眞是可憐啊！她因為產褥熱又硬撐，一定吃了什麼不好的東西。」

咦——眾人眨眨眼。他們的臉上因「耙砂」油然而生的感動已消失了一半，覺得不可思議而皺起眉頭。有錢人海文的妻子坐月子應該不會調養不良，一定是雞酒食用過度。反之，要說羨慕的話，自己雖然貧窮，卻頗能心滿意足。

法事一進行到半夜，只剩下道士在念經。道士有氣無力的沙啞聲與木魚聲，響徹人聲寂靜的夜幕。親友們七橫八豎擠在一塊睡，鼾聲大起。只剩下子豈與海泉兩人在道士的後面頻頻點頭。雞鳴乍起。

拂曉時分玉梅才稍微睡著。迄今一直守在身旁的老母，開始嘆息，頻頻注視女兒的臉龐，忍不住悲從中來。正欣喜她能嫁作富豪妻，誰知沒有多久，竟然變成可怕的瘋子。思及女兒的命運，不禁埋怨，到底是何因果，連神明也拋棄了這麼貞淑的玉梅。不要說自己比以往更加對得起良心，就是玉梅的父親也沒有起惡心害過別人。前思後想，淚流不止，總之是海文不好，於是油然而生憎惡他的心情。簡言之，除了解釋是因爲坐月子期間食物與靜養都很差外，再也找不出其他原因。不禁埋怨海文這個男人爲何如此吝嗇。不過，這只是唯一的反抗方式，此外別無他法。面對自己的無能爲力，想到自己因貧窮的悲慘，又開始哭了起來。玉梅似乎假寐了一會兒，忽然翻身睜開無神的眼睛，看了一下母親的臉，然後在自己的腋下尋找某樣東西。老母立刻察覺了，在覺得女兒很可憐之前，猜想她是否已恢復正常的淡淡喜悅湧上心頭，連忙在她的耳際呼喚「玉梅！玉梅！」。也不知道玉梅是否聽到了，一直凝視母親的臉，然後又闔上雙眼。剛出生不久的嬰兒，就在玉梅病發的同時，送到部落的奶媽家。

自從玉梅發病以來，老母未曾看到海文出現在她的房間，不禁抱怨他是個薄情郎。不過，在海文的眼中，並不是什麼大不了的事。受到母親死亡的刺激，海文似乎被喚醒了，發覺秋香來了以後自己的愚蠢，原本打算把八十圓當作餌來博取她的歡心，誰知竟然眼睜睜地看著錢被偷走，深感惋惜。不用支出現金的就另當別論，例如供應秋香三餐的飲食，像這種眼睛看不到的消費還可以忍受。不過，現金被偷走卻讓海文寢食難安。接踵而至的，因母親之死所花費的金錢與親友們的到來，使他無暇悲傷母親的死與關心妻子的病，整天忙著環視家中是否有什麼東西短失了。再則，母親葬禮的費用當然應該由兄弟五人負擔。不過由於事出突然，所以一切的支出由他先行墊付。光是記載支出的明細表就足以使海文徹夜難眠。

在母親三天的葬禮中，海文彷彿生了一場大病，很明顯地瘦了一圈。

等所有的葬禮結束、一切都收拾整齊後，海文把弟弟們與寡嫂召集到祭拜母親靈位的正廳。由於睡眠不足，大家都臉色蒼白，出現黑眼眶。一坐下來，睡意自然就湧上來，再加上母親靈位線香的味道與紅燈油漆的味道，混合著生麻喪服的味道等，強烈地沁鼻，不知不覺睡意襲來。不過，當海文提到要立刻分配葬儀費時，大家突然睜大眼睛，重新坐直。海文以傲慢的口吻說：

「葬禮已經結束了，不趕快還我錢的話，可就傷腦筋了。我所代墊的部分，照理說是要加上利息的。不過，我沒有把它計算在內。今天內一定要把錢還我。」

海文誇大動作地翻開紅皮舊式的出納簿，然後說出總額，把它們分成五等分。海文說這些話時，一副一文錢也逃不掉的認眞表情，眼神看起來也跟平常不同，嚴厲到自己所決定的事不容有誤。在他所列示的葬儀費中，有薪水、物品破損費，例如打破茶杯的賠償費等。弟弟們這才知道他連自己的東西也詳細地計算在內。不過，一面對海文的態度，只好默不吭聲地支付。無法支付的只有他的親弟弟海山。憑藉著原本爲了興趣而熟背中藥的處方，或當密醫或爲人卜卦，好不容易才勉強可以維持生計的海山，實在湊不出錢來。因此，他要求延期支付。海文當然聽不進去。

似乎忘了是在母親的牌位前，兄弟兩人爲了錢開始爭吵起來。海文如此說。

「不行！不行！我已經吃過你的虧了。雖說是弟弟，你是比弟弟更壞的惡棍。縱使是一文錢，只要對你有利，也要攢下來嗎？把分得的財產都蕩盡了，眞不知道你還會做出什麼事來。」

他們兄弟間還有一塊二甲左右作爲祭祀用的公田。因此，海文說是要從裡面沒收海山收穫的部分。聽到這句話，海山重新注視著哥哥的臉，想讀出骨肉之情。不由得嘆了一口氣，內心激動地咒罵空有「骨肉」之美名。他想再也不踏進這個家門半步。想到這裡，心有不甘，覺得不可以就這樣離開，一定要讓他難堪一番。

「光是負擔母親的醫藥費，我這個做哥哥的對你可說是仁至義盡了。」

海文繼續說。

「囉嗦！」

海山突然火冒三丈。

「隨你高興了。大家都會付的。反正你是個不擇手段的傢伙。不管我多窮，都會付得一清二楚的。做骯髒事卻想變得有錢。哼——如果以為這個世界也是這樣，那可說是認識不清了。嫂嫂為什麼會發瘋？錢是大家都會支付的，多少做一些有益於國家社會的事吧。如果認為利己主義很好，那就大錯特錯了。」

說完話後，海山走出房間。等他發覺時，弟弟們不知何時已全部不在房間了，海文依然平心靜氣地走向庭院，環視房子。終於把這件擾人的事解決了，心情頓覺輕鬆愉快。喃喃自語著，雙手伸向天空，打了一下呵欠。數日來一直在內庭的狗，現在又綁回門樓。在陽光下，狗把頭趴在地上，閉起眼睛，過了一會兒，微微張開眼睛，一認出主人的身影，撒嬌似地搖搖尾巴，嗚嗚叫，然後又閉上眼睛。

某個早晨。俯臥著的狗突然爬起來，豎起耳朵，看起來好像沒有要吠叫的意思。不過，突然間垂下耳朵，尾巴開始激烈地搖擺。從內庭裡，拿著行李箱的溪河走在前頭，玉梅由哥哥牽著手走出來。今天她難得把頭髮梳得整齊，也擦了一點粉，似乎爲了欣喜能外出而咧嘴笑個不停。老母跟隨在後面，目眶盈淚。

「那麼，我們走了，請放心。」走出門樓時，哥哥向尾隨後面送客的海文行禮。海文佇立於門樓下，把雙手交叉胸前。

「溪河務必要儘快回來哦。」瞥也不瞥玉梅一眼地說。

溪河突然點點頭，然後挨近玉梅的身旁。

「玉梅！哇道很危險，你要小心哦。去醫院，你的病一定可以痊癒。」

農人在田裡施肥。看到他們一行人，不由得停下來眺望。

「要去哪裡啊？溪河伯！」

「入院啊。」彷彿是他的事，溪河很高興地回答。「聽說城北醫院是間偉大的醫院哦。」

「咦——」可以清楚地聽到農人的嘆息聲。

一聽到這裡，哥哥對於海文讓玉梅住進是州立精神病療養院的城北醫院之吝嗇，再度發起怒火，不過臉上沒有表現出來。老母已經掩聲哭泣，悲傷女兒如今離家是否能再度回來呢。

老鷹在竹藪的上空畫圈。玉梅孩子似地眺望。一被哥哥斥罵，立刻溫順地選擇田間的草，然後一步步踏著。因田裡的水溢出來，沾濕了鞋子。提著行李箱的溪河頻頻回頭探視。

海文目送把玉梅圍在中間的眾人消逝在竹蔭中，露出落寞的表情。

突然間，狗吠聲大起。仔細一看，有位老太婆從相反的方向走過來。

「怎麼了？海文舍。呆呆地站在這裡。」

原來是媒人文福嫂。猛然想起託她替素珠作媒的事，海文以威嚴的聲音說：「怎麼樣了？有眉目了嗎？」然後在前頭領她進門。

原載一九四二年四月《台灣文學》二卷二號

廟庭

返鄉的那晚，聽母親提起舅舅說是無論如何都要見我的事。依照母親的說明，約在我回來的一週前，舅舅每天差人來問我是否已回來，催促說只要我回來立刻到舅舅家。母親推測似乎有什麼要緊的事。話雖如此，找我應該不會有什麼要緊的事，所以儘管隔天早上母親催我立刻去他家，我還是不想動身。我很疲憊，而且去他家玩也不需這麼急，所以我反對。最後，依人情義理，我還是決定早一點去舅舅家拜訪。

從皮箱取出新的西服，我邊換穿邊問，母親說明了舅舅家的近況。首先是舅舅家依然毗連關帝廟，這點使我相當滿足。因為那座關帝廟有我許多少年的回憶。雖然已經是十多年前的往事，現在去拜訪而回想起昔日也不錯。尤其回憶中，每次隨母親回故鄉，都和舅舅唯一的女兒翠竹快樂地玩耍，所以我的心格外興奮。實際上，與翠竹之間類似初戀的種種回憶，想起來就覺得很溫馨。翠竹比我小三歲，所以今年應該是二十五歲。二十歲的春天與丈夫死別，如今又再婚。與前夫生有一女，在再婚前的四年間，被領回舅舅家，內心似乎相當難受。聽說去年秋天，經人說媒又再婚了。聽母親提起這件事時，我欣喜翠竹的幸福再度來臨。不過，與她最初結婚時的情形相同，一想到現在去關帝廟她也不在家，越發覺得寂寥。我不能再說些孩子話了，邊打領帶邊問母親翠竹的再婚是否圓滿。這麼一來，母親噤口沉默了一會兒。不久後，平靜地說最近好像不太好。

「哦——」我裝冷靜，誇張地說。母親若無其事地說：「聽說小姑很惡劣。不過，女人不管去哪裡，都得忍耐啊……」

突然又靠近我的耳畔小聲地說：

「我想舅舅是不是要和你商量那件事……」

「和我商量？」我笑了出來。

和我商量那件事到底會有什麼收穫呢？如果事實如此，畢竟我是幫不上忙的，去了也是無濟於事啊。我如此說。母親斥責我：

「並不是絕對如此。這只是我的猜想罷了。」

我跟鄰居借自行車出門。騎到田間小路，穿過相思樹林下，溫柔的微風掠過許久才又重新玩味的故鄉之青空，些微的汗臭味果然令人感到舒暢。映入眼簾的蒼鬱色彩，一會兒就喚醒我沉睡中的生命力，感覺到全身都在躍動的力量。我儘量避開那一片甘蔗園，沿著河流，或以山麓爲目標。走在石子路上，有時就下車用肩膀扛起自行車，有時就牽著走路。當感到被陽光曬得有點頭痛時，就走過通往舅舅家的橋。過橋後從竹叢向右轉，那裡就是引發我鄉愁的關帝廟與舅舅家的店。放眼一看，閃閃發亮的紅瓦屋頂恰似在跳舞。目睹此一情景，思念與感傷之餘，胸中翻騰不已。廟庭的石塊上，到處都有類似小孩擦屁股的糞跡，而雞群在其間走動。我把自行車牽到陰涼處，然後就走進舅舅的店頭。

坐在門口的舅媽一看到我，立刻站起來，微笑地迎接我。然後請我坐下，反身對著裡面呼喚舅舅。舅舅握著菸管立刻出來與我見面。然後凝視著我，毫不客氣地把香菸的臭煙一股腦兒地吐向我的臉，陸陸續續詢問我的近況。雖然我苦於菸味，也不得不回答。由於店頭被關帝廟遮住，所以有點暗，只有北側小窗流瀉的一條光線，使我們能清楚看到對方的臉。舅舅的額頭出現很深的皺紋，奇怪地垂下害怕、卑屈的眼光，好像要討我歡心似地說著。有時偶爾與我的視線交會，立刻膽怯地避開。一回想孩提時所記得舅舅精神奕奕的模樣，驚訝歲月使舅舅變得卑屈得不可思議，邊敘述自己在他鄉的生活。在談笑風生中，想試著觸及舅舅非見我不可的原因。不過，舅舅意識到，想逃避重點，所以我猜測一定是件很嚴重的事情，不禁油然而生悲壯的心情。舅媽默默地聽著。不久後就走進廚房。

「中餐沒有什麼菜。請忍耐將就一點吧。」舅媽站起來說。

「舅媽!謝謝!沒有關係的。」

我趁此機會站起來，環視舅舅的家中。舅舅也沒有制止我站起來，反而尾隨我的背後，說明會使我回想起孩提情景的各種道具與樹木。這段期間，我也試探似乎有心事的舅舅。舅舅是說好好玩一下。舅舅的這種態度令我心焦。最後，除了耐心等待外，別無他法。或許沒有什麼要緊事也說不定。我環視房間、庭院與屋頂，乍看之下，舅舅家沒有多大改變。我與翠竹相親相愛、經常並肩坐著的搗米場也原封不動。而且兩人扮夫婦經常躲著的柴房也依然殘留下來。唯一美中不足的，就是看不見翠竹的身影。不由得胸口覺得疼痛。不過，歲月的流逝把我從感傷中喚醒，使我冷靜地正視現實。翠竹已經再婚了，而我不也成爲人父嗎?只有自覺自己已經老了的現狀。

午飯後，舅舅依然天南地北亂聊來打發時間，當我想告辭時，他露出生氣的表情。

「今晚留下來。不是特地來的嗎?而且也有事要和你好好聊一聊……」

舅媽也拉住我的衣服不說話，「不好吧!可是……」還是無法告辭。我們再次坐在店頭。午後的燠暑，使房間裡好像蒸籠一般，而且沒有風，吸血蟲爬在腳上。在淡淡睡意的襲擊下，拍打著吸血蟲，眼睛朦朧地朝向廟庭。四、五個光著屁股的小孩追逐著蜻蜓。

覺得有趣，不由得摀住自己的嘴。是的。自己與翠竹在一起時，就是那個打扮到處玩耍。滿懷眷戀，我站了起來。

「睡個午覺吧。因爲很熱……」

舅舅與舅媽異口同聲地說。我留下充滿睡意的舅舅，走出外面。

「不可以回家噢。」舅舅在背後出聲。

「不是。只是去散步一下。」

走進關帝廟一看，廟庭堆滿甘蔗的枯葉，雜草叢生，道出無法舉辦個熱鬧的祭典之實情。連神廟內的祭壇也看不出有整修過的樣子。壁上的石灰剝落，燈籠已褪色而且破舊不堪，結滿蜘蛛絲。關帝爺神像鼻旁的塗料剝落，偃月刀與神旗等任其荒廢。曾經擺過數十頭牲禮的長桌，如今也變成長物，只有斑斑的雞糞，怎麼看也看不出關帝爺曾經顯靈的痕跡。隨著時代潮流的沖激，它已逐漸沒落，如今變成部落居民的倉庫。我在腦海裡描繪某個情景，呆立了一會兒。那是最初母親帶我來觀看關帝廟祭典時的事了：過於留意人來人往的我，在舅舅的店頭擺張椅子，然後站上去抓住母親的肩膀，眺望眼前的情景。翠竹出現在人潮中，過來拉我的手。她穿著紅衫桃色的布鞋。

「哥哥！走吧。很有趣噢。」

翠竹說。我越發覺得害怕，摟住母親不放手。

「很有趣的。非常……」翠竹笑了。

母親也從肩膀上把我的手拿下來。

「這樣不行的。你是男孩子。不要輸給翠竹啊。去吧。」

以一副要揮去麻煩的表情看著我的臉，然後拜託翠竹：「來拉著哥哥的手。」

「嗯。」翠竹點頭，然後來拉我的手。

「哥哥！快走吧。」

她走在前頭。沒有辦法之餘，我只好尾隨其後。我們鑽過人潮，來到祭壇的前面探出頭。面對這種異樣的情景，我似乎要暈了。翠竹指著站在祭壇前裸身的男人說：

「那個人就是乩童。現在要割頭了。非常有趣噢，哥哥。仔細看清楚。」

我屏息凝視。過了一會兒，裸身男人的手開始抖動。不久後，全身都在躍動。我緊握翠竹的手。翠竹也用力反握我的手。看著看著，刷一聲，男人拔起劍，開始砍自己的背部。我非常害怕，放聲哭出來。於是，翠竹拉著我的手，帶我到廟庭一隅的金亭，安慰我說：

「那不是在殺人啊。不會很可怕的。」

由於從金亭吹出金紙的熱煙，使我流出更多的淚水。一哭就一發不可收拾是我孩提時的習性。因此，翠竹相當困擾，想盡各種方法安慰我。翠竹用紅衫幫我拭淚的情景，從此我永遠無法忘懷。現在我就是想起那一幕。走近金亭瞧一瞧，只留下黑黑一團金紙的煙跡。煉瓦的裂縫處有麻雀做巢。我試著以讓翠竹拭淚時的姿勢站在金亭旁。懷念充塞心胸，卻無計可施。

眺望廟內，一幕一幕所回想的，只是翠竹的事。我屈指一算，自從彼此過著婚姻生活，已經過了七個年頭。在那段期間，我只見過翠竹一次。就在她與前夫死別、回到娘家的時候，而那時辭掉某個工作的我正好去拜訪舅舅。迄今我依然記得很清楚，正是夏日時分。翠竹一看到我，突然不好意思似地躲起來，然後就沒有再露面。我有點愕然。不過，一想到翠竹與丈夫死別的立場，不由得心痛。因此，這次的訪問使我鬱鬱寡歡。

紙短情長。一提起舅舅家，腦海裡立刻浮現翠竹的身影。對少年時的我來說，舅舅的家就是指翠竹在時的舅舅家。不過，如今彼此都已長大成人，翠竹也再婚了，所以我能夠做到的，只有希望她能幸福。現在也悄悄地想起昔日的情景。想到她，不禁站在關帝爺的面前，祈求她能永遠幸福。尤其她曾經一次婚姻失敗。很幸運地能夠再婚，獲得新的幸福，比什麼都令我高興。聽說這次的先生是個稍微中年的紳士，有相當的地位。這樣很好。我沉浸於想歡呼大叫的滿足感中。抬頭一看，廟宇上方，初夏的蒼穹亮麗耀眼。

我想走出關帝廟在附近散步。首先，從廟後經過田圃，邁向村子的道路。這是條一半被小河淹沒的路，石塊很多，鞋子不時浸到水。從前曾幾次和翠竹走過這條路。我邊走邊跳過小石頭。對岸本來有茂盛的竹叢，現在已不復見，甘蔗取而代之。嘎——嘎——石頭間與岸邊有成群的鵝與鴨喧囂地優遊其間。

終於走過流水，來到甘蔗園，一個女人迎面而來。看到她的臉的瞬間，我驚愕地止步大叫。翠竹！是的！不就是翠竹嗎？

「翠竹。」忘我地呼喚她的名字。

翠竹也驚愕地抬起頭，像塊石頭似地凝視著我。然後激動地停止步伐。

「翠竹！你回來了嗎？」

我笑著跑過去。可是，翠竹的眼角只稍微掠過一絲笑意，立刻移開視線低下頭來，痛苦似地嘆息，想要逃避我。就在我呆立時，翠竹稍微欠身經過我的面前，以非常沒有精神、彷彿生病的步伐，頭也不回地向前走。我深感意外，不知如何解釋，尾隨她的背後折回原路。原本是那麼相親相愛的兩個人，到底發生了什麼事？不由得悲從中來。等情緒漸漸穩定下來，我才恍然夢醒。從背後所看到的翠竹，右手拿著一把褪色的洋傘，穿著好像是從前訂做寬大的洋裝，走路的神態宛如病重的病人。也不知道曉不曉得我跟在背後，不曾回過頭來看一下，自始至終只是看著自己的腳尖走路。這是多麼奇怪的姿勢啊。我再度屈指一算，腦海裡頻頻描繪二十五歲的翠竹之模樣。等重新看她一眼，眼前的翠竹怎麼看都像是超過三十歲的女人。翠竹與前夫死別時，當然透露出陰鬱的表情，不過，仍讓人感覺到洋溢著潑辣的年輕，如今卻找不到任何痕跡。似乎婚姻不是造成不幸的原因，而是某種疾病的緣故。心裡念念不忘，依然覺得心痛無比。儘管剛才翠竹沒有明顯地與我相認，從她一言不發逃跑似地走過之情形看來，是不想讓我一眼看穿。直到翠竹的身影消失在舅舅家之前，我始終無法出聲呼喚。

我慢了一會兒進入，發現舅媽的眼裡盈滿淚水，正要與女兒一起走進臥房。而舅舅垂下似乎剛睡完午覺的惺忪雙眼，不高興地吸著菸管。不安越發襲上心頭，我靜靜地坐在店頭的椅子上。舅舅抬頭看了我一下，視線一交會，立刻從嘴裡取出菸管，一副有話要說的模樣。突然又把菸管放回嘴裡，很困難似地繼續吸著。我屏息等待。在默默不語中，這是個彼此都有所覺悟、心情沉重的瞬間。舅舅邊吸菸管，不時偷覷著我，又垂下視線若有所思，似乎考慮該從哪裡開始談起，以及從何處問起。在舅舅的視線避開時，我也一直凝視他的表情，試圖讀出他的心事。今天早上我來舅舅家時，他是一副沒有任何事的表情。現在卻截然不同。或許是由於我尾隨翠竹的後面進來，已經有所暗示。照這麼說來，我推測事情一定與翠竹有關。雖然舅舅有三個兒子，個個都是勞動能手，沒有受過教育。所以，一有事需要找人商量時，舅舅非常信賴我，總是找我過去商談，這點我是知道的。現在一定也是如此。如果是翠竹的事，我實在等得很心焦。我們沉默了一會兒。暑氣漸漸消去，周遭開始籠罩在夕陽的餘暉下。店頭的玻璃瓶在反射下閃閃發光，雞群跑到廟庭那堆甘蔗葉上。

我的推測沒錯。不久後，舅舅抖落菸管的火，然後放在肩膀上，看著我的臉，簡短地說：

「翠竹回來了。」

「是啊。剛才在路上遇到她。」我儘量笑臉回答。舅舅再度陷入沉思。

「事實上，翠竹讓我很傷腦筋。」過了一會兒舅舅說。「她本人說想離婚。」

「哦——」我著實吃驚。

「不過，這是第二次結婚，我正因她能再婚而覺得安心。離婚未必就是幸福，所以想聽聽你的意見。」

「到底是因爲什麼原因啊？」我挺出身子。舅舅嘆了氣。

「是女人說的話，也不知道可靠不可靠。據說婆婆是個非常可怕的人，小姑也是如此。即使挨餓也不給飯吃，還會打她，簡直很殘酷。你看！翠竹果然也是很憔悴。」

「不過，聽說她先生是個相當有地位的人。實在令人有點不敢相信他能若無其事做出這種事。」

「我完全看錯她先生了。」

舅媽表情暗澹地出現。一聽到我們說的話，立刻怒氣沖沖插嘴說。

「哼！算是什麼男人。老婆被母親與妹妹虐待，還能若無其事啊。他反而高興呢。因爲反正還可以再娶一個新老婆。」

我連忙追問舅媽最後一句話的含意。

「娶新的老婆？」

「不是嗎？到目前爲止，已經與七個女人離過婚。翠竹是第八個。眞的是運氣太差了。」

「什麼？」我聽傻了。「怎麼還讓她和那種男人結婚呢？」

「怎麼曉得會有這種事。」舅媽悲傷地說。舅舅好像覺得很沒體面似地垂下雙眼。「起初是聽說與前妻死別，後來才知道他與七個女人離婚。簡直就是以換老婆爲樂嘛。」

「他的母親與妹妹好像也明白這點，所以才敢虐待她。」舅舅搭訕說。

「他們一家人都是像鬼一樣殘酷的女人。」舅媽恨恨地答腔。「昨晚也被她們虐待了。翠竹從昨晚起就粒米未進，眞的很可憐啊。翠竹……」

看見舅媽的眼裡噙著淚水，我的眼頭也熱了起來。

「那麼，不可以置之不理啊。舅舅。」

舅舅的眼睛閃著光芒。「我也是這麼想。不過，她已經是第二次結婚，而且離婚未必就能幸福，多少忍耐一下是不是比較好呢？你認爲怎麼樣？」直盯著我的臉。

「是啊。離婚是最後的手段，之前先找出圓滿解決的辦法，您覺得如何？」

「嗯。對啊。我也是這麼想。那麼，想把這個任務委託給你。因爲你也知道新發生的事……」

糟了！我心裡想著。我不擅長負責這種任務。不過，看到舅舅困擾的模樣與拜託我的心情，再加上我對他的愛，於是悄然下了決心要試著接下這個重擔。

「那麼，要不要和對方見個面談談啊？」

「這樣很好！這樣很好！因爲如果不是像你這樣能言善道的人是無法擔任此任務的。」

舅舅說完後，命令舅媽去叫翠竹出來。沉默的舅媽開始猛然抨擊舅舅妥協的態度。聽舅媽說，翠竹這樣子回家不是一次或兩次，已經十幾次了。現在我方又低頭，反而會被對方看成傻瓜。已經厭倦再把翠竹送回去，她含淚說。舅舅默默聽著。等舅媽一說完，也不答腔，就自己站起來去叫翠竹。舅舅似乎生氣了，周遭開始瀰漫不愉快的氣氛。舅媽畢竟是舅媽，愁容滿面杵在原地。我深知舅舅一生氣就不許他人插嘴的耿直個性，所以悄悄拉了一下舅媽的衣服。可是，舅媽不甘示弱，抽著鼻涕說：

「我無法眼看她被虐待至死。」

舅舅回來，看到這種情景，臉色沉了下來。

「傻瓜！你到底要女兒嫁幾次啊？考慮一下名譽吧。女兒是只要能把她嫁出去一次，就算是已盡了雙親的義務。」

「你是說女兒被虐待是件很名譽的事囉。」舅媽也不甘示弱。

「囉嗦！」

舅舅大聲吆喝。露骨地表現出不理睬對方的表情，然後坐在我的旁邊。翠竹覺得很丟臉似地低著頭出現。一聽到舅舅大聲的斥責聲，驚嚇得佇立在房間的一隅。我冷靜地以自然的表情凝視著她。翠竹對於暴露出自己悲慘的模樣，似乎覺得非常痛苦，不由得露出悲傷的表情。我對於曾經是青梅竹馬的翠竹，如今把自己視同外人的態度甚感不滿。好！如果是這樣的話，更加強我竭盡所能去幫助她、讓她知道我的眞心之決心。

「翠竹！到這邊來！」

舅舅叫她。翠竹這才開始磨磨蹭蹭地走到堆放鹹菜桶的店頭之一側。舅舅以生氣的口吻讓我和翠竹照個面。

「叫一下今天特意來的這個哥哥，把事情的來龍去脈一五一十地告訴他。或許他會有什麼好的方法。」

翠竹背靠著桶子，默默出神地凝視窗外。好像沒有聽見舅舅說的話，整個人陷入恍惚的狀態。我覺得自己有義務該說些什麼話，於是靦腆地垂下視線。

「我聽舅舅詳細說過了。」我說。「能不能說看看那一家人虐待你的根據？」

翠竹立刻滿臉通紅，緊抿著嘴，哀求似地凝視著我。然後微微嘆氣，垂下雙眼。我猜想她是在彙整自己的思路。房裡沉默了一會兒，在裡面聽到鍋底喀哧喀哧響的聲音。幾個從山中歸來的農夫通過店頭。看著越來越暗的外頭，已覺悟到今天無法回家了。

「爲什麼不說話呢？」按捺不住的舅舅沉默一會兒後插嘴說。

「是啊!」我也插嘴。「不要顧慮，儘量地說出來。否則，無法順利解決噢。」

可是，翠竹一副痛苦的表情，動也不動。舅舅發怒，再度逼問時，她突然激動地用雙手扶著臉，放聲哭泣。我吃驚地跳了起來，說不出一句話。就在我想要說什麼話時，翠竹掩臉奔回臥室。舅舅變了臉色，而舅媽滿臉都是不平之色。

「你想殺了翠竹嗎?」向舅舅展開攻擊。「這不是再清楚不過的事嗎?要她再度想起往事，太過分了。」

舅舅也生氣了。

「不要說蠢話了。要解決問題就必須這樣吧。」

「你說要解決什麼問題?是想再把她趕回去被虐待吧。」

聽到這句話，我因羞愧與過意不去而抬不起頭來。因爲作這個提議的就是自己，所以在道義上應抑止舅父母的爭吵。可是，我羞愧得提不起勇氣，只能默默不語。

「妖婆!你要女兒嫁幾次才甘心。混帳。」舅舅提高聲音。

「這是沒有辦法的事吧?」

「不可以，這次說什麼也不行。我已經用盡方法才使翠竹再婚。對方拿了我三百圓的陪嫁金與日用家具。絕對沒有白白捨棄的道理。」

「你愛錢勝過愛翠竹的命嗎?」

「我是愛錢。而且離婚看看，你認爲那麼輕易就能再婚嗎？如果不行，後果又會如何？」

「這是沒有辦法的事。都是翠竹的命運。」

「哼！還不是因爲祖先的牌位不祭拜姑婆（女性的直系長輩）。」

舅媽終於哭了起來，然後走進臥室。目送她的背影，正苦於不知該怎麼辦時，舅媽再度慌慌張張走出來，說是沒有看到翠竹。瞬間有種不祥的預感，翠竹應該不會回去婆家，所以躲在某個地方吧。舅舅也大驚失色而目瞪口呆。等恢復冷靜後，才又開口。

「找看看，或許是去廁所。」

我們邊呼叫翠竹的名字邊在房裡到處尋找。可是，由於舅舅家的房間沒有幾間，不需要花多少時間就可找完，到我們判斷翠竹是外出時並沒有經過多久。舅媽像狗似地在有蚊子嘈雜聲的房裡踱步，嘴裡頻頻嘆息翠竹的不幸，指桑罵槐，把一切都歸咎是舅舅的錯。舅舅挺能沉住氣，以十六燭光的電燈來照射，垂下眼睛吸著菸管。正巧舅舅的媳婦們工作完畢歸來，可是大家都說途中沒有看到她。

終於我決意外出尋找。告訴舅舅後，走到淡淡月光籠罩下的道路。戶外吹著濕氣很重的熱風，竹叢裡不時響起沙沙聲。關帝廟的庭院有蟋蟀在鳴叫。我極力壓抑胸中的不安，思索著翠竹悲慘的命運。想到不管女人在少女時代多美或多聰明、活潑，一結婚就輕易地把前者推翻的情景，不由得悲從中來，同時充滿著忿怒與同情。確實看到翠竹，無法忍受女人如此被虐待，不禁想吶喊女人爲何如此柔弱？利用竹叢裡流瀉過來的月光，邊走邊尋找午後與翠竹相遇的那條浸著小河流水的小路之石塊的白色影子。

水流像蛙鳴般的吵雜，作弄小小月亮的圓光。可是，到處都找不到翠竹的影子。她眞的回去了嗎？不由得心痛。

站在小石塊上一會兒，我回到來時的路，然後走進關帝廟內。廟庭內，蟋蟀的鳴聲不歇，只有屋頂沐浴著月光，廟內造成一片陰影，什麼都看不到。突然驚覺有個憑倚金亭的奇怪人影。立刻直覺那是翠竹。走近一看，果然是她。

「翠竹！」

沒有回答。翠竹像座雕像，動也不動。靜到連她的呼吸聲都聽不到。不禁覺得眼頭發熱。

「回家吧。舅舅他們很擔心。」

翠竹默默出神地凝視廟的屋頂。我害怕地窺視她的臉。隱藏在雲間的月光灑下來，我發現停留在她眼瞼中的大顆淚水冷冷地反光。心裡一陣劇痛。清清楚楚地感覺到從自己的眼中溢出淚水。不過，我並不想擦掉。我的右手撐住金亭，儘量稍微離翠竹一段距離站著。覺得已經度過很長的一段時間。一闔上眼，就想起翠竹少女時代的臉與嬌俏的喊叫聲。等一張開眼，昔日與她兩人同樣是站在此金亭令人懷念的情景又浮上心頭。那天她安慰被乩童嚇哭的我，如今卻變成我必須在此地安慰她，命運多麼作弄人啊。歲月的流逝使我們的位置互換，我想畢竟都是因爲翠竹是女人的緣故。有沒有什麼可以救翠竹的方法？如果人世仍然是人世……喚起我甜美、感傷的心。在金亭築巢的麻雀，在我的頭頂上，似乎受到驚嚇地拍翅。

「或許她去尋死了。都是因爲你的關係。被丈夫拋棄，被婆婆虐待，回家又被父親責罵，翠竹去尋死也是理所當然的。」

從店頭傳來舅媽的哭泣聲。

我想催促翠竹走出廟庭。這時，目睹月光下翠竹眼裡的淚珠閃閃發光，一滴、兩滴……靜靜落下的情景，我挺起的身子再度倚靠著金亭，始終不敢動一下。

原載一九四二年八月《台灣時報》

鄰居

我所租屋的附近，雖說是市郊，卻是龍蛇雜居之處。大部分的居民不外乎是人力車伕、飲食店的商人、粗製的點心鋪、工人、農夫等。隔著十五米寬的街道，面對的是二、三層樓房，井然有序的繁華街。只有這附近一帶，乍看之下很破舊，矮簷、泛黑、光線很差的房子櫛比鱗次，屋頂覆蓋破板、鍍鋅鐵板或竹屏等。經過屋旁小徑，要彎彎曲曲才能鑽過。來到那條小巷時，地面上鵝糞與雞糞斑斑。路的兩側，紫黑淤泥色的水面上，經常漂浮著各種垃圾，沼氣閃閃發光，惡臭撲鼻。紅銅色之乳房下垂的太太們粗魯的叫喚聲，流著鼻涕的孩子們之喧鬧聲，自行車經過的聲音，賣東西的叫賣聲，所有的喧嘩聲烘托出工商業居住地歡騰的氣氛。門口擺著「對我生財」的桌子、較富裕的人家，一個門口掛著五、六個名牌，顯然有五、六戶雜居的人家，只有「××宗布教所」的招牌氣派非凡、而裡面擺了古舊佛像與木魚的微暗之家，舉凡人相、手相、批八字一律包辦的算命師之家，只擺了十多個裝著粗製糕餅瓶子的人家等，各式各樣雜沓的人家構成了一個鎮。

我所租的這棟建築物，是附近一帶唯一的兩層樓房，正好位於東側，壓倒這一帶，給人宛如聳立的殿堂之感覺，似乎是人們因洞悉市區膨脹的情形而建造的。樓下是商店街，樓上是蓋來出租的，當鬧住宅荒時，樓上立刻客滿。樓下都是些保險代理店、豆腐店、糕餅店，或洋裁店等，不是什麼大不了的商店街。因爲是這樣一個地方，所以以每天要掙錢的街民爲對象，也沒有什麼大不了的生意。樓下門口的玻璃門全部塗上淡藍色，給人一種奇特的感覺。通往樓上的梯子就在樓下玻璃門一隅一扇門的入口處，與樓下沒有往來。屋頂鋪上紅色的台灣瓦，在綠色的田地與灰色的木板屋之間，綻放出鮮明的色彩，從喧囂都市的雜音中解放出來，顯得異常寧靜。不過，另一方面，背面田裡堆肥的味道、垃圾腐壞泛出的惡臭、木板屋街道某處迎面撲來的霉味、令人作嘔的廁所臭氣、污穢的衣服、汗、垢、家禽的糞便等，整個街上籠罩在這些臭氣中。

我在這裡租屋完全是基於職業上的理由。就在附近一帶的國民學校服務，除了在這棟新的建築物上找宿舍外，別無他法。像我這樣的單身漢，最怕住在過於井然有序的宿舍，能住在如此不需要整理的房子，反倒怡然自得。那時，每天早晚從市中心騎自行車通勤，都會經過建築工地前面。心裡決定，等它完工，立刻搬到二樓的其中一間。當我住進來時，油漆的味道還很嗆鼻，鄰室與樓下空無一人。大約過了兩個星期，有個木匠搬進來樓下。不知道什麼原因，很長一段時間都沒有人來租鄰室。後來知道房東有意趕我搬家。因為毗鄰的二樓幾乎都是住著一家人，而我住的二樓僅租一間給我，大家都不喜歡同屋簷下有個鄰居，所以一直找不到房客。房東討厭我也不無道理，不過我不想輕舉妄動，一個人在寬闊的二樓生活。稍微描述一下二樓的情形。爬上一步一步都會發出嘎吱聲的樓梯後，旁邊有個很寬的走廊，左右並排兩間只以薄板隔間的房間。然後垂直的長廊連接背面的廚房。我租的是右手邊八個榻榻米大小的那間，一眼可以望到街道。左手邊只有六個榻榻米大小的兩間房間毗鄰。除了去廚房洗臉外，我幾乎沒有經過，而且窺視也看不到什麼。雖然不是很清楚，每到夜裡，可以聽到宛如老鼠的運動場之激烈聲音。我一個人就在這樣的二樓裡度過了兩個月。儘管有鼠輩的騷動，也不會比住人更讓人煩躁，很感謝能以舒暢的心情住下來。一從學校回來，踩著嘎吱嘎吱響的樓梯，進入房間，穿著文官服就躺到榻榻米上，凝視天花板新木板的接縫，這就是我每天的功課。只有在這時候，才能從自己置身於世界垃圾堆的附近之意識中解放出來。

不過，過了兩個月左右，我的功課完全被破壞了。有人搬進左手邊的房間。

剛好就在我出差視察學務回來的日子。天色已完全暗了下來，爬上樓梯，燈火通明，好像有人在家。正想著有人租屋了吧，一位穿著樸素、三十多歲的女人露出臉來。

「你是隔壁的老師嗎？」

盯著我的文官服詢問。是的。經我這麼回答，女人突然露出慇懃的笑臉走了出來。

「我是兩天前搬來的田中。請多多指教。」

慎重地行禮。聽她的語調及言行舉止不像是本島人，頗覺得意外。

「咦？田中？那不是內地人……」

「是的。請多多指教。」

女人幾乎想問怎麼一回事，看了我一眼，再度行禮，然後就退回房裡。大概是覺得聽到是內地人就呆若木雞的我很奇怪吧。等回過神來，不由得面紅耳赤。內地人也沒有什麼特別稀奇的地方，聽到內地人就大吃一驚的我實在很可笑。不過，仔細一想，聽到田中這個姓氏，我的吃驚只是對內地人住在這附近感到意外吧。提及住在這附近的內地人，只有派出所的警察與住在國民學校官舍裡的教員們而已，完全沒有預料到身旁會住個叫田中的內地人。而且非常意外他們會與本島人住在同一個屋簷下。所以，我的吃驚也不無道理。之所以如此神經質地考慮過度，或許是因為我是個從事教育者吧。總之，在是本島人貧民區的這附近，而且是本島人的房子，第一次有個內地人住進來，我以訝異的表情來看這一切，倒也是事實。

當天晚上，姓田中的男人出現在我的房裡。當然他是露臉來向鄰居打個招呼。四十歲左右、給人壯漢感覺的男人，理平頭，眼光銳利，刮鬍後留下青色的痕跡，體格魁梧。從袖口伸出兩隻濃毛的手腕，站在榻榻米上的模樣，看起來極獰猛，搞得體格羸弱的我驚慌失措，完全聽不清楚他說的話。例如下列的情形。

「我是田中。請多多指教。」

「嗨！」

「今後請多關照！」

「嗨！」

「我想很多地方會給你添麻煩，請多包涵……」

「嗨！」

「聽說老師是在這裡的國民學校服務。」

「嗨！」

總之，我恍如置身於夢中，避開他一連串迫近的話，只頻頻以「嗨」回答。然後田中氏講了一長串話後就回去了。他離去後也還平息不了我的心神動搖，怎麼也記不得他到底說了什麼話。很長一段時間，我凝視著電燈，充滿與可怕的人爲鄰之恐怖感。

就這樣在二樓開始與田中夫婦過著鄰居生活。因工作的關係，與田中氏沒有照面。不知怎地頗害怕那張可怕的臉。幸虧田中氏的工作好像是在夜間，早上我上班時他還在睡夢中，傍晚回來時他還沒有回家，大概是在我睡了之後才回來，所以幾乎沒有見面的機會。反倒是與田中夫人每天會見兩次面，這種情形又使我苦於不知如何應對。每天早晚兩次，在是他人妻子的意識下，我對夫人敬而遠之。遇見時，垂下視線，「早！」「晚安！」只作普通的招呼。田中夫人非常客氣，說是「老師還是單身」，親切地端茶給我，詢問有沒有需要清洗的衣物，我只是三緘其口。有時也想回應夫人的好意，不過田中氏那張可怕的臉總是適時浮現，於是我慌慌張張回到現實，冷淡地逃避夫人的親切。漸漸地，對田中氏不在家時與田中夫人在同一個屋簷下的情形，引以為苦。儘量夜深再回家的日子越來越多。因為我不斷被來自田中氏容貌的可怕幻影追趕。

然而，這一切只不過是我的杞人憂天。過了兩個月、三個月，終於能接納田中夫婦。因為知道儘管田中氏有張可怕的臉，卻是個心地極為善良的人。他在市內的松田商會分店工作，我以為是夜間的工作，事實上是老實的田中氏在店打烊後才回家。田中夫人的身體似乎不是很健康，常常臥病在床。不過，當田中氏回來時，必定起來迎接。夫婦間的鶼鰈情深無庸贅言，單身的我不需常常窺視，單憑想像即可知道真相吧。夫婦唯一的缺點就是沒有小孩。田中夫人常常怨嘆由於自己體弱所以不能生育，真是可憐。田中氏說她「傻瓜」而不予理會。有次，我踩著樓梯爬上去，他們夫婦又在談論這件事。田中氏好像要徵求我的同意似地，冷不防發聲說：

「對不對啊？陳老師！怎麼能知道到底是胤不好還是畑不好呢？（按：意近作物生長有賴種子或土地的爭議）是共同責任吧。對不對啊？」

「嗨！」

突然間我窘得面紅耳赤，不知道該如何回答。田中夫人似乎過意不去，「啊！你這個人！」責備丈夫。

由此可以得知，田中夫婦苦於沒有小孩。田中夫人的身體雖然羸弱，也不是什麼特別不好的體格，爲什麼不能生育呢？如前所述，田中氏是個身體強壯的人。對單身的我來說，這是個謎。隨著歲月的流逝，我胡亂猜測，原因是不是出在田中夫人男性般的體格上。儘管田中夫人性情溫和，身體的曲線卻是平板狀，皮膚像男人。三十多歲的女人，看起來比實際年齡老。不僅如此，看來夫人本身也已死心，幾乎不化妝，所以格外顯出老樣。偶爾才穿洋裝，平常都是穿和服，鬆垮地纏條葡萄茶色的細帶。不造作束起來的頭髮稍帶紅色。儘管如此，夫人給人的感覺卻是非常母性的，甚至有時讓我有種像是母親的錯覺。如前所述，田中氏非常愛妻子，他們夫婦可說是一對令人稱羨的鴛鴦。夫婦兩人在一起時給人的印象，是世上少有的愛之流露。我常常想像這對夫婦有小孩的情景，替他們深感遺憾。

經過了兩個月後。某個晚上，回到家時，聽到隔壁田中夫婦的房裡有小孩的哭聲。心想有客人來吧，默默不語。經過很長一段時間，完全沒有客人在場的動靜，只響起以小孩的哭聲爲中心、而夫婦頻頻哄騙的聲音。心裡頗覺納悶，假裝要上廁所，故意發出腳步聲，經過他們夫妻的房門前。不過，他們似乎沒有察覺我的腳步聲，依然一心一意哄著小孩，我終於忍不住出聲說：

「田中先生！有客人嗎？」

突然拉門打開，田中氏探出頭來。然後拭著汗說：

「不是。事實上是個小孩。」

「小孩？」

我往拉門內探視。田中夫人的膝蓋上抱著一位年約三歲的男孩，一接觸到我的視線，洋洋得意地露出笑臉。小孩哭鬧地咧嘴大哭。身上穿著吊帶褲，一看就知道是附近本島人的小孩。我用眼睛搜索像小孩父母的人。可是，榻榻米上除了田中夫婦外，別無他人。田中夫人好像立刻察覺我的想法。

「我的小孩。很可愛吧。」

摩擦小孩的臉頰說。

「田中先生的小孩？不過，田中先生……」

「是寄養到別人家啊！您不知道吧。」

「咦?好奇怪噢。」

應該不會這樣的，我的視線對著田中氏。田中氏那張可怕的臉皺成一團，笑著說：

「是啊!是我的小孩啊。」

「是嗎?好奇怪噢。」

我歪著頭。突然間，田中夫人極爲不悅。

「哎呀!討厭的老師。一直說什麼好奇怪啊……」

「不過，不是說田中夫人不能生育，而且，你看……」

我指著小孩的吊帶褲。「他不是本島人的小孩嗎?」

田中氏張開大嘴，笑著說：「穿幫囉!穿幫囉!」田中夫人卻板起臉，苦苦辯解。

「這個?」用手指捏起小孩的圍兜褲。「因爲褓姆是本島人。嗯!阿民。」

目睹田中夫人摩擦小孩臉頰的愛撫動作，有種接觸到美麗東西的感激心，無法再言喻。當然，我無法相信他是田中夫婦的小孩，一定是去抱來別人家的小孩。好像是證實我的想法似的，隔夜起果然看不到小孩的身影。田中夫人說是又交給褓姆了。也不知道眞實度如何。之後，田中夫人常常突然匆忙出門，回來時一定大包小包買了一堆東西。後來才知道都是小孩用品。我只能以驚異的眼光來看女人母愛的強烈表現。

過了四、五天，那個小孩再度出現在田中夫婦的房裡，而且一整晚哭鬧個不停。隔天消失了。過了兩、三天，又出現在田中夫婦的房裡，也是一整晚哭鬧不休。就這樣反反覆覆了一個月。看起來小孩逐漸習慣了，連續一、兩天沒有回家，最後終於整天與田中夫婦一起生活。叫阿民的是個大眼睛、圓臉的可臉小孩，唯一的缺點就是頭上長膿瘡。白天似乎安靜地在玩具堆積如山的榻榻米上玩耍。等到我回來時，已經變成愛哭鬼，哭鬧不休，使田中夫人束手無策。田中夫人幾次在廚房與榻榻米之間來回奔跑。

「啊！好！好！眞聰明。阿民眞聰明，所以不能哭噢……」

反覆地說。

沒想到田中氏很早就回家。他似乎迫不及待想與小孩團聚，一回到家，立刻把禮物舉到眼睛的高度。

「你看！阿民！是禮物噢。喊阿爸！你看！爸！」

伸出舌頭，以刮過的雜亂鬍子摩擦阿民的臉頰。然後也沒有換衣服，就抱著阿民進入我的房間。

「跟陳老師說聲晚安。你看！晚安……」

阿民心不在焉，不管是田中氏的眼睛、嘴或鼻子，毫不在乎地用手指往內挖。田中氏似乎樂不可支，瞇著眼睛緊抱阿民，連在旁觀看的我也是心情非常愉快。也可以說完全歸功於阿民的出現，田中夫婦才能找到第二個春天。

不過，覺得困擾的就是我。尤其阿民半夜啼哭，一開始我就難以忍受。由於職業的關係，絕不允許我睡懶覺，即使少睡一小時也難以忍受，因爲站在講台上兩腳會發軟。早先原本能一覺安睡到天亮，現在每到三更半夜就被阿民的哭聲吵醒，再也無法成眠，不堪其擾之餘，氣得七竅生煙，不由得想大聲斥責。不過，阿民的哭聲中，不時夾雜著田中夫婦低聲安撫的喊喊喳喳聲。聽到這種聲音，不禁反省他們的愛之深，屢屢咬緊牙關。就在如此之夜的翌日早晨，出現黑眼眶，頭部陣陣劇痛。早晨在洗臉台碰面，儘管睡眠不足，田中夫人依然露出一張精神奕奕、愉快的臉。

「眞的很抱歉。妨礙了老師的睡眠……我想他很快就會習慣了。請原諒。」

田中氏不愧是田中氏。

「昨晚一樣鬧個通宵。一定覺得他哭得令人心煩吧。老師！眞的很對不起。請多多包涵……」

完全不介意睡眠不足等，他們夫婦一個勁兒疼愛阿民的堅忍耐性，令我羞愧萬分。老實說，連一開始就憎惡阿民的我，也逐漸覺得他越來越可愛。

儘管如此，我還是覺得田中夫婦未免過於好事。大體上說來，阿民是別人家的小孩，這是早已注定好的，田中夫婦卻百般疼愛扶養他，而且異常辛苦吧。雖說殷切盼望能有個孩子，卻要嚐盡艱辛，而且甘之如飴，田中夫婦可說是個異數。阿民的父母也不相上下。首先，阿民來到這裡已逾一個月，未曾出現像他父母的人。然後經過我的觀察，田中夫人主張阿民是自己的小孩，也沒有不自然的地方。不！連我都開始相信阿民是田中夫婦的親生兒子。

某個星期日的早上。阿民安靜下來不再哭鬧，正想好好大睡一覺而在床上打盹時，突然從田中夫婦的房裡傳來小孩的聲音。

「喂！健民！回家吧！」「阿民！我是哥哥啊！你不記得哥哥了嗎？」

聽到熟悉、夾雜不是很標準國語（按：指日語）的聲音，趕緊揉眼睛打開房門。

「老師！早安！」

突然間，精神奕奕且熟悉的聲音覆蓋在頭上。覺得奇怪，定眼一看，我所擔任班級的學生李健山姿勢正確地站著。瞬間，把剛才孩子們的話串聯起來，我想阿民一定是李健山的弟弟。

「這麼早啊。要不要進來老師的房裡？」

「好！」

我邀請李健山進房間。

「你來田中先生家玩嗎？」

「是的。老師！」

「啊！你是來看阿民的吧。阿民是你的什麼人？」

「是弟弟。老師！」

果然如此。不禁想起，曾去李健山家做家庭訪問，得知他家是住在最邊間樓下的保險代理店。照這麼看來，田中夫人在某個機緣下與阿民的母親認識，跟她要來阿民吧。我捉住李健山盤問的結果，並沒有把阿民送給田中夫婦，而是田中夫人說是想要，硬把他帶回家。到現在經過一個多月，母親與健山等人之所以沒有露面，是因爲田中夫人在阿民住習慣以前制止他們見面。現在阿民已經變成是田中夫婦的小孩，因此健山等人才開始來遊玩吧。由於阿民是五男，田中夫人基於此理由，打算把他要過來，阿民的母親李夫人也因有此打算而促成。

當天早上，田中夫婦終於認輸，說出眞話。

「不過，他要當我家的小孩噢。對不對啊！阿民！阿民是我家的小孩噢！」

田中夫人說著，把阿民緊摟在胸口。阿民天眞地笑著，用手指頭玩弄田中夫人的臉頰。

「媽媽！媽媽！」喊著。田中夫人百般憐惜地用臉頰摩擦阿民，臉上洋溢著幸福的光輝。

「你看！老師！」央求我同意似的，田中夫人笑嘻嘻。「我是媽媽噢！阿民除了媽媽外，已經不需要任何人了。李太太只是褓姆而已。」

那個只是褓姆的李夫人在當天午後出現。然後，好像嚐到甜頭似的，隔了兩天後再度上門。三十多歲的婦人，四角形的胖臉，一副健康的樣子。手上抱著一個剛滿一歲的嬰兒，來的時候，喀吱喀吱踩著樓梯爬上來。

「健民！健民！阿母來了噢！」

聲音先傳過來！突然間，田中夫人狼狽地抱起在那邊玩耍的阿民。

「討厭。他不是健民，他的名字叫民雄……對不對啊？阿民！」

不把阿民交給對方。阿民看到李夫人的臉龐，也沒有特別想親近，還是緊摟住田中夫人不放。突然間，李夫人似乎很落寞，千方百計想把阿民叫到身邊。之後，她每次必定帶來食物。

「你看！你看！健民！我是阿母噢。」

李夫人伸出兩手，阿民卻不看她一眼。田中夫人愉快似地發出勝利的歡呼。

「對不對啊！阿民！這個人不是阿母，是褓姆吧。」

「哎呀！我受不了太太你了。」

李夫人發出悲鳴，與田中夫人互相抱住肩膀。田中夫人呵呵大笑抱著阿民，逃避李夫人的追擊。

數度目擊此種情景。雖然也常看到兩個女人吵鬧的情景，但看到以一個小孩爲中心，散發出母愛溫暖的火花，我假裝沒有看到，內心卻暗自覺得舒暢。

某個夜裡，被阿民激烈的哭泣聲吵醒。好像被什麼東西刺到似地，發出著火般的哭聲。在這兩、三個月期間，一直沒有哭泣而溫順地睡覺，到底發生什麼事了？好一會兒工夫我無法成眠。阿民一直哭個不停。起來探視，田中夫婦的房裡燈火通明，門開著。

「發生什麼事了？太太！」

我出聲詢問。穿著睡衣的田中夫人散髮抱阿民坐著。沒有看到田中氏的身影。

「發燒了。好像胸部疼痛。從昨天就有點發燒……」

我用手摸阿民的額頭。很燙！

「這樣不行的。我想最好要看醫生……不過，三更半夜的。」

「不！已經去接醫生了。」

難怪沒有看到田中氏。我感動莫名，油然而生一股想爲田中夫婦奉獻的愛喝采的心情。

不久後，田中氏帶著醫生回來。檢查的結果，好像是丹毒。醫生打完針後就回去。田中夫婦坐著守護因疼痛而哭泣的阿民直到天亮。昏昏欲睡的我躺在墊被上，夢中不時聽到田中夫人說的話，「阿民，很痛嗎？」「眞可憐。要快點好噢。」隔天早上起床一看，夫婦兩人還是維持原狀。身體羸弱的田中夫人頰內明顯地凹陷，出現黑眼眶。不過依然精神奕奕。夫人在料理早上該做的事時，田中氏就坐在阿民的枕邊。

傍晚從學校回來時，李夫人來了，和田中夫人在交談，好像是有關阿民得病的事。因爲有所顧慮，我躡手躡腳進入自己的房間。夫人們低聲竊竊私語了一會兒。突然間，耳際傳來田中夫人帶著怒氣的高亢聲，使我大吃了一驚。

「你說的是什麼話？阿民是我的孩子。我會替他治病。現在絕不可能讓他回家。」

李夫人針對這句話作回答，由於聲音低沉，無法聽清楚她所說的話。田中夫人突然又以高亢的聲音說：

「不要！不要！我雖然不知道誰是開漳聖王，可是我討厭奇怪的藥草。阿民一定可以完全治癒的。」

於是我加以想像，李夫人一定是說要領回阿民治病吧。而且說要用向神明求來的藥草治療，所以田中夫人格外生氣。不久後李夫人就回去了。無意中窺視一下，田中夫人佇立門口，出神望著田地。她那孤寂的身影，讓我第三次感嘆女人的愛之濃郁。

阿民的病似乎不太樂觀，隔天早上就住院了。當然，田中夫人與田中氏都隨行。經過數個月，現在我再度能獨占寬闊的二樓。夜晚充分熟睡，原本穿著文官服躺著凝視天花板的功課，重複了短短的數日。我再度驚訝田中夫人渴望有個孩子的心情。未曾見過像田中夫人這樣的內地婦人，也沒有接觸過像田中氏這樣的內地人。最令我無法理解的，就是田中夫婦不討厭生活環境與風俗習慣完全不同的本島人生活，還與之為伍。大抵說來，一般人避之惟恐不及的東西，田中夫婦反而能付出愛心，不只是我個人驚訝，或許說全部的本島人都很驚訝較恰當。阿民的病情到底如何?完全杳無音訊。在學校裡偷偷詢問李健山，說是大概已好轉。田中夫婦這種超越熱心的愛之深，不禁使我鼻頭發熱。我詢問阿民是否已正式入籍成爲田中氏的小孩，答案卻不是。照這樣說來，結果田中夫婦爲別人的小孩把金錢付諸流水。不過，聽到阿民病情好轉的消息，我也能夠安心了。

第四天的晚上，田中氏一個人回來。一看到我，笑嘻嘻地說「越來越好了噢」，然後進入我的房間。

「那太好了。」我也喜形於色。「不過，多虧田中先生你們的照顧。既不是親生子，也不是養子，卻能如此疼愛他。老實說，我可嚇了一跳呢。」

「哪裡！哪裡！請不要這樣說。」田中氏板起臉搖手。「很慚愧。是因爲內人非常喜歡他。而他也眞的很可愛。」

搖著魁梧的身體、哈哈大笑的田中氏站在眼前，有種難以言喻的親近感。

「阿民是個好孩子。我也這麼認爲。早點把他收爲養子就好了……」

「嗯，是啊。內人說想早日讓他入籍。不過，不知道李先生是否願意割愛……」然後田中氏心血來潮接著說：「事實上，內人說要拜託陳老師看看。」

「我……」

瞬間，我決心爲田中夫婦奔走於李夫婦之間，略盡棉薄之力。當天晚上剛好是月夜，從窗口眺望被清楚描繪出的貧民窟之低矮屋頂，遠處市街電燈的反射使天空明亮。田中氏也與我一樣眺望此情景。冷不防視線相交，笑著說：「這附近雖然外觀不好，不過不可以小看它。大家都很純樸、有趣。」

我趁勢問他，幾乎沒有內地人住在這附近，爲何田中先生會想住下來呢？田中氏露出意想不到的臉色。

「你問爲什麼？也沒有其他什麼理由。有內地人不能住的地方嗎？硬要說個理由的話，就是找住處很難。」

「不過，大概很不自由吧？」

「什麼話。住慣的話就是好地方，不是嗎？」田中氏想起什麼事，於是說：「好像到了我該向這裡告辭的時候了。因爲我應該回到本店工作……」

「咦？」我大吃一驚，連忙反問。「本店在哪裡？」

「台北市。」

「啊，這樣我就安心了。」

「安心？」田中氏不解地望著我的臉。「爲什麼？」

「因爲我不能忍受像田中先生你這種人回到內地啊。如果是台北，同樣是在台灣，我可以忍受。」

不過，田中氏似乎不太了解我說的話，頻頻說明調動工作的事，甚至洩露想早點解決阿民入籍問題的意向。內心不禁爲田中氏要到別的地方工作而深感惋惜。

「回絕吧！」

我終於忍不住說。田中氏非常吃驚。

「回絕？您是指阿民？」

「不是，調動工作的事啊。」

「什麼?!」

兩人就地放聲大笑。夜更深了。

田中氏的調職出乎意料地早。阿民出院不到十天，爲了調職而必須遷居。由於時日不多，我答應和李夫婦交涉阿民的事，卻一無所獲。前幾天，聽田中夫人說要帶走阿民。那麼，我想田中夫人與李夫人之間一定達成某種共識，總算能放下一顆懸著的心。

出發當天的早上，我撥空到車站爲田中夫婦送行。阿民的父親李培元氏與李夫人、孩子們全家總動員，一起來車站送行。阿民盛裝讓田中夫人緊緊抱著。田中夫婦的表情非常愉快。頓時阿民變成最受歡迎的人。

「來！阿民。試著說再見！你看！再——見——」

田中夫人那張難得化妝、顯得年輕的臉因漾著笑意而擴散開來。阿民的雙手打開，不知什麼時候學會了……說聲「見」，大家噗哧笑了出來。

「眞聰明！眞聰明！」田中氏親吻阿民的手。阿民伸手吵著要田中氏抱他。李夫人立刻伸出手，阿民卻不看她，讓田中氏抱在腕中。李夫人的淚水盈眶。目睹此一情景，田中夫人也噙淚微笑。高興地邀請李健山等人今後可以到台北遊玩。

不久，火車靜靜地入站，等乘客上車後，一會兒就開動了。

「再見！」田中夫婦說。

「再見！」李健山等人宛若呼叫萬歲似地更大聲呼喊。

李夫人用手帕摀住鼻頭。從越駛越遠的火車窗口，田中夫人拉著阿民的手頻頻揮動白手帕。

「阿民已經正式送給田中先生了嗎？」

我問呆呆站著的李培元氏。李氏的視線沒有離開火車，回答說：「還沒有。」

放眼望去，火車消失在市街建築物的陰影裡。

原載一九四二年十月《台灣公論》

風水

周長乾老人連續三個晚上作同樣的夢。十五年前去世的父親出現在枕邊。說是自己被壓在現在已經頹圮的房屋底下，肩膀疼痛，趕快把屋頂扶起；腳被螞蟻咬，深感痛苦啦；一下雨就會浸水啦。諸如此類——每晚重複同樣的句子。像這樣的夢，幾年前也曾經夢過幾次，不過，不像現在一連三個晚上都夢到。正因爲如此，這次周長乾老人特別惦念，他說原因還是出在父親的墳墓。事到如今，越發確信自己的主張，早上起床給祖先的牌位上香時，不由得獨自垂淚不已。因爲父親已去世十五年了，至今尚未幫他洗骨，任憑墳墓荒廢，對自己的不孝引以爲恥。悲嘆之餘，老人日夜呻吟，一連數日三餐都無法下嚥。或許是因爲這樣的緣故，到了五十八歲的今天才開始發白的頭髮，一夜之間全變白了，臉上的皮膚也失去了光澤，面黃鬆垮。心中忐忑不安，最後自己沒有幫父親洗骨就這樣倒下去了嗎？他是死也不能瞑目的。有時，卻想某天到已成爲黃泉客的父親那裡向他道歉。兒子們都說是夢，試著打亂父親的心思。老人絲毫不肯讓步，等去看墓的人回來報告墓的後面開了一個洞的情形，他越發憔悴。兒子們主張是因爲今年夏天颱風雨多的緣故。如果是這樣的話，父親在十五年前被埋葬之後就任其荒蕪的墓中，一定非常痛苦。老人哭著越發深信不已。兒子們擔心老父的身體，害怕萬一出事，所以極力奔走於親戚間。結果還是跟以前一樣，無法排除障礙。叔叔周長坤依然一個勁兒搖頭，始終無法如願以償。也不知道是不是因爲知道到現在依然持續相同的結果，這次老父特別憂心如焚。以前已成定案的事，現在依然分毫不差，兒子們的滿腔怒火唯有朝向叔叔。既然這樣，他們三個兄弟暗自下了決定。五十六歲的老妻也擔心丈夫的身體，日夜費盡唇舌安慰他。

「又不是只有你一個人是兒子。而且，是長坤故意不讓我們洗骨的，你一個人沒有必要想不開啊。父親在那個世界也知道這種情形吧。」

周長乾老人一直沒有把弟弟的事當成是問題。自己是一家的家長，對於亡父出現在自己枕邊的事自責不已，只能悲嘆自己一點力也使不上。

「不過，不是你不做，是你想做，長坤也不讓你去做。不是嗎？就算要處罰，也該處罰長坤啊。」

老婆露骨地傾吐對周長呻的怒氣。不過，周長乾老人並沒有憎惡弟弟的心情。在父親死後十五年的漫長歲月，拒絕洗骨的人的確是他的親弟弟。他雖然也很生氣，另一方面卻覺得弟弟拒絕的理由也是實情。

周長坤是他唯一的親弟弟，五十四歲，如今依靠在海岸某鎮當醫生的長子過活。有別於周長乾老人，他的氣色不錯，皺紋很少，長臉，充滿油質，容光煥發。與周長乾老人一副溫厚、面露微笑的表情迥異，理平頭的黑髮，稍微並排延伸的眉毛下，射出兩道銳利的眼光，走路的動作也很敏捷，精神抖擻。他經常穿著一條黑色的台灣褲，前面好像拖著一個氣球似的，這樣的打扮看起來很醜。腰帶掛了一串舊式的鑰匙，叮叮噹噹作響。每個月一次從兒子的醫院回到舊家。在院子前面嬉戲的小孩們，一看到他的身影，說是可怕的人來了，一窩蜂地逃走。周長坤就是這樣絲毫不差地露出一副貪婪的面相。

雖然同是兄弟，卻有天壤之別。知道周長乾老人爲人很好的人，一聽到周長坤是他的弟弟，大都驚訝萬分。兄弟間個性的迥異，可以看出對兩人家庭生活的影響。周長乾老人不拘小節，凡事只要家人覺得好就好，三個兒子都任其自由發展，學校也是照兒子本人的希望任其選擇，所以迄今還要靠父母過活。弟弟周長坤就不同，所有的家事全由他一人作主，始終很謹慎地跨入社會，到處鑽營有沒有什麼好事，有先見之明，強迫兩個兒子進入醫學專門學校，所以現在才能這麼安閒隱居。或許是因爲這樣，如今周長乾老人家裡的經濟年年出現赤字，不斷變賣了祖傳的田地。反之，周長坤年年存錢買田地。以人望來說，周長乾老人遙遙領先，而周長坤贏得部落居民「乞食坤仔」的惡評。「乞食坤仔」是諷刺他有錢卻是個像乞食般貪婪的吝嗇鬼。對於周長乾老人年年貧窮，而周長坤卻越來越有錢的情形，部落居民頗覺訝異，憤慨老天不公平。當然，周長坤本人也知道自己所贏得的惡名，並沒有怎麼在意，冷淡地罵聲「混蛋」，只認爲他們很刻薄，內心卻暗自覺得是因爲自己兄長的緣故，懷恨想找機會打倒兄長。

不過，周長乾老人由衷地欣喜弟弟的榮達。因爲自己的沒落是命運所致，是莫可奈何的事。反之，至少只有弟弟也好，只要能年年有錢購買田地，就等於是補償了自己所失去的田地，他認爲這樣可以稍微對得起祖先。因此，周長乾老人對弟弟凡事都讓步，內心佩服弟弟很偉大，遑論憎惡之情了。在父親死後的翌年春天，當弟弟提議要分家時，儘管母親依然健在，他立即答應了。連弟弟堅持反對幫父親洗骨的事，若不是父親頻頻來入夢，或許他還相信弟弟的意見是對的。弟弟對部落居民的惡評時有耳聞，他不去思考自己爲什麼會受人憎惡，反而認爲是他們行爲魯莽。

周長乾老人只有一次阻止了弟弟的任性。那是在分家時發生的事。依照從前的慣例，分家時，只有祭祀祖先牌位的正廳通常是當作「公廳」，共有的東西一律原封不動放著。可是，分家時，周長坤卻說要立刻分配公廳裡的東西。就連好說話的周長乾老人也生氣了。因爲他感覺簡直是要分配祖先的牌位。不行！他搖頭。於是周長坤默默地後退，這次卻不事先打招呼，就去拿走正廳裡的一半東西。一對燭台就拿走一個，一組四張的椅子就取走兩張，對聯也撕下一半，公廳簡直不堪入目。周長乾老人氣得全身發抖，哭著擋在門口不讓他通過。

「幹什麼？我拿走我的份有什麼不對？」

周長坤以長眉毛下的白眼狠狠地瞪著哥哥。

「不行！不行！你要把祖先趕出這棟屋子嗎？」

死也不動的，周長乾老人以悲壯的心情張開雙手。

「囉嗦！滾開！這是我的東西。我沒有拿走你的份。」

「不行！不行！」

兄弟當場爭執了一會兒。等明白哥哥的決心時，屈居下風的周長坤把手上的圓椅瞄準哥哥丟過去。周長乾老人被打到膝蓋，跌坐在門口外，然後滾到院子。聽到聲音跑來的老母，當場說就此算了，周長坤當然堅持務必要拿走自己的東西。周長乾老人最後以六百圓買下弟弟的份作爲收場。老人後悔與弟弟吵架愧對祖先。被打到的膝蓋腫了起來，臥床一個星期。在這段期間，也忘記了疼痛，只管傷心自己兄弟兩人敗壞了良好的家風。等到能走路時，周長乾老人決定今後絕對不再重演與弟弟爭執的醜態。

可是周長坤這邊卻認爲爭吵已使哥哥向自己屈服，不再把哥哥放在眼裡。說起來，那次的爭執就變成兄弟的分歧點。經過了一年，周長坤違背分家當時的約定，提出要分配作爲老母扶養費的二甲步水田。一分家，老母就跟著周長乾老人過活，二甲步水田的收穫當然歸周長乾老人所有。周長坤說那是哥哥增加的收入。「如果是這樣的話，好吧！」老人爽快地作分配。老母哭著反對，大罵周長坤不孝。

周長坤雖然被罵，依然置之不理，把老母推給兄長，日夜祈望自己的財產增加。過了兩年，兄弟間漸漸出現了差距。那時，周長坤的長子當醫生歸來。三年後，次子也當醫生歸來。而周長乾老人的兒子，長子讀經濟科，次子法文科畢業，三子中途休學，三人現在只不過領了菲薄的日薪，收入遠不及醫生。周長坤的家每天都有龐大的收入，宛如春天來臨。而周長乾老人這邊卻恰似即將逝去的秋天。過了七年，大家謠傳兄弟間的貧富相差了數倍。

就在這時，父親去世已經過了九年，周長乾老人向弟弟開口要幫父親洗骨的事。周長坤也默許了。它是一種習慣，把埋葬了的遺體挖出來，把遺骨清洗乾淨，再改裝到金斗甌裡，這次就是永久埋葬了，否則遺骨會消失的。某日，兄弟兩人帶著地理師上山，物色新的墓地，順便靠近父親的風水（墓）。地理師蹲在風水前面，稍微移動了羅盤針。隔了一會兒站起來，眺望周圍的山巒，然後頗有含意似地看著周長坤的臉微笑。周長乾老人沒有發覺。狡猾的周長坤卻沒有錯過這一幕。

「怎麼樣啊。你父親的風水不對。對大房不好，卻能給予次房非常榮華富貴的陰德。把它挖起來的話，會影響到你。那又怎麼樣呢？如果你認為我是在騙你，那就挖看看嘛。」

當天晚上從私下把他邀到家裡的地理師口中聽到這番話，周長坤在內心不禁大叫「畜生」。他認為兄長企圖破壞自己的富貴。因此，他慌慌張張地揮手。

「夠了！夠了！」

「你看就知道了嘛。大房的子弟個個平凡，而你的子弟卻出人頭地。這不就是證據嗎？掌握住那塊風水，最後你就不會說討厭了。天機不可洩露啊。」

經他這麼一說，周長坤也回想起一些細節，當天就高唱反對洗骨。今日自己榮達的原因，就是父親墓地的緣故，無法忍受把它挖起來。

周長坤深信墓地的效用就是從這時候開始的。他叫來幾個地理師一一實地調查祖先的風水。眾人的決議，還是父親的風水對次房有利。這麼一來，周長坤拚命地維護父親的墓。一聽到洗骨的字眼，就像猴子露出白牙齒，一副要吃掉兄長的模樣，表現出拚命也要爭到底的態度。周長乾老人也著實束手無策。毅然決定要強行洗骨時，周長坤拿出蓆子與坐墊，說是要去父親的風水旁奮戰到底。一方面怕外人知道，另方面又有過爭執的經驗，不知道弟弟又要搞出什麼名堂，周長乾老人害怕會鬧出這樣的笑話，終於讓步死心了。不過，直到後來得知弟弟反對洗骨的理由，老人不禁錯愕了一會兒。當然，並不是老人不相信風水的利益，不過，僅止於世間一般的常識程度，不會如此相信它的效能。或許富貴眞的受到風水之相左右。反之，老人不相信有意識地決定能富貴的風水。第一，這是天機。所以，地理師無法讓自己本身變得富貴。否則，一發現富貴之相的地理，地理師沒有必要爲別人的祖先做風水，只要爲自己的祖先做風水就好了。實在沒有必要爲區區不到十圓的紅包奔走於山間。

「你想毀了我嗎？你是在妒忌我吧？那個墳墓對我有利，你故意要毀了它吧？壞心！壞心肝！」

聽到弟弟的話，周長乾老人茫然了一會兒。不是驚訝於弟弟的思想，而是驚訝於自己的思想。不知道弟弟如此深信，只是單純考慮要洗骨的自己，的確如弟弟所說的，是個壞蛋。仔細一想，如今弟弟如此榮達，弟弟所說的一定是眞實的，而自己無意中要破壞弟弟的榮達，實在可恥。周長乾老人雖然後來苦於父親的夢境，再也沒有一言半語向弟弟提起要洗骨的事，就是因爲這個緣故。歲月就這樣溜過。

周長坤對風水的信心不僅如此而已。距今五年前，當老母去世時，他很積極地尋找對自己有利的風水地。一聽到老母在兄長家發病，立刻從兒子的醫院飛奔回來，目睹疾病纏身的老母衰弱的情景，一確定醫生也束手無策時，立刻帶地理師上山找地，就是爲了尋找老母的墓地。在他的腦中，忙著尋找老母的墓地更勝於老母的病況。去老母的病床探望，前後也只有開始的第一次。醫藥費等當然由兄長張羅，宛如別人家的老太婆生病似的。三天後，就在與父親的墳墓有一谷之隔的南方墓地找到墳墓。正因爲地理師保證是對次房有利的風水，周長坤非常滿足，立刻找來風水師，開始畫起墓的輪廓。不過，那時老母尚未斷氣。周長乾老人對於弟弟的行爲只能暗自垂淚，嘴裡什麼話也沒有說。不是憎惡弟弟，只是感嘆人道衰微。周長坤到兄長家露臉，得知老母未死，說是先找好墓放著也好，列舉出找墓所花費的金錢。周長乾老人一副不聽的樣子走去院子，等一會兒弟弟回去後，在屋裡撒鹽和米。經過了一個月，老母終於死了。當然是葬在周長坤所物色的墓地。

老母去世時，周長乾老人對人生感到乏味。三個兒子各自長大成人，孫子也長大了，一家人熱鬧團聚，至少可以作爲老後的慰藉。不過，一想到過去自己不能對死去的雙親充分孝養，悔恨的淚水盈滿老眼。尤其是在夢到老父出現後，日夜惦念這件事。一想到由於沒有洗骨而父親正在受苦難時，老人半夜坐在床上，挽著雙臂。一次的夢就使得周長乾老人煩惱了一個星期，心情始終無法開朗。後來在兒子們的安慰下，總算恢復了普通、沒有生氣的生活。不過這次卻不同，三個晚上都作了相同的夢。既然三個晚上都夢到了，絕不能只當作是夢來處理。其中必有內情。當想到是父親在催促洗骨時，周長乾老人更加操心，日日越發憔悴。由於弟弟反對洗骨，恐怕終究無法實現心願，老人默默地承受著痛苦的煎熬。頂多把這種痛苦當作是處罰，作爲對父親的歉意，於是老人的心靈更加痛苦。

兒子們看不過去了。就在父親不曉得的情況下，三位兄弟決定了態度。某日，當周長乾老人在院子前面抱著孫子，精神恍惚時，從公司回來的長子笑著走進來，說是終於取得叔叔的諒解，決定幫祖父洗骨。

「父親！您應該高興了。就決定在下個月的二號。」

聽到這個消息，周長乾老人潸然淚下。與其說是高興，無寧是父親的事充塞整個心胸，眼眶不覺發熱起來。等心情平靜下來後，不能理解這麼頑固的弟弟怎麼會輕易就改變態度了呢？或許弟弟到了晚年心機一轉了。周長乾老人對弟弟感到前所未有的憐惜，無時無刻等待弟弟的來臨，因爲必須和他商量洗骨後的新風水問題。四、五天過去了，始終不見弟弟的蹤影。老人在吃晚飯時提出來這個問題。次子連忙說，因爲叔叔現在很忙，連當天都無法上山。老人總算鬆了一口氣。之後連續幾天，抱著孫子出現在部落的小賣店，就變成老人每天的工作。

當天從早上就開始陰天。天空清一色都是抹上灰色，挾著雨的風令人發冷。雞一鳴，周長乾老人就一馬當先起床。走進尙是昏暗的正廳，點上石油燈，重新檢查要裝父親骨頭的金斗甌。燒的技巧高明，胭脂色極爲美麗，用手去敲，發出金屬般的響聲。老人非常滿意。接著，檢查銀紙、線香、紙錢、蠟燭等必需品是否短缺。做完這些工作後，老人把兒子們叫起來。除了無法請假的三子外，一行人有長子、次子、三位魁梧的佃農與風水師。周長乾老人一吃完早飯就立刻更衣。不過，因爲會下雨，長子反對，家人也異口同聲挽留他，說是山路不適合老人。老人不得已只好放棄前往的念頭，要他們轉告父親，等拾金（洗骨）完畢後帶弟弟去探望，並送他們一行人到田圃。

雖然沒有下雨，露水還很重。一行人比預定的時間早點到達風水。依照地理師的指示，要在巳時（按：巳時，午前九點到十一點，與下一段「手錶的時針終於指向十一點」有所誤差。此處應爲「午時」之誤。）揮下第一鋤，在時間到了之前，他們環視了放置十五年之久的風水。那個風水已經不是普通的墓了。墓碑倒塌，雜草掩蓋住墓庭，土饅頭也變成是平坦的。一行人要從雜草中找出墓來，煞費苦心。等闢開雜草，扶起墓碑，終於看到「顯考純富周公之墓」的文字。佃農們七嘴八舌，現在掘開，是否還會有遺骨呢？恐怕已經變成泥土了吧。風水師說應該還會有一點點，只是不完整而已。聽到這段話的長子與次子，越發怨恨叔叔。說什麼富貴貧賤全由這個墓左右的蠢話，他們覺得叔叔迄今的態度自私到極點，實在無法忍受祖父的遺骨變成泥土。邊看著手錶邊擔心時刻的到來，挖祖父的墳令人有恐怖的感覺。如果祖父的遺骨化爲塵土，恐怕老父會越發悲傷。不過，兄弟兩人相信風水師所說的話，不完整也沒有關係。總之，很高興毅然決定要洗骨。如果要等到任性的叔叔妥協才能工作，恐怕祖父的遺骨早已變成泥土，滋養了隔壁的果樹了。冷風拂面，眺望著風水時，兄弟兩人非常後悔，爲什麼不更早點決定今天的工作呢？

當然，今天的洗骨是他們兄弟間自行決定的。因此，還不知道與叔叔間會惹出什麼問題來。追究起責任的話，他們已有所覺悟，只要能爲老父分勞就心滿意足了。手錶的時針終於指向十一點，現在進行最後的祭墓。這樣就可以萬事都解決了。想到事後知道眞相的叔叔如何發怒，只覺得滑稽而已。甚至認爲在叔叔不知道時進行洗骨的工作，多麼令人痛快啊。次子騙老父說叔叔當天直接去風水地，因爲是祕密，叔叔應該不會來。不知道是不是由於接近中午，微弱的陽光衝破烏雲，射出光芒。銀紙裊裊的煙，被風吹到山崗下。不久後，佃農們把唾液吐在手掌上，握緊鐵鋤的手柄。

也不知道周長坤打從哪裡知道今天的祕密，大概佃農中有他的間諜通知他的。就在大家圍著風水要揮下第一鋤時，山崗下傳來「哇——哇——」沒有意義的叫聲，有個人影往這邊衝過來。仔細一瞧，周長坤氣喘吁吁，長眉毛都是汗水，黏在額頭上，眼神彷彿瘋狗，射出狂暴的眼光，瞪著兩位侄子。大家呆立一會兒，覺得眾寡不敵。他如小貓般的敏捷，硬擠進他們當中，然後整個人趴在風水的土饅頭上。

「能挖的話，挖看看啊。殺了我挖看看啊。」

嘴角吐出白沫，大聲叫喚。「畜生！畜生！誰讓你們爲所欲爲的？別以爲我不知道。」兄弟兩人臉色蒼白了一會兒。等情緒逐漸平穩，覺得叔叔的模樣很可笑，忍不住想笑出來。事實上，也不能說是周長坤緊抓住土饅頭。他張開雙手，微微顫抖地用力緊抓住一把草根。在別人的眼中看來，他彷彿是被眾人撲倒在地而作掙扎。而且以像蛇那般固執的眼睛一瞪著眾人，嘴角流出來的泡沫黏滿臉頰，兩腳像枯樹般的躺下。等眼睛習慣這個動作後，竟然可憐到無法正視。急性子的次子想破口大罵與以暴力推開叔叔，長子連忙制止。一行人聚集在一起下山。那是叔叔的身影嗎？長子數次搖頭想揮落幻影。叔叔像青蛙的身影，輕易就從眼簾消失，切實感受到在他們是孩提時心中覺得叔叔很崇高的身影已經崩壞了。經過山澗爬到對面的斜坡途中，回頭一望，在點點白色的墓間，叔叔盤腿坐著，動也不動。

想當然耳，周長坤似乎到傍晚前都沒有離開父親的風水，直到夜深才在祖厝露面。周長乾老人尚未就寢，正當把兒子們叫來斥責一番時，由於小狗激烈的狂吠聲，三子離席想一探究竟。剎那間，響起小狗的悲鳴聲，似乎聽到逃走的腳步聲，小石塊與磚塊打破窗戶跳進來。小孩害怕地哭了出來，父子互相看著對方。次子與三子再也忍不住了，打開門走出去。一把臉伸出門外，次子突然大叫，摀住被毆打的臉。手拿鞭子的周長坤怒目走進來。勃然大怒的三子與叔叔扭在一起。

「幹、幹什麼！不孝子。」

周長乾老人大聲斥責三子。三子手一放下，周長坤立刻給他一鞭，然後逼近兄長。開始說些「殺了我吧」「小偷」之類令人刺耳的話。正因爲自己這邊理虧，周長乾老人默不吭聲。周長坤越發生氣大叫。

「別裝傻了。父子都是鬼畜生。竟敢做這種事，給我好好記住。」

兒子們慌慌張張想制止，周長坤揮開他們，鞭子朝向兄長的頭頂落下去。額頭吃了一鞭，老人坐不住仰倒向床上。三個兒子撲向叔叔，抓住他的手腳，把他推到客廳，然後從外面上鎖。一整個晚上，客廳裡，周長坤粗暴的叫喚聲及損毀東西的聲音，使家人們無法成眠。隔天早上，打開房門一看，客廳內的家具全被打得粉碎。

把這場騷動當作一個教訓，周長乾老人發誓以後絕對不再想起洗骨的事。台灣話有句話說「把心一橫」，老人就是把直放的心橫擺。不久後，謠傳周長坤買下父親風水附近的山地。因爲在周長坤的立場看來，有必要找個可靠的佃農，每天監視父親的風水。不過，周長乾老人已下定決心不再提及洗骨的事，不再與弟弟產生糾紛，所以聽到這個消息，心靈沒有動搖，反而欣喜，既然堅持不洗骨，這樣的安排頂不錯。老妻也安慰丈夫，亡父的墓就交給弟弟全權負責，總算對亡父盡了義務，應該可以放心了。一時間，兒子們對於父親再度被叔叔施暴的事非常忿怒，揚言要提出告訴。由於雙親的制止，依然採取與叔叔不相往來的態度。這件事之後，周長坤把一切的家財都移到兒子在沿海城鎮的醫院。祖厝所持分的部分，故意讓佃農居住，似乎打算藉此惹兄長不悅。那位佃農是受周長坤支配的男人，吝嗇到極點，經常與女人們發生糾紛。不過，由於周長坤不像以往每月回家一次，家人們不知有多高興。因爲周長坤可怕的眼神，使家人們難以應付。不管怎麼說，他畢竟是周長乾老人唯一的親弟弟，好久沒有見面，老人也會因擔心弟弟的事而夜裡無法成眠。這時，骨肉的寂寞之情，強烈地侵襲老人，不禁感嘆年老後與弟弟的交惡。

「眞是勞碌命的人啊！你看長坤！這麼殘忍地對待你，卻能無動於衷。你爲什麼這麼傻呢？還爲長坤的事擔心。」

「不管怎麼說，他都是我唯一的弟弟啊。」

「長坤可不認爲你是兄長呢。傻瓜！快點睡啊。」

深夜，老夫妻兩人竊竊私語，夜逐漸深沉。

周長坤的次子獲得醫學博士的學位，在市裡開了家醫院。同時，長孫通過醫學專門學校考試。周長坤一家的榮達，可說是在此時達到最巔峰。因爲，之後一場完全出乎意料的風暴襲擊這一家。首先，當夏天來臨時，醫學生的長孫在內地病倒了。是肋膜炎。爲了應付考試而過度用功與運動不足的緣故所致。隔一個月，次子的妻子博士夫人暴卒。根據博士丈夫的診斷，是死於心臟痲痺。街頭巷尾謠傳，夫人是因爲在城市裡的博士丈夫耽溺女色，一氣之下自殺的。

沒想到會損失兩名家人的周長坤，狼狽樣是無庸贅言的。再怎麼頑強的他也因此打擊而衰老，黑頭髮變白，臉上也失去了光彩。周長坤最初想到的，是因爲父親的墓經過侄兒們的手而遭破壞的緣故。瞬間，對兄長一家激烈的忿怒超過悲傷，身子氣得顫抖。葬禮一結束，他一次帶三位地理師回來實地調查。經過愼重調查的結果，父親的風水沒有異狀，作祟二房的是母親的風水。周長坤聽了後嚇了一跳，腦海裡浮現母親生前直呼他不孝的情景。他不由得產生反抗心，決定要移走母親的墓。原本母親的風水地是他親自挑選的，現在卻作祟他，除了是一種諷刺外，本來也暴露了地理師的胡說八道。不過，他相信地理師所說由於地氣的運行而由吉變凶的道理，又猜疑或許兄長照例使用手段來害他，如果不早點移轉風水，他可是夜夜無法成眠。屈指一算，母親埋葬之後已經過了五年。要洗骨移轉風水，還言之過早。他明白兄長一定會反對，所以祕密進行，一切都在醫院的沿岸城鎮準備。

因此，當天早上，周長乾老人才知道要爲母親洗骨的事，頗合乎道理的。老人慌慌張張在兩位孫子的攙扶下，急奔到亡母的風水。他當然不是氣弟弟的祕密行動，而是擔心弟弟的無謀，僅隔五年就想掘母親的墓來洗骨。一般說來，要經過八年以上才洗骨，何況母親的風水是位於非常乾燥的高地，恐怕還沒有完全化爲骨頭。把尚保有原形的母親之遺骸暴露在光天化日下，實在是大大的不孝。一想到這裡，周長乾老人不由得失神。老人本身也不知道如何走到山上的。總之，兩腳懸空，讓孫子硬攙扶到母親的風水。

風水的土已經被掘起，棺木暴露在陽光下。現在剛好是即將打開棺木蓋的前一刻。棺材的漆還是鮮紅色，絲毫沒有褪色。目睹這種情形，周長乾老人簌簌落淚，急奔過去。工人們讓出一條路，周長坤卻堵在他的前面。

「退開！退開！」

想把他推走。等對方的手碰到他的肩膀時，老人才發覺是弟弟。老人的嘴直哆嗦，以顫抖的聲音大叫。

「不、不孝子！看你做了什麼好事。」

周長坤冷笑。

「彼此！彼此！我有什麼不對。你不是也默不吭聲就挖父親的風水嗎？我默不吭聲挖母親的風水，有什麼不對。」

「你看！」

周長乾老人手指著母親的棺木。「你沒有看見漆的顏色嗎？你瞎眼了嗎？」

「嗯。很漂亮的紅色。這表示棺材是上等貨的證據。」周長坤故意裝蒜。

「混、混帳！」老人終於生氣了。「這不是兒戲！那個顏色是沒有完全化成骨頭的證據。」

「哼！不打開蓋子看怎麼知道。」

「啊——」

周長乾老人仰天嘆息，屈膝跪在母親的墓前。內心不禁吶喊，老天已經拋棄我了，一切都是命運啊。老人閉目保持原來的姿勢。由於孫子們已經放開老人，離風水稍微有一段距離站著。閉著的雙眼淚流不止，老人已經死心了。儘管如此，聽到工具作業的聲音，老人宛如被剖心般的痛苦。當天，白色的浮雲層層流過天空，初夏的微風溫柔地畫圈吹過山麓，身體彷彿騰雲駕霧般，心靈恰似在山間飛翔般地輕鬆。一閉上眼，耳際響起芭蕉與風的私語聲，鳥的鳴啾聲，以及狗從遠處山嶺到附近谷底的遠吠聲。周長乾老人的眼前浮現母親的身影，接著浮現父親的身影。老人低頭，又重新流下熱淚。不過，父親與母親不正溫和地笑著嗎？老人覺得母親似乎向他伸手。是的！距離自己走向父母身旁的日子近了。老人突然想起兒子們，雖然不能說個個已出人頭地，但至少也能過著獨立的生活。那麼，自己可以安心地走向父母身旁了，老人想早點去。不知不覺中，張開嘴想呼喚父母。不過，剎那間，父母的幻象消逝，老人睜開雙眼。因爲突然間一陣強烈的惡臭撲鼻。

那是一股難以言喻、沒有想到這個世上會有的惡臭。瞬間，映入老人眼簾中的人影，是撇過臉、掩鼻、忙著吐口水、亂成一團的一群人。老人的眼光尋找棺木。棺木的蓋子斜斜掀開。周長坤探頭一看，皺起鼻頭，連忙斥責工人們，用力揮舞雙手，一幅錯亂的景象。

周長乾老人急奔過去，用力大叫。

「快點香！灑茶水！把蓋子蓋上。」

工人們依照老人的吩咐點香。微細的白煙被吹到山崗下。等惡臭多少淡去後，周長坤彷佛再度有了力量，急奔到母親的棺木旁。就連風水師看了棺木內容，也狼狽不堪，叮嚀要重新蓋好蓋子。可是周長坤不答應。

「爲什麼不能進行呢？不能把肉刮掉嗎？」

「事實上，這種狀態不適合。」風水師痛苦不堪，再度抱住頭。

周長坤咋舌，以怨恨的眼神瞪著母親的風水，卻一籌莫展。看到這種情形，周長乾老人滿臉通紅，大叫趕快重新埋起來。工人們很高興地開始把土塡回去。再也不忍目睹的老人，催促孫子離去。眼淚方乾的老人一直瞪著前方走路，因覺得匪夷所思而情緒激動，心情極爲悲憤慷慨。看到腳下的田野煙霧迷離，用眼光搜尋，以製糖公司的煙囪爲目標，看到附近自己的家在竹叢蔭下的白色牆壁。周長乾老人的老眼無法長時間一直遠望。在白色朦朧的視野中，由留有八字鬚、辮髮的祖父發號施令，多數的家族重禮節，尊敬祖先，昔日幸福的家庭生活彷彿浮現眼前。在幼小的心靈中，猶記得做錯事的父親跪在祖父的面前，任憑情緒激動的祖父打罵。想到洗骨的事，年輕時曾經與父親一起在場爲祖父洗骨。家人們對洗骨非常關心，旭日東昇前就來到風水地。女人、小孩等，在情況允許的範圍內，家人總動員聚集於風水地。在挖掘風水時，跪在墓庭行尊祖禮。周長坤應該也在場。可是，現在他到底在做什麼？思及今日的事，老人不禁咬牙。敬祖尊宗的想法到底到哪裡去了？道德、禮教的頹廢過於容易了，弟弟應該不會不知道這種事。畢竟是因爲私欲的緣故。爲了眼前的私利欲望，竟然敢犧牲祖先，想到時人的可悲，周長乾老人又被催出新的淚水，步履沉重地讓孫子們牽著下山。

原載一九四二年十月《台灣文學》二卷四號

附錄

呂赫若雜文四篇

關於詩的感想

針對詩的許多情況我無法述說出來。因爲這是個對「何謂詩」產生迷惑的時代，我對台灣的詩抱持著疑問。有人說：「詩恐怕是原始、野蠻的東西。」寶島的詩人們爭相競賽，謳歌戀愛，吟詠感傷——抒發彷彿虛無的氣氛才能醞釀出如詩境般的詩，這些我完全無法了解。我們的詩就是那樣嗎？

本雜誌九月號雷石榆氏引用森山啓氏的看法，認爲「詩」是——

以我們片斷經驗中被壓縮的力量來提示主題；能更直接地傳達我們生活中的情緒；對政治、時事的問題，反應最敏感的地方；以及爲了其特殊性，刊載在報紙或雜誌的特殊頁上，或朗讀、吟唱，以達效果的格式——

由此看來，我們能理解，詩也要與小說一樣，在現實與根本上，是站立在同一觀點上。而且從詩歌的史觀看來，詩絕不是脫離客觀現實的東西。再則，它不是poésie，也不是萩原朔太郎氏所說的：「詩裡有祈禱，沒有生活描寫；而小說裡有生活描寫，沒有祈禱。因此，從這種關係看來，詩的世界是屬於『觀念界』、『幻想界』；而小說的世界是屬於『現象界』、『經驗界』。」詩是將吾人情緒之波與感情直接表現出來。因此，認為它是「觀念界」、「幻想界」的想法就不對了。所謂情緒之波與感情，都是站立在對現實認識的基礎上，所以應該不會沒有生活描寫。

島上詩人們所作的詩，當然不是全部都沒有歌詠自己的生活，也不是沒有站在現實上。可是，他們所歌詠的情緒之波與感情，都是些無用、無法感動他人，個人主義的產物。在樹木隨風搖曳中，想起戀人；看到白鷺飛過，追憶死去的母親。以個人主義的形式來解釋這些想法或社會現象，甚至以無用的激情抒發感嘆。（所謂沒有面對現實的態度）有兩個睪丸的大男人，竟然會為了戀人而獨自飲泣，任誰讀到這裡，一定會忍不住笑出來的。——簡言之，希望島上的詩人們，能歌詠更有價值的情緒感情。此時應該要注意的是，當我們在吟詠某種感情時，如果不能正確地認識那種感情所引發的現實事態，對作者來說，即使那種感情表現不是虛假，而是貨眞價實的東西，從客觀上看來，也類似欺瞞、無聊的感慨。到底什麼樣的感情值得歌詠呢？答案呼之欲出。關於此點，森山啓氏列舉了下面的兩項。

第一，（與所有的藝術、科學等皆同）詩中有表現價值的東西，經常是與一定的社會階級之「必要」相結合的生活感情。所有的詩人只要把那種必要（不管是否是無意識）透過詩人的世界觀與感情的漩渦，表現在詩裡。第二，因此，為了實現特定社會階級歷史性進步的任務，詩人感情的波濤，越能湧出，那種感情表現在詩裡的價值就越高。

忠告諸位，《新民報》上發表的〈關於詩〉（東京梧葉生），是値得島上詩人們一讀的出色論文。另外，儘管偉大的詩人雷石榆氏在百忙中，針對關於「詩」的諸論作評語，發表於《台灣文藝》上，作爲指導，島上的詩依然呈現充滿感傷、虛無等錯置的狀態。這究竟是怎麼一回事呢？不管怎麼說，首先發表在《台灣新聞》上的「佳里支部」詩集，超越群倫，妙筆生花，其有爲的前途値得大書特書。

眞正寫實派的詩人，應該對現實有正確的認識，將自己眞實的感情，表現於詩的眞實中。

島上的詩人應該以這段話爲座右銘吧。

一九三五年九月書寫

原載一九三六年一月《台灣文藝》三卷二號

兩種空氣

似有若無，依然呈現不得要領狀態的台灣文壇，兩、三年來逐漸抬頭，「台灣文藝聯盟」的組織，《台灣文藝》的發刊等，一般民眾也開始抱持關心的態度，其具有歷史性的、進步的意義，這種可喜現象的表徵之一，就是有志於文學的人們，從古來混沌的氣氛中，向前邁進了一步，更加清楚認識從事文學的自己而勇敢地前進，以眞正的態度來繼續成長。每人都利用一切的機會，明確地揭發自己的本體。這種持續的狀態最應值得注目。也就是說，各人對文學（一般也可稱爲藝術）的見解及有文學以前的生活態度，雖然仍茫然不知，但已清楚地浮現出來，不管本人的意義如何，垂頭喪氣在那裡。

雖然我個人的知己寥寥無幾，但由於能忠實看到迄今的許多議論，而加以綜合，因此覺得人們對「從事文學」的態度，存在著「兩種空氣」。這雖然是來自本人的「文學觀」，但是我等檢討、清算的這種空氣，在台灣文學日後的發展上，扮演著重要的任務吧。當然，硬是機械式地分成「兩種空氣」，有點不妥當，但能夠作爲大體上的基準。

直截了當地說，就是存在著，一心一意記掛著正在大做文學工作的自己而忽略文學本身，只是沉醉、滿足於籠罩在文學青年氣氛的人；以及樸實地執著要從事眞正的文學，沒有虛榮的自我滿足，窮其一生都要努力探究文學的人。前者說難聽一點，彷彿是故意撕裂衣服、披上毛巾、下作木屐打扮，卻像自我陶醉的中學生，單憑我是作家、詩人這些就覺得心情愉快，爲「文學」披上一層神祕的紗，連日常生活也陰陽怪氣。因此，極端討厭藝術是爲了什麼的藝術之問題，只視爲了藝術而藝術的觀念如命。除了酒、酒家、戀愛外，找不出一丁點的價值。有如此觀念者不僅僅台灣世界到處都存在著這種人。何況，這也是眼前過渡期的台灣文壇不得已的現象。相形之下，後者是屬於「進步的」。他們經常能掌握住藝術、文學的本質，著重現實的觀察，不認爲現實的藝術史，及各個的藝術現象，是事先就完成的「一般美」，或是自天而降的東西。然後努力留意自己的生活，「從生活中出發」。我們應效法何者呢?當然是後者。

這些事情雖然不甚明瞭，但自以前，我就有所預感。在八月十一日的文聯大會上，更是痛切感受到。關於「學派」（sect）「血源的不同」，某支部報告時（很遺憾不知其名），其意爲

「學派與血源的不同，對文學而言，完全在範疇之外。抱持這種想法的人，可說是文藝的門外漢。」我為這種大膽的說法大吃一驚，他本人沒有提及這種說法有何依據。從那種語氣看來，大概是無所根據，只是想到什麼就說什麼吧。而且，像神一樣崇高的文學會出現這種情形，是很麻煩的想法。他應該是屬於前者吧。與他相形之下，佳里支部的王登山氏之報告，就令人深受感動。大體上，他是敘述關於文學以前生活態度的抱負。立意可說是極好。記得他說「不是要製造擅長寫的專家，而是要製造出人類。」這個「人類」是指關心文學以前的生活態度，能掌握住生活的「眞」之人類。佳里支部的諸君只要抱持著這種信念，應該就不會出現文學青年，也不會瀰漫文學的流浪者、頹廢的氣氛。如此一來，就能有所發展，創作上也能有可觀的收穫。佳里支部醞釀出的空氣，可說是極為甜美。是值得期待的，他們能掌握住現實客觀的事實之日子即將到來。

不管怎麼說，我們期待佳里支部的會員，對文學抱持著認眞的態度，能從前者所謂樂天、崇拜的文學態度中掙脫桎梏，向前邁進。如此一來，「兩種空氣」才能早點變成「一種空氣」，調整步伐，繼續前進。

原載一九三六年六月《台灣文藝》三卷六號

舊又新的事物

一般人批評楊逵氏的「藝術是大眾化的東西」之說法，是根據張猛三氏的主張，是內地的亞流，不是屬於新的見解。但是，我認為從台灣的現狀觀來，即使是亞流也沒有關係。當然，我們沒有必要檢討楊逵氏的見解是否是亞流。但台灣迄今的評論不都是亞流嗎？至少都是由內地移入，加上環境不太優渥，應該不會出現新的主張。當前社會正處於台灣的人們學習在內地議論的事物之狀態，既然已經把它融會成自己的東西，以它為基礎，再敘述事物，還能說是亞流嗎？

雖然以苛酷的「亞流」這字眼來允許這種評論存在，如前所述，由於在台灣文壇上有「流理台的貢獻」，所以一般人毫不介意。這就是為什麼內地文壇已經拋棄的謬論，卻在台灣屢露頭角的原因。因爲台灣還不知曉那謬論之所以爲謬論的理由，所以那理由雖然已陳舊，但在台灣卻被介紹成新的見解。

前些日子，吳天賞氏在《台灣新聞》的三行通信上記載這麼一段話：「我們沒有必要說文學上的社會性與階級性如何又如何。這是次要的問題，即使不存在於文學中亦可。」這段話像是理論完全落後的台灣所說的話。它是屬於意識上樂天派喝倒采所說的話，或是對意識形態的批評盲目嫌惡，或是動不動就「舊又新的事物」之一。他很憧憬「高度文學的氣氛」，但對何謂忘掉社會性、階級性時的文學氣氛，卻以我們無法理解的奇怪言語來說明。恐怕他並沒有根據什麼高深的理論，只是一時興起說的吧。這種說法矯枉過正時，就會轉化成藝術要超社會性、超……性的主張。

本來藝術的超社會性、超……的主張，已經被歷史打破了。但是，不只是藝術，一般有意識形態的超……性，純粹性的觀念，都是屬於資本家的觀念。由於資本家的社會不停地遞嬗，越發繁榮，所以吳天賞氏所說的也不無道理。我們必須要牢記，藝術離開了階級的利害是無法存在的，而且無法有所發展。

關於此點，本雜誌於昭和十年五月號上，由郭天留氏引用全蘇作家大會哥利奇的報告。我們不是應該考慮到更根本的問題嗎？如眾所周知，關於「文學」，抱持觀念論者陳述了許多見解。認爲文學的本質，是依照無目的精神活動的言語之形象表現、技巧、形式、非形式與內容的調和，基於非精神、無意識活動的感覺表現之有機統一性，以及引用托爾斯泰的藝術論等。但是，卻忽視這種屬於意識形態之一的藝術，是以某種形態來表現作家們的社會意念，作家們於社會生活中的必要與興趣，以及作家們在社會鬥爭中生存方式的事實存在。這個觀點已被談論，意義也很明顯。黑格爾說：「創作由精神產生，依從精神的地基，是屬於精神的東西，保持不失去它的洗禮，當只表現因精神共鳴而形成的東西時，始得到藝術品。」對於現實沒有個人的精神共鳴，就無法產生藝術。這種「精神的共鳴」與感動，沒有與人類社會性、生活實踐的事物交涉就無法產生。所以，藝術裡不僅不能沒有社會性，還擔任極重要的角色。任何純粹的藝術，其目的與素材，也都得之於一定社會關係中人類有效的感性活動中。而且，一般說來，藝術、文學，與科學、哲學、宗教、政治等精神產物，以及其他形態相同，反映創作出它的作家們於社會的生存方式，與現實的生活過程。立於產生出它的社會之現實、經濟的構造上。「是人類物的活動之認識形態，人類在其中意識到社會的衝突，而且在其中完成鬥爭的形式。」

資本家批評家們，試著去看作爲主張藝術永遠性與純粹性的基礎事實之希臘藝術與史詩吧。爲何至今它依然能給予我們藝術的享樂，有時能作爲高難度的模範呢？希臘藝術今日依然給予我們魅力，果眞是因爲它是純粹藝術嗎？馬克斯說了如下的一段話。

大人是無法第二次再變成小孩的——即使不曾像小孩那般成長。然而，小孩的純眞使他喜悅，他不會努力使那眞實在更高度面再呈現嗎？不管是在什麼時代，只有在少年性中，其本身的特性，才能回復自然的眞實吧。在最亮麗開展的人類之社會的少年時代，作爲不再復返的階段，人類爲何要發揮永遠的魅力呢？有的小孩沒有教養，有的小孩很早熟。古老的民族大多屬於此範疇。希臘人是正常的小孩。他們的藝術凌駕我們的魅力，並不是屬於歷經不發達的社會階段與矛盾的東西。魅力當然是後者的結果。不成熟社會的諸條件——在其下藝術才能成立，而且只能在其下才能成立——，難以脫離無法再度回歸的事實，而與之結合。

森山啓氏又說了下面一番話。「希臘藝術確實有其今日仍不失卻魅力的理由。更應該強調的事，連此社會的少年時代之藝術，對於自然與現實的人生，在那時代某種程度的限制內，能述說客觀的眞理。因此，對於今日的人生，也具有某種程度的訴求力。」事實確是如此。在「希臘的神話化」方面，描寫自然的本身，並沒有對今日的我們有多大的魅力。因此，它不是作爲純粹藝術，它所充滿的社會性才對我們有無限的魅力。

再來觀看詩歌——我們往往認爲詩歌與社會沒有關係——。我們能夠了解如何才能深入與社會的諸關係結合。但丁的《神曲》及中世西歐的詩歌，爲何充滿奇蹟與幻想、天國與地獄呢？因為這樣才能反映時代社會的現實。如眾所周知，那時的社會受自然經濟支配，仰賴「自然元素的諸力」，對於天災、外敵所抱持的恐怖感情，使得社會全體認為一切取決於上天，賦予僧侶階級崇高的地位，更加深了這種傾向。另外，除了宗教的詩篇外，充滿奇蹟的軍事性英雄詩與騎士故事輩出。這也是因當時的支配階級、軍事上的貴族階級，認為這類題材與處理方式是必要的，從社會的立場而言，「必須讚美武士道」。因此，沒有純粹藝術，而且藝術應該是經常處於一定社會、政治控制下的產物，受社會諸階級政治勢力的影響、控制，以及引導。只要看它充滿於藝術史的角落就可明白。從事農業或家庭手工業的民眾的詩，一定與他們存在的社會有關係。插秧歌、打地基歌、打麥歌、紡紗歌、打撈歌、船歌等，題材與節奏一定與他們的勞動行為關係密切。端看〈波爾加的船歌〉，那歌詞、節奏、旋律……

盧那察爾斯基在《藝術論》中寫著，「藝術是認識現實的特殊形式。」現實藉科學之助，才得以被認識。科學努力要做到精確與客觀。可是，科學的認識是抽象的，對於人類的感情未曾言及。為了理解原本的認識與所給予的現象，針對那現象，不只是要有純智系統的判斷，而且要確立一定感情的，即所謂溫和道德的及美的關係。例如，要理解俄羅斯的農民時，以統計學的研究為基礎的理解，以及透過威斯本斯基或其他民情派作家的作品而理解，完全是兩碼子事。

我們能夠知道，透過藝術史，文學中社會性的需要。如果文學要忘卻社會性與階級性，我們就必須要將藝術史全部燒毀，再隨意創造出新的藝術史吧。吳天賞氏所謂被抽象化的「文學的氣氛」，究竟是指什麼，我們百思不解。

因爲創作方法是指「如何認識現實」之對現實的方法，以及所謂「如何以藝術的眞實性來表現自然、歷史、及人類的思維」之表現方法的統一性。所以我們批評家在評論文學作品時，只著重於藝術上的表現，其形象化或形式，不論其表現時內容客觀的妥當性。如果是作所謂藝術至上主義的批評，那就太可笑了吧。當然反對的人只著重於作家要如何看見現實的抽象問題，一味的進行所謂意識形態的批評，也是依據機械論而產生的，這並不妥當。一定要兩者配合，這是今日一般的常識。不知吳天賞氏是否知曉，竟然採取上述的謬論，除了吳兆行氏封其爲「樂天派」外，我認爲他是個「虛無主義者」。

總之，我們應該在遼闊的世界中尋得視野。如果諸君都如此做的話，恐怕諸君就能了解二十世紀末的男人高唱藝術（文學）超社會性、超……性的究竟是哪一類的動物吧。

原載一九三六年七、八月合刊號《台灣文藝》

我思我想

張文環氏接任雜誌的編輯工作，要出刊《台灣文學》的消息，使我欣喜若狂，從以前，我就認爲這種工作應該要有人來做，所以總覺得他的這項舉動有點嫌遲。但是，正當大家希望能創造出健康文化的今日，他的親自出馬可說是正好掌握了時機。此時才可說是他傾盡全力也不會後悔的時刻吧！一想到通過這本雜誌的拋磚引玉，可以使有意於台灣文化的人們，將已經充滿趣味性的文化向前更推進一步，致力創造熱情、誠實的台灣文化，我的內心就不禁油然而生一種快樂的心情。因此，當腦海浮現許多人的身影而思及今日自己寂寞的周遭時，期待之心就更加強烈了。

張文環氏是當今最值得信賴的人。在許多的作家中，當決定何時、寫出什麼樣的東西時，絕不會讓人失望的作家，捨他其誰。〈山茶花〉是他利用每日拂曉時光完成的，深獲好評。仔細思量，這也是理所當然的。因爲他修養文學的經歷很長，在東京也生活過好長一段時光，因此，它的作品本身就已經是文學了。即使只將他所思的原封不動寫出來，也依然是不折不扣的文學。能如此使文學變成血、變成肉的人，恐怕唯有他一人才有此能耐。而且他又有無窮的精力、口才、本事，讓他從事這項工作，眞令人額手稱快。這次的《台灣文學》因而就更具有某種意義，我因此感到非常痛快。

每次上台北，我都蒙受他的照拂；此外，我們在台中也碰過幾次面。每次碰面，他給我並不是美男子的印象，而是一個「値得信賴的男人」。猶記得中部震災的翌年，在台中的旅館，他說深夜會因爲喧嘩聲而輾轉難眠，因此就到鄉下的我家借宿一夜。因爲我家是純台灣式的土磚建築，他似乎也一整晚輾轉反側，好不容易才挨到天明。大體說來，他是個敏感、深具感性，且浪漫的男人。〈山茶花〉裡將他的這一面表露無遺。山村的種種情事、想法或事物，只有在山村長大的他才能眞實地描寫出來。這使我不禁想起台中人一邊捧腹大笑、一邊津津有味地從一開始的雞生病閱讀到麻雀醉酒之趣事。創造這種文學，絕不是單憑理論，也不是單靠桌上苦讀就一蹴可幾的。這得全憑生活力，體內流動的血液，浪漫氣質以及天才而成。因此，我始終認爲其作品中蘊涵了張文環氏的文學趣味，以及他的生命。

提到張，我就不由得想起張星建氏。走到台中的那條大街上，寶街的拐角處，有棟名叫中央書局的漂亮建築物。進入其內時，辦公桌旁稍微年長的美男子令人不禁眼前一亮。他就是張星建氏。他讓人有「台灣文化界的綠洲」的感覺，也讓人油然而生「値得信賴」的心情。每當我們遇到任何困難時，腦海裡立刻浮現「因爲有張星建氏在，所以……」的想法，於是就彷彿吃下一顆定心丸。每當待在故鄉心緒萬般寂寞時，只要與他會面，隨便閒聊，立刻就能精神飽滿地歸來。但今日這種情景已不復在，因此心緒極端孤寂。他是個把《台灣文藝》搞得有聲有色、非常有才華的人。今日，我依然竊喜他能做出轟轟烈烈的事業。總之，他經常讓我有「沒有錯」與「因爲有他在……」的感覺。如果沒有他，台灣的藝術家們會相當落魄吧。今日的文藝界，熱鬧非凡，作家輩出。當我們思及這是《台灣文藝》以來的現象時，就不容我們忽視他對台灣文化的功績。也因爲有他在台中，才得以有一礎石。總之，他是個重寶。

沉默的作家巫永福氏，許久才發表一篇創作，這種做法很好。我經常在想，在台灣這個地方，一般人認爲只要有人常發表作品，「他就是大家，他非常努力」，因此就追隨他。可是當他沉寂，人們就馬上認爲他很差勁。事實上，人們並不了解誰才有實力，也不明白有些人雖然不發表，但依然孜孜不倦在埋頭苦幹。不發表與不努力是兩碼子事。文學的學習就是人生的學習，也就是生活的學習。生活貧乏的文學會令人覺得厭惡。關於此點，他做得很好。與其勉強擠出一些亂七八糟的東西，倒不如遂心悠閒地豐潤生活。不久後，他從豐潤的生活中創造出傑出的文學是指日可待的。目前，對他而言，文學已經融爲他的血與肉。我們經常互相戲謔，同床夜談至天明。同床共眠拉近了我們的距離。最顯著的同床成員是夫婦。同床共眠顯示我等關係非比尋常。聽說他即將結婚。這麼一來，等我回台灣時，再也無法與他如昔日一般同床共眠了，每思及此，不禁黯然神傷。

居住在台中的還有畫家李石樵氏。第一眼看到他時，覺得他是個溫順、沉默寡言的人。但是，等他打開話匣子時，就變成口若懸河的男人。有志於藝術的人們，最初由於對美夢懷著憧憬，所以非常努力地學習。但在經過某段時期後，由於受到現實生活的衝擊，立刻就被打倒的例子比比皆是。就這點而言，我覺得他實在很偉大；內心因而深受感動。他對藝術抱持著堅定的信念，孜孜不倦，嘔心瀝血的精神，正是值得後輩的台灣藝術家師法的長處。去年秋天，我在他的引導下參觀上野美術館的慶祝展。當一眼看到他那震懾人心的作品時，不覺眼睛一熱。藝術是很樸實的東西，需要培養實力。顯然習取他修養的不只是我一人而已。美術家留在台中的，尚有昔日的同年級同學藍運登氏，以及雕刻家陳夏雨氏。藍氏因爲與他是同一屆同學，所以經常彼此挖苦對方。但是，也始終不曾喪失對藝術的熱情。他是個非常有爲的人，如果將其熱情更運用於藝術之實踐上，定能集大成。

乍見之下，陳氏是個與李石樵氏氣質非常相似的青年。我曾與他見過三次面，第一次是在某位前輩的宅裡，第二次是在李石樵氏要離開東京那夜的東京車站，第三次是我們音樂會在日比谷公會堂公演的會場上。三次，他都給我同樣的印象，對於他是少數雕刻家中背負起台灣責任的作爲，令我非常感動。

楊逵氏應該也在台中。昔日他非常活躍，今日不知在從事什麼工作。在台灣文藝界已許久不見他的名字，內心因而有點落寞。期待他能再度活躍於文學界。

賴明弘氏也不知近況如何?聽說他去了廣東。

吳天賞氏終於回到台中了。台中也將越發熱鬧起來，他是我同窗的前輩，是個本身就充滿故事的男人。聽他講話，心情會無比愉快。我所能描述的僅止於此。對他，再也沒有什麼好批評的。在許多運用無用技巧的人群中，他彷彿鶴立雞群。在我離開台灣的那天，於台北市楊佐三郎氏的工作室裡，我與他兩人擠在一張小床上，暢談到天明。面對著侃侃而談的他，我只覺得胸口腫脹，什麼話也說不出來。眞是浪漫極了。與他接觸，就宛如接觸到一件藝術品。不論文學、美術、或音樂方面皆多才多藝的他，成就輝煌的日子應該爲期不遠。

已有一年未見《台灣新聞》文藝版的名編輯田中保男氏從事編輯工作的情形了。不知他近況如何?張深切氏好像回過台中。現在大概也回去北京了吧?

提到台北，腦海裡最先浮現的是，每次北上時，總在百忙中接待我的《興南新聞》學藝版的編輯黃得時氏。他的《水滸傳》，迄今我依然常常津津有味地閱讀。一想到只要持有新聞文藝欄這個利器，依照他的文思，定能左右台灣文藝界的活力時，我對他的期待就更加殷切。往年，他總是訂出各種劃時代的計畫，以挽救台灣文壇的生命。現在，他也一定能完成適應新時代的新計畫與編輯工作。希望他能有堅守台灣文壇一個陣營的自覺，更加使台灣文壇的生命能淋漓盡致的發揮。

龍瑛宗氏陸陸續續地從事許多有意義的工作，每次接觸到他的工作，我總有難以言喻的欣喜感。離開「黃家」時，最先接觸到鉛字的台灣人恐怕就是我吧！曾在台北與他見面三、四次，他的身體羸弱。每次看到他在工作，內心總有股暖流，好想跟他呼籲「文學就像是馬拉松賽跑」。去年春天，我們數人深夜漫步台北街頭時，他挨近我的身旁，詢問：「呂君！今後你到底要從事音樂，或是著手文學？」那時的情景猶歷歷在目。為什麼他會這麼問呢？即使到了今日，每次看到他的名字時，我依然回想起這段往事。我認為「要從事文學，或是著手音樂」的問題，是心靈狹隘的想法。學習文學就是學習一切事物。只侷限於文學，卻對其他文化部門完全無知的話，這種文學就不能說是眞正的文學。如果今日他看到化著濃妝、穿著戲服站在舞台上的我時，不知道他會說些什麼？或許他會大吃一驚。他的創作具有將來性。我對他的期望是，希望他能有健康的身體，能從書齋中解放出來。

在台北我想見的人還有數位，但不能如願。現在文藝雜誌的發行所已從台中搬到台北，一切只能仰仗台北人士了。

南部的佳里有許多年輕的文學家。如吳新榮氏、郭水潭氏、王登山氏、林精鏐氏等。許久不曾有他們的消息了，不知近況如何？五年後、十年後、或十五年後，他們一定會做出一番大事業吧！

現在沒有想起，或我不知道的人，依然不勝枚舉。這些人當然要進入張文環氏的茅屋《台灣文學》「接受招待」吧。我不禁有種喜悅的感覺。並且能感受到《台灣文學》正逐漸在生根發芽。

關於「接受招待」的人們與《台灣文學》的誕生，我期望能有「誠實的熱情」。或許大家都聽過藝術至上主義。總之，將至今已形成的主觀、客觀、好奇心，以及名譽心等完全拋諸腦後，懷抱著無限的熱情，誠實地從事文學工作。要放棄以好奇心眺望台灣的習性。要改變從台灣風俗習慣之獵取中感受文學的態度。最近，我經常在思索這件事，明治時代的作家與現代的作家相形之下，現代無聊的小說就到處氾濫。我們能清楚看到職業作家的眞面目，也不時接觸到諂媚低俗大眾的許多文化。因此，當務之急就是要琢磨技巧。

原載一九四一年六月《台灣文學》創刊號

文學叢書 115

呂赫若小說全集（上）

作　　者　呂赫若
譯　　者　林至潔
總 編 輯　初安民
責任編輯　陳健瑜
美術編輯　黃昶憲
圖片提供　呂芳雄
校　　對　余淑宜　丁名慶　林至潔

發 行 人　張書銘
出　　版　INK 印刻文學生活雜誌出版股份有限公司
新北市中和區建一路249號8樓
電話：02-22281626
傳真：02-22281598
e-mail：ink.book@msa.hinet.net
網　　址　舒讀網http://www.inksudu.com.tw

法律顧問　巨鼎博達法律事務所
施竣中律師
總 代 理　成陽出版股份有限公司
電話：03-3589000（代表號）
傳真：03-3556521
郵政劃撥　19785090　印刻文學生活雜誌出版股份有限公司
印　　刷　海王印刷事業股份有限公司

港澳總經銷　泛華發行代理有限公司
地　　址　香港新界將軍澳工業邨駿昌街7號2樓
電　　話　852-27982220
傳　　真　852-27965471
網　　址　www.gccd.com.hk

出版日期　2006年3月　初版
2023年2月10日　二版一刷
ISBN　978-986-387-640-3
978-986-387-642-7（套書）

定　價　450 元

國家圖書館出版品預行編目資料

呂赫若小說集（上）／
呂赫若 著；林至潔 譯. -- 二版. --
新北市：INK印刻文學, 2023.2
面；　公分. -- (文學叢書；115)
ISBN　978-986-387-640-3（平裝）
863.57　　112000689